ANNIE CLAYDON

Patron ou ennemi ?

Traduction française de
MARCELLE COOPER

BLANCHE

HARLEQUIN

Collection : Blanche

Titre original :
FORBIDDEN NIGHT WITH THE DUKE

Ce roman a déjà été publié en 2018

HARPERCOLLINS FRANCE
83-85, boulevard Vincent-Auriol, 75646 PARIS CEDEX 13
Service Lectrices — Tél. : 01 45 82 47 47 - www.harlequin.fr
ISBN 978-2-2804-8943-0 — ISSN 0223-5056

Composé et édité par HarperCollins France.
Imprimé en février 2023 par CPI Black Print (Barcelone)
en utilisant 100% d'électricité renouvelable.
Dépôt légal : mars 2023.

FSC
www.fsc.org
MIXTE
Papier issu de sources responsables
FSC® C159065

Pour limiter l'empreinte environnementale de ses livres, HarperCollins France s'engage à n'utiliser que du papier fabriqué à partir de bois provenant de forêts gérées durablement et de manière responsable.

1.

À l'échelle cosmique, rien n'avait changé. La bâtisse était toujours debout, le soleil brillait, et personne n'était mort. Mais pour Megan Wheeler, c'était la catastrophe. Elle allait devoir renoncer à son rêve.

Tout avait pourtant bien commencé. Au terme d'une redoutable série d'entretiens, elle avait vu ses efforts récompensés en recevant dans sa boîte aux lettres une offre d'emploi assortie d'une invitation à un séminaire de formation regroupant plusieurs associations caritatives. Venus des quatre coins du Royaume-Uni, les délégués fraîchement nommés convergeraient vers le Gloucestershire pour cet événement qui devait se dérouler sur quatre jours.

Le jour J, elle avait pris la route aux aurores de crainte d'être en retard. Résultat, elle avait dû s'arrêter sur une aire de repos afin de s'épargner la honte d'arriver trop tôt.

En franchissant les grilles de l'imposant manoir, elle avait eu du mal à contenir son excitation. Enfin, enfin, elle allait pouvoir se consacrer pleinement à une cause qui lui était chère… Un adolescent lui avait fait signe de se garer dans l'allée puis l'avait escortée jusqu'au porche couronné d'un dais où John Ferris, le directeur administratif de l'association qui l'avait embauchée, attendait ses recrues. Après un accueil des plus aimables, il l'avait confiée à un autre jeune homme qui l'avait conduite à sa chambre.

À peine avait-elle eu le temps de se rafraîchir dans l'élégante salle de bains qu'on était venu la chercher pour la première réunion. Non sans une pointe de nervosité, elle avait pris place avec une vingtaine de personnes dans une salle du rez-de-chaussée pour écouter le discours de bienvenue de Ferris qui leur avait exposé dans les grandes lignes les raisons de leur présence à Holte Hall.

— Je vais maintenant céder la parole au maître des lieux qui vous expliquera en détail le programme du séminaire, avait-il ajouté en guise de conclusion. C'est-à-dire…

Se passant la main sur son crâne dégarni, il avait semblé chercher quelqu'un du regard.

— … Dès qu'il voudra bien nous rejoindre, avait-il lancé avec un rire un peu embarrassé.

Leur hôte se faisait désirer. Quelqu'un sortit dans le couloir en quête du grand ordonnateur pour revenir quelques minutes plus tard en sa compagnie.

C'était alors que le monde de Megan avait basculé. Avec une incrédulité teintée d'effroi, elle avait fixé le nouvel arrivant.

Jaye Perera.

Jaye avait toujours su soigner son entrée, et aujourd'hui ne faisait pas exception à la règle. Beau à damner un saint, il avait des traits volontaires que venaient adoucir des yeux bruns ourlés de longs cils. Ses cheveux de jais caressaient le col de sa chemise ouverte ; tout en lui respirait la virilité triomphante et était conçu pour faire défaillir les femmes, à commencer par la voisine de Megan, une certaine Eunice, déléguée du Surrey ainsi que l'indiquait son badge, qui semblait retenir son souffle en le dévorant du regard.

Il exerçait cet effet sur la plupart des gens. Cinq ans auparavant, quand Megan l'avait vu pour la première fois dans le hall de l'hôpital en grande conversation avec un autre médecin, elle aussi avait été sous le charme. La prestance qu'il tenait de son père sri lankais et le titre nobiliaire hérité de la famille de sa mère formaient une combinaison irrésistible.

S'efforçant de s'arracher à ses souvenirs, elle l'écouta présenter des excuses pour le retard. Quiconque ne le connaissait pas aurait pu jurer de sa sincérité, mais Megan n'était pas dupe. Jaye avait une fâcheuse tendance à ne pas honorer ses engagements. La preuve, il ne s'était pas présenté à son propre mariage.

— Bienvenue à tous, dit-il, souriant à la ronde.

Megan se surprit à esquisser un sourire en retour. Bon sang, mais quelle idiote !

— C'est une grande aventure qui commence pour nous tous, poursuivit-il. En partenariat avec trois autres œuvres caritatives, l'organisation que je dirige va proposer cette session de formation aux médecins et infirmières désireux de travailler à l'étranger. Chaque groupe de travail sera chapeauté par un membre fondateur dont le rôle consistera à partager avec vous son expérience et à vous informer sur le contenu de vos futures missions.

Force était de reconnaître qu'il était un bon orateur, le genre capable de capter en quelques secondes l'attention de son auditoire et de faire croire à chacun qu'il s'adressait exclusivement à lui.

— Beaucoup de professionnels de la médecine rêvent de travailler dans l'humanitaire sans savoir en quoi consiste la réalité sur le terrain. Ce qui vous attend, c'est un travail harassant, des conditions de vie difficiles, la nostalgie du pays, et la frustration de n'être qu'une goutte d'eau dans l'océan. Inutile de parler du salaire qui sera bien inférieur à ce que vous gagneriez ailleurs puisque vous n'aurez de toute façon pas le temps de le dépenser.

Des rires s'élevèrent dans la salle.

Si Jaye essayait de décourager son monde, il s'y prenait mal. Et sans doute était-ce calculé de sa part. En homme rompu aux relations publiques, il faisait mine de mettre en garde les aspirants humanitaires, comme s'il savait de quoi il parlait alors qu'il n'avait probablement jamais payé de sa personne dans un camp de réfugiés ni un dispensaire du tiers-monde.

Jaye Perera n'était pas du genre à se salir les mains.

— Bien. Que tous ceux qui sont mariés ou en couple lèvent la main…

Son regard balaya la salle et vint se poser sur Megan qui faisait partie des rares personnes à n'avoir pas bougé.

— Je ne vous apprendrai rien en vous disant que la distance nuit aux relations familiales, reprit-il. Mes collègues et moi aimerions justement partager votre sentiment à ce sujet et savoir comment vous comptez gérer ce problème. Peut-être pourrons-nous vous prodiguer quelques conseils utiles…

Le sang afflua aux joues de Megan. Le toupet monstre de cet homme ! Il osait se poser en conseiller ès relations familiales alors qu'il avait abandonné sa fiancée enceinte trois jours avant leur mariage !

Tout à son indignation, elle n'écouta pas le reste du discours. Elle s'était démenée pour obtenir cet emploi, mais pas question de travailler pour un individu comme Jaye. Un hypocrite qui ne pratiquait pas ce qu'il prêchait. Un imposteur qui ignorait le sens du mot intégrité.

La seule solution était de renoncer à cet emploi. Tout de suite.

Megan resta assise, à ronger son frein. À 13 heures, les participants au séminaire étaient censés déjeuner tous ensemble, ce qui lui fournirait l'occasion idéale pour s'éclipser.

Hélas, à la fin de la réunion, tout le monde se leva comme un seul homme et ce fut l'embouteillage devant la porte.

À son grand dam, elle vit Jaye slalomer entre les chaises vides puis fendre la foule dans sa direction.

Son sourire éblouissant en bandoulière, il s'arrêta à côté d'elle. Bloquée dans sa fuite, elle fut bien obligée de le saluer.

— Lord Marlowe…

Elle préférait user de son titre pour prendre le maximum de distance avec lui.

— Mademoiselle Wheeler.

Son badge n'indiquait que son prénom. Étonnant qu'il se souvienne de son patronyme. Lors des nombreuses occasions où ils s'étaient croisés à l'hôpital autrefois, il avait semblé s'intéresser au seul personnel cadre en ignorant superbement le menu fretin, et les rares fois où il s'était adressé aux infirmières et aides-soignantes, il avait eu ce ton condescendant du grand médecin qui daigne parler au petit personnel. Seule Sonia avait trouvé grâce à ses yeux. Malheureusement pour elle.

— Quelle mémoire ! dit-elle non sans une pointe d'ironie.

— Ce n'est pas difficile de se souvenir de quelqu'un qui fait bien son travail.

S'il croyait l'amadouer par cette vile flatterie, il se trompait.

— Étant donné que vous avez déjà travaillé à l'étranger, poursuivit-il, je compte sur vous pour partager votre expérience avec vos collègues.

Un ordre à peine déguisé.

Elle pouvait acquiescer puisqu'elle serait de toute façon loin d'ici dans une heure, pourtant, cela la démangeait de lui faire perdre un peu de sa superbe.

— Comment va Sonia ? Elle ne m'a plus donné de nouvelles depuis son départ de l'hôpital.

Normal. Sonia et elle n'avaient pas été proches. Mais Megan avait été au courant de tous les détails de son infortune étant donné que la désertion du fiancé avait alimenté les conversations de ses collègues durant des mois.

Le sourire de Jaye s'effaça quelque peu.

— Je n'ai plus de contact avec elle.

Ce qui signifiait qu'il n'en avait pas non plus avec son enfant. Megan savait ce que c'était que d'être l'enfant non désiré d'un homme riche et puissant qui ne concevait aucun scrupule à rayer de sa vie ceux qui l'encombraient. Sans doute était-ce la raison pour laquelle elle éprouvait en cet instant une furieuse envie de gifler Jaye. Pas pour Sonia, mais pour l'enfant.

— J'ai entendu dire qu'elle avait eu un bébé.

Une veine se mit à palpiter sur la tempe de Jaye.

— La nouvelle m'est parvenue à moi aussi.

Il ne comptait manifestement faire aucune place à cet enfant dans sa vie.

S'il ne s'était retourné brusquement à l'appel de son nom, elle aurait cédé à sa pulsion et l'aurait giflé, là, au vu et au su de tous, ce monstre qui n'avait même pas l'excuse d'ignorer l'existence de sa progéniture, choisissant en connaissance de cause de rejeter ses responsabilités de père.

Le visage impassible, Jaye lui fit de nouveau face. Il n'avait pas mis longtemps à se ressaisir.

— Désolé, il faut que j'y aille. Le déjeuner est servi. J'espère que nous pourrons nous parler plus longuement au cours de ces prochains jours.

Puis il s'éloigna pour aider John Ferris à entraîner leurs ouailles vers la salle à manger.

Megan attendit que le gros de la foule se soit dispersé puis elle monta à l'étage récupérer sa valise.

Dès que Jaye avait vu le nom de Megan sur le dossier de candidature, il s'était souvenu d'elle. L'infirmière qui parvenait à arracher un sourire aux patients les plus revêches… En plus d'être intelligentes et bien argumentées, ses réponses aux questions pièges du formulaire avaient exprimé un fervent enthousiasme à la perspective de travailler pour l'association qu'il dirigeait. Après l'avoir reçue en entretien, John Ferris avait convenu que Megan sortait du lot et qu'il fallait l'embaucher.

Jaye s'était demandé si elle se souviendrait de *lui*. En dépit de la situation pour le moins embarrassante, il s'était surpris à l'espérer. Quand elle avait répondu dans l'heure au mail l'invitant à assister au séminaire, il s'était dit qu'elle avait sans doute passé l'éponge sur l'épisode du mariage — pour lequel il avait accepté d'endosser le mauvais rôle malgré la cuisante humiliation qu'il avait subie —, à moins qu'elle ne se soit plus du tout rappelée qui il était.

Erreur sur toute la ligne. Quand, le cœur battant un peu plus vite qu'à l'accoutumée, il l'avait aperçue dans la salle, il n'avait vu que froideur et hostilité dans ses beaux yeux bleus. Ensuite, la remarque acerbe sur Sonia montrait qu'elle ne se souvenait que trop bien de lui, et qu'elle n'était guère disposée à lui pardonner quoi que ce soit.

Il avait quatre jours pour la faire changer d'avis à son sujet. C'était plus qu'il ne lui en fallait.

Son regard se porta sur la chaise vide autour de la table. Megan n'était pas là. S'était-elle isolée pour réfléchir au châtiment qu'il méritait ? Quand elle connaîtrait la vérité, elle comprendrait qu'il avait déjà été suffisamment puni…

— Avez-vous vu Megan Wheeler ? demanda-t-il à Emma, l'une des jeunes villageoises réquisitionnées pour servir à table. Une grande jeune femme blonde avec une veste bleue et un pull blanc…

— Non, monsieur.

Soudain furieux, Jaye sortit de la salle à manger. Si Megan avait décidé de quitter le séminaire, c'était son droit. Mais ce serait absurde qu'elle renonce à ce poste en raison des rumeurs qui avaient circulé sur Sonia et lui. Des rumeurs complètement fantaisistes qu'il avait laissées courir par égard pour son ex-fiancée.

La poignée rétractable de la valise était de toute évidence coincée, et Megan avait toutes les peines du monde à ranger le bagage dans le coffre. Tandis qu'elle se démenait, il s'approcha d'elle.

— Vous partez déjà ?

Elle se retourna.

— Oui ! lança-t-elle d'un ton furieux.

— La participation à cette session de formation n'est pas facultative. Tous nos nouveaux employés sont tenus d'y assister.

— J'ai décidé de démissionner.

Ses yeux d'un bleu limpide débordaient de mépris à son encontre.

— Quelque chose me dit que c'est à cause de moi…

— En effet.

Rares étaient les personnes qui osaient lui parler avec une telle franchise. En d'autres circonstances, il aurait trouvé cela rafraîchissant.

— Puis-je savoir pourquoi ?

Elle posa la valise à terre pour appuyer de toutes ses forces sur la poignée récalcitrante qui s'escamota enfin. Jaye résista à l'envie de l'aider tandis qu'elle soulevait de nouveau le bagage pour le ranger dans le coffre.

— J'ai besoin d'un employeur en qui je puisse avoir toute confiance. C'est une condition non négociable.

— La réciproque est vraie aussi. Je pense que nous devrions en discuter tranquillement.

— Inutile. Les actions parlent mieux que des mots. *Vos* actions.

D'un pas rageur, elle passa près de lui et alla se glisser

derrière le volant avant de claquer violemment la portière comme pour lui signifier : « Voilà tout ce que votre comportement m'inspire. »

Comment osait-elle ?

Mais le besoin de la retenir l'emporta sur l'indignation. N'en déplaise à son *ego*, il était prêt à la supplier pour qu'elle reste et lui laisse une chance de plaider sa cause.

Vif comme l'éclair, il alla se placer devant la voiture et posa ses mains sur le capot. Elle le fusilla d'un regard si haineux qu'il se demanda un instant si elle n'allait pas lui rouler dessus.

— Je vous demande simplement d'écouter ce que j'ai à vous dire. Ensuite, si vous voulez toujours partir, je ne vous retiendrai pas.

Visiblement à contrecœur, elle baissa sa vitre et posa son avant-bras sur la portière. Le pâle soleil d'hiver illuminait l'or de ses cheveux et la faisait ressembler à un ange.

Un ange vengeur.

— D'accord. Je vous écoute.

Ils se trouvaient devant l'entrée principale, à portée de vue et d'oreilles de tout un chacun. L'un des jeunes assistants était d'ailleurs en train de les observer d'un air intrigué.

— Pas ici. Rentrons. Si vous êtes une personne honnête, comme je le pense, vous serez prête à admettre que vous vous êtes trompée à mon sujet. Et si vous persistez dans votre opinion, eh bien, je vous libérerai de votre contrat en vous souhaitant bonne chance pour la suite.

Tournant les talons, il se dirigea vers l'allée qui longeait la façade du manoir. Allait-elle le suivre ?

Il commençait à ne plus y croire quand il entendit la portière s'ouvrir et se refermer puis les pas de Megan sur le gravier.

Gagné. Pourtant, le plus dur restait à faire.

En bas du petit escalier de pierre, il ouvrit la porte de la cuisine et s'effaça pour la laisser passer. Maintenant que le déjeuner avait été servi, le personnel avait déserté les lieux, mais il restait suffisamment d'assiettes et de tasses qui pouvaient devenir autant de projectiles dans les mains d'une femme furieuse.

Il l'invita à s'asseoir à la grande table en chêne.

— Du café ?

Tout ce qui pourrait l'aider à rompre la glace serait le bienvenu.

— Volontiers, dit-elle sèchement en prenant place.

Il prépara le café. Le silence était insupportable, tout autant que le regard sévère qui le transperçait. Elle pensait bien sûr pis que pendre de lui, ce qui le confortait dans sa décision de tout lui dire — son amour pour Sonia puis sa découverte qu'elle ne briguait que le titre de duchesse et les avantages qui en découlaient. Il avait l'habitude que les gens ne voient que l'aristocrate en lui, sans s'intéresser à la personne qu'il était, mais il ne s'attendait pas à un tel traitement de la part d'une femme qui prétendait l'aimer. Il s'était senti manipulé, rabaissé, trahi…

Il posa les mugs fumants sur la table et s'installa en face de Megan. Malgré la chaleur qui régnait dans la pièce, elle avait gardé son manteau comme si elle ne comptait pas s'éterniser. Elle le dévisageait, attendant visiblement ses explications.

Allez, courage. Lance-toi.

Hélas, les mots refusaient de sortir.

Elle but une gorgée de café.

— Je vous écoute.

2.

Megan ne savait que penser. Si Jaye ne s'était pas mis en travers de son chemin, elle serait déjà loin. Pourquoi avait-il tant insisté pour qu'elle reste ? En tout cas, il semblait sincèrement chagriné de la mauvaise opinion qu'elle avait de lui et, après tout, elle pouvait bien lui accorder deux minutes pour l'écouter. S'il se confirmait que les raisons de Jaye pour considérer son enfant comme quantité négligeable ne valaient pas mieux que celles de son propre père, elle partirait sans regret.

— Je ne vais pas faire semblant d'ignorer ce que vous me reprochez, dit-il. Je sais que ce qui s'est passé entre Sonia et moi a alimenté pendant longtemps les commérages à l'hôpital où vous travailliez toutes les deux.

« Ce qui s'est passé entre Sonia et moi »... Avait-il peur d'appeler un chat un chat ?

— Vous voulez parler du fait que vous avez laissé tomber votre fiancée trois jours avant le mariage ? Une fiancée qui était enceinte ?

Elle avait essayé de gommer toute note accusatrice de sa voix. Les faits se suffisaient à eux-mêmes.

— En gros, c'est exact.

Alors, à quoi rimait cette conversation ?

— Ce que vous faites ne regarde que vous, dit-elle, exaspérée. Mais comprenez que je n'aie guère envie de travailler pour un employeur qui ne m'inspire pas confiance.

— C'est tout à votre honneur. Rares sont les gens qui

seraient prêts à sacrifier un emploi qui leur tient à cœur pour rester fidèles à leurs principes.

— Il s'agit de bon sens avant tout. Ce type d'emploi à l'étranger exige une solide base arrière capable de soutenir les employés en cas de problème — une condition qui me paraît essentielle pour tout le personnel humanitaire.

En particulier pour quelqu'un affligé de son parcours de vie. Autrefois, lorsqu'elle était petite, elle avait eu l'habitude de recevoir toutes les deux semaines des visites d' « oncle » Harry qui venait les bras chargés de jouets et de présents coûteux. Ce n'était qu'à l'adolescence qu'elle avait découvert que l'oncle prodigue était en réalité son père, et elle s'était alors efforcée de prendre ses distances avec cet homme qui n'avait pas eu le courage de la reconnaître, mais qui croyait pouvoir régenter sa vie ou décider de son avenir.

Après avoir coupé les ponts avec son propre père, pas question de tomber sous la coupe d'un individu comme Jaye Perera.

— Tout à fait d'accord avec vous…

Quelque chose qui ressemblait à de la tendresse brillait dans le regard sombre de son hôte.

— Si j'étais effectivement coupable de ce dont vous m'accusez, je mériterais votre réprobation. Mais vous ne connaissez pas toute l'histoire, poursuivit-il. Je n'étais pas le père de l'enfant de Sonia.

Megan faillit s'étrangler avec sa gorgée de café.

— Alors, vous avez décidé de la laisser tomber du jour au lendemain ?

— Vous imaginez bien que ça ne s'est pas fait « du jour au lendemain », mais au terme de discussions franches et honnêtes…

Il s'interrompit comme s'il hésitait à en dire davantage puis il secoua la tête.

— Tout ce que vous avez besoin de savoir, c'est que je suis parti parce que Sonia avait annulé le mariage.

Elle en resta bouche bée.

— Vous ne me croyez pas ? ajouta-t-il. Dans ce cas, je ne peux rien pour vous.

S'il avait menti, il aurait inventé des détails, tenté de se justifier, usé de son charme pour la convaincre. Or, son visage restait impassible, ce qui ne rendait que plus poignante la tristesse de son regard.

— Vous étiez certainement au courant de ce qui se disait sur vous, et, malgré ça, vous n'avez pas eu envie de rétablir la vérité ?

Il lui aurait suffi d'un mot au directeur qui aurait demandé à une ou deux personnes influentes de relayer le message — c'était ainsi qu'on faisait ou défaisait les rumeurs à l'hôpital.

— C'est vrai, je savais exactement les horreurs que les amies de Sonia colportaient sur mon compte. Et non, je n'ai pas essayé de me défendre.

Par discrétion, peut-être, car pour se disculper il lui aurait fallu salir le nom de son ex-fiancée, ce qu'un aristocrate ne saurait faire. À moins qu'il ne se soit soucié comme d'une guigne de ce que l'on pensait de lui — une telle arrogance lui ressemblerait assez.

Troisième explication : l'*ego* blessé. Il n'avait pas eu envie de crier sur les toits que Sonia l'avait trompé.

Au fond, peu importe la raison du silence de Jaye. Elle n'avait pas l'intention de s'en faire un ami, juste de s'assurer qu'il serait un patron fiable.

— Dire que j'ai cru pendant des mois ce qui se racontait à votre sujet, marmonna-t-elle, les joues en feu. Je suis désolée, on ne devrait jamais écouter les commérages.

Il haussa les épaules.

— Je n'ai rien fait pour y mettre un terme, c'est ma faute

autant que celle de Sonia. Ce qui compte à présent, c'est que vous basiez votre décision sur les faits.

Un petit sourire éclaira son visage, et Megan se sentit fondre. Il ne lui avait pas fourni de preuves ni donné d'explications, mais elle le croyait. Si ces yeux sombres mentaient, alors, elle pouvait dire adieu à toutes ses certitudes sur le genre humain.

— Vous voulez encore de moi dans votre équipe ?

D'aucuns ne lui auraient pas pardonné ses accusations, mais Jaye semblait prêt à passer l'éponge.

— Absolument. Je suis sûr que je n'aurai pas à le regretter.

— Alors…

La tête lui tournait, son cœur cognait à tout rompre, et tous deux, le cœur *et* la raison, la poussaient à dire oui.

— J'aime travailler pour des gens qui ont de hautes ambitions et qui exigent autant de leur personnel que d'eux-mêmes.

Il eut un petit rire.

— Dans ce cas, je suis votre homme. Je bois à la réussite de notre future collaboration, ajouta-t-il en entrechoquant son mug contre le sien.

Elle venait d'opérer un revirement à 180° et elle s'en félicitait. Travailler pour l'association caritative de Jaye était un défi comme elle les aimait.

Assis dans ses appartements devant le feu qui flambait dans la cheminée, Jaye se promit de réparer les dégâts. Quatre ans auparavant, ses fiançailles avec Sonia avaient été une catastrophe en devenir évitée, Dieu merci, au dernier moment, mais il n'y avait aucune raison que la carrière de Megan en pâtisse.

En laissant les rumeurs persister sur son compte, il ne s'était pas rendu compte des conséquences que cela pouvait entraîner. Blessé par la trahison de Sonia, il était parti se réfugier au Sri Lanka dans le centre médical que son père avait construit après le tsunami de 2005 — Jaye l'avait aidé à en couler les fondations. Là, dans cet endroit propice au recueillement, il était parvenu à panser ses plaies.

Hélas, on ne sortait pas indemne d'une telle épreuve. À son retour en Angleterre, il avait noué une nouvelle relation, mais la méfiance ne l'avait plus quitté. Craignant que les motivations de sa petite amie soient similaires à celles de Sonia, il n'avait pas tardé à rompre et, depuis, il se consacrait corps et âme à son travail.

Une bûche craqua, et des étincelles s'élevèrent dans l'âtre, incandescentes et légères. Lui aussi se sentait plus léger depuis que Megan l'avait cru. La confiance qu'elle lui témoignait lui avait mis du baume au cœur, et sa présence ô combien rafraîchissante lui avait un temps permis d'oublier ses démons. Force était de reconnaître qu'elle l'attirait, mais il avait encore du chemin à faire avant de pouvoir ne serait-ce qu'envisager un début de relation extra-professionnelle avec elle.

Il devait dormir. Une journée chargée l'attendait demain, et il lui faudrait se concentrer sur son travail. Et oublier le sourire de Megan.

Megan enchaînait les conférences. C'était passionnant d'évoluer dans un monde où des professionnels aguerris venus des quatre coins du monde côtoyaient des novices, tous étant animés du même désir d'aider et de soigner les plus défavorisés.

En un jour, elle avait déjà noué beaucoup de contacts, mais il était impossible de rencontrer tout le monde.

Il y avait en tout cas une personne avec qui elle ne parvenait jamais à engager la conversation. Jaye. Il assistait à toutes les réunions, mais se trouvait comme par hasard toujours à l'autre bout de la salle. Aurait-il voulu l'éviter qu'il ne s'y serait pas pris autrement…

Elle en était réduite à le regarder. Grand, beau, élégant, il était un régal pour les yeux. S'il l'avait surprise en train de l'admirer, cela aurait au moins signifié qu'il la regardait, lui aussi. Hélas, les yeux de Jaye ne semblaient jamais s'égarer dans sa direction.

En compagnie de John Ferris, Jaye se retira dans son bureau situé dans l'aile ouest du manoir. Les deux jours qui venaient de s'écouler avaient été épuisants.

— Êtes-vous satisfait de nos recrues ?

— Dans l'ensemble, oui, répondit Ferris en se laissant tomber dans un fauteuil club en face de la cheminée. Je dois toutefois avouer que je suis un peu déçu par le comportement de Steven.

La veille au soir, John Ferris et Jaye avaient passé deux heures à tenter de dissuader le jeune médecin de s'en aller.

— Tester la solidité des vocations ne fait-il pas également partie des objectifs de ce séminaire ? Steven n'était pas prêt à nous rejoindre, voilà tout.

John acquiesça.

— Il a pourtant un énorme potentiel. J'aimerais rester en contact avec lui.

— Rien ne vous en empêche. Qui sait, dans vingt ans, devenu chef d'un service de chirurgie générale, il acceptera peut-être de faire du bénévolat pour nous ou de former nos jeunes médecins ?

Il fallait penser à long terme. C'était la raison pour laquelle il avait recruté John Ferris.

Quand il était revenu du Sri Lanka, Jaye avait décidé de quitter son cabinet londonien et de se consacrer à plein temps à l'association caritative fondée par son père. Il s'était réservé la direction médicale, mais il lui fallait un gestionnaire pour se charger de tout le reste. John avait été cet homme providentiel.

— Et Megan ?

La voix de John le ramena au présent.

— Quoi, Megan ?

Il n'avait cessé de penser à elle au cours de ces quarante-huit heures, et il devenait urgent de prendre du recul. L'avis de John serait objectif, lui.

— L'un de nos assistants m'a rapporté ce qui s'était passé l'autre jour ; elle était sur le point de s'en aller, et vous l'en avez empêchée en vous jetant devant sa voiture. Hier, je lui ai demandé si tout allait bien…

— Et qu'a-t-elle dit ?

John se mit à rire.

— Elle m'a répondu par l'affirmative. Et quand je l'ai interrogée sur l'incident, elle a botté en touche en me disant qu'il s'agissait d'un malentendu dont elle était entièrement responsable. Elle a insisté sur le fait que vous aviez su apaiser toutes ses craintes. Un malentendu, des craintes… Son explication ne tenait pas debout.

Discrète Megan. Elle n'avait rien dit sur les raisons de l'*incident*, et il lui en savait gré.

— En vérité, ce n'était pas sa faute, mais la mienne.

— Je vois, dit John, de marbre. Y a-t-il quelque chose que vous me cacheriez au sujet de Megan et vous ?

— Non.

S'il avait rencontré Megan avant Sonia, sa vie aurait sans doute pris une tout autre tournure. Depuis quarante-huit heures, elle occupait constamment ses pensées, et il avait même fait cette nuit un rêve érotique où elle tenait le rôle principal. Mais cela n'avait été qu'un rêve.

— Nous nous sommes croisés autrefois dans un cadre

strictement professionnel. Il n'y a jamais rien eu entre elle et moi.

— Parfait. Dans ce cas, que diriez-vous de l'affecter à notre centre médical du Sri Lanka ? Il leur manque du personnel, le nouveau médecin consultant vient juste de prendre ses fonctions, et ils auraient bien besoin de renforts.

— Les nominations sont de votre ressort, John. Je me fie à votre jugement.

— Merci. Étant donné le lien personnel que vous entretenez avec le Sri Lanka, je voulais toutefois avoir votre avis avant de proposer le poste à Megan.

— Cela me semble une excellente idée. Je suis impatient de voir ce qu'elle donnera là-bas.

Megan traversa la pelouse puis descendit le talus. À l'orée du bois, le père de Jaye était en train de jeter des pelletées de terre dans une brouette.

— Megan…, dit Raj Perera en se redressant à son approche. Vous vous promenez ?

— Pas vraiment. Je voulais vous demander votre aide.

— Elle vous est acquise d'autant plus que je suis votre chef de groupe ce week-end. Une pause sera d'ailleurs la bienvenue, déclara-t-il en s'essuyant le front du revers de la main.

— Comme vous le savez, John nous a lancé à tous un défi. Il s'agit de faire un exposé de cinq minutes sur l'un des programmes de l'association ; je suis chargée de parler du dispensaire que nous avons dans la province de l'Ouest du Sri Lanka.

— Un endroit cher à mon cœur.

— Votre femme et vous l'avez créé, n'est-ce pas ?

— Exact.

— John nous a précisé que nous pouvions obtenir les

informations nécessaires par tous les moyens à notre disposition : recherches en bibliothèque, Internet *et autres*. Alors, comme vous étiez à l'origine du projet, je me suis dit…

— À quoi pensez-vous ?

— Eh bien, je me demandais si vous consentiriez à m'accorder une petite interview. Je pourrais manier la pelle en échange, ajouta-t-elle en désignant l'outil.

— D'accord. Que voulez-vous savoir ?

— Pour commencer, pourquoi avez-vous fondé ce dispensaire ?

Elle prit la pelle puis commença à creuser.

— Caroline et moi étions sur place, nous rendions visite à de la famille, quand le tsunami a dévasté la côte. Les blessés avaient besoin de secours ; or, l'hôpital le plus proche se trouvait à Colombo et les routes étaient de toute façon impraticables. Avec les moyens du bord, j'ai installé une tente médicale sous un arbre.

— Les gens sont venus se faire soigner ?

Le sol était plus dur à certains endroits, et Megan devait appuyer de toutes ses forces sur la pelle pour l'enfoncer.

— Par centaines. La plupart avaient tout perdu. Je prodiguais les soins d'urgence, et Caroline se chargeait de leur trouver de la nourriture, des vêtements et un toit au-dessus de leurs têtes.

— Ce devait être un spectacle désolant.

Megan avait travaillé dans des zones de pauvreté endémique, mais jamais dans des pays ravagés par une catastrophe naturelle.

— En effet. L'immense mouvement de solidarité que cela a généré nous mettait toutefois du baume au cœur. Mes quatre fils dont mon aîné, Jaye, sont venus pour nous prêter main-forte durant six semaines.

— Vous deviez être fier d'eux…

— Bien sûr. Ils ont ensuite suivi chacun leur chemin, mais Jaye, lui, avait trouvé sa vocation.

Jusqu'à il y a quelques jours, Megan aurait juré que le seul but de Jaye Perera dans la vie était de gagner de l'argent et de profiter des privilèges dont il avait hérité à la naissance.

— Est-ce à cette époque qu'il a décidé d'être médecin ?

— Non. Il avait déjà obtenu son diplôme et hésitait entre les nombreuses options qui s'offraient à lui au Royaume-Uni. Après le tsunami, il a renoncé aux offres que lui faisaient des établissements prestigieux pour rester un an au Sri Lanka et m'aider à mettre sur pied le dispensaire.

— Il récoltait des fonds ?

— Non. Il m'a aidé à *construire* le bâtiment. Nous avons creusé ensemble les fondations, coulé du ciment, posé des briques. L'après-midi, entre deux travaux de gros œuvre, il recevait les blessés dans des locaux de fortune. Je ne suis peut-être pas très objectif, mais je n'ai jamais vu quelqu'un travailler aussi dur.

Ce n'était pas le Jaye qu'elle connaissait, le médecin aux airs supérieurs qui déléguait les tâches ingrates à ses subalternes pour consacrer toute son énergie à des projets ambitieux. Il avait certes toujours œuvré dans l'intérêt des patients, mais elle ne l'aurait jamais cru capable de se salir les mains.

— Je ne savais pas… Il semble si différent aujourd'hui.

— Vous dites ça parce que vous ne le connaissez pas bien.

Sans doute. Et, à la lumière de ce que venait de lui révéler Raj, elle ne demandait qu'à mieux le connaître.

— Parlez-moi des défis que vous avez eu à relever au Sri Lanka, dit-elle en s'appuyant sur la pelle pour reprendre son souffle.

Son travail à elle n'avançait guère. Le sol hivernal était dur, et y creuser une tranchée n'était pas une partie de plaisir. Elle imaginait d'autant mieux les efforts qu'il avait fallu à Raj et Jaye pour creuser des fondations !

— Les défis étaient nombreux…

— Si vous le voulez bien, commençons par les problèmes médico-sociaux.

3.

Assis au fond de la salle, Jaye avait écouté les prestations des participants au séminaire. En cinq minutes, chacun était parvenu à brosser une vue d'ensemble du sujet qui lui avait été confié.

Restait Megan. Elle s'avança devant l'assistance et brancha son ordinateur portable à l'écran installé derrière elle. Plusieurs délégués avaient illustré leurs exposés à l'aide de photos. Lesquelles avait-elle choisies pour le centre médical du Sri Lanka ?

— J'ai décidé de présenter mon sujet sous la forme d'une interview. J'aimerais remercier le Dr Perera et son épouse pour avoir accepté de me parler de leurs débuts dans le dispensaire de la province de l'Ouest du Sri Lanka.

Elle marquait un point. Qui mieux que le fondateur du dispensaire pouvait en raconter l'histoire ?

— Tu es hors sujet, Megan, intervint une voix masculine. Une interview n'était pas ce qu'on nous demandait.

L'objection était soulevée par Rob, un jeune médecin londonien. Dans chaque séminaire, il y avait un râleur, un monsieur-je-critique-tout, et cette fois c'était Rob. L'organisation des ateliers, l'ordre du jour, la répartition du travail, et même le menu des repas, rien ne trouvait grâce à ses yeux. Côté contribution positive, il n'avait par contre pas grand-chose à apporter.

— On nous avait demandé de récolter le maximum

d'informations par tous les moyens à notre disposition, ce que j'ai fait, protesta Megan.

— Tous les moyens de *recherche*… , rectifia Rob qui croyait visiblement tout savoir mieux que tout le monde. C'est trop facile de tendre un micro et d'enregistrer quelqu'un.

— En interrogeant le fondateur en personne, j'ai *fait* un travail de recherche, dit Megan avec un sourire à l'intention de son contradicteur.

Sourire que ce dernier ne méritait pas. Si l'insupportable Rob voulait faire la leçon à quelqu'un, qu'il s'en prenne à lui, pas à Megan. Jaye se leva pour intervenir, mais John le prit de vitesse.

— Vous n'êtes pas hors sujet, Megan. Allez-y, on vous écoute.

Soulagé, Jaye se rassit. Voler au secours de Megan aurait été complètement déplacé de sa part, ce qui ne l'empêchait pas d'en ressentir toujours l'envie.

Après quelques phrases d'introduction, Megan tapa une touche sur le clavier. Les parents de Jaye apparurent sur l'écran. Ils étaient assis côte à côte dans la cuisine de Holte Hall.

« Monsieur et madame Perera, dit la voix de Megan derrière la caméra, le poste médical provisoire que vous avez installé en 2005 pour aider les victimes du tsunami a conduit à la création du centre médical tel que nous le connaissons aujourd'hui. Pourriez-vous nous parler des problèmes que vous avez rencontrés ? »

Le petit film dura cinq minutes. Quand il prit fin, Jaye sentit les larmes lui monter aux yeux.

Ce qui était aussi très déplacé. Bien qu'il connût l'histoire mieux que personne pour en avoir été l'un des principaux acteurs, il ne pouvait s'empêcher d'être ému par le récit. De toute évidence coupée au montage, l'interview parvenait toutefois à restituer parfaitement la genèse du dispensaire, l'enthousiasme de ses créateurs, les obstacles qu'il leur avait fallu franchir et les victoires qui leur avaient permis de garder le cap. Les photos apparaissant à la fin du film provenaient des albums de famille de ses parents.

Le silence se fit dans la salle puis quelqu'un se mit à applaudir, imité par tous. Les joues rouges comme une pivoine, Megan reprit son ordinateur et regagna son siège sous un tonnerre d'applaudissements.

À la fin de la réunion, les délégués se regroupèrent autour de Megan pour en savoir plus sur le dispensaire du Sri Lanka.

Comme c'était le quart d'heure de pause, Jaye s'empressa de quitter la salle pour aller se réfugier dans un fauteuil à l'entresol, à l'endroit où le grand escalier se divisait en deux. C'était son endroit de prédilection, là où, enfant, il avait l'habitude de se cacher pour voir les gens aller et venir.

Quelques instants plus tard, Megan sortit de la salle et, levant la tête, l'aperçut. Elle monta quelques marches puis s'arrêta.

— Puis-je vous tenir compagnie quelques instants ?

— Bien sûr.

Jaye se leva pour aller s'asseoir sur une marche, et elle vint prendre place à côté de lui, son ordinateur portable toujours sous le bras.

— Vos parents m'ont gentiment permis de scanner certaines de leurs photos personnelles, j'espère que cela ne vous a pas dérangé.

Elle s'en inquiétait après coup. La politesse aurait voulu qu'elle le lui demande avant d'afficher ces photos sur l'écran.

— Pas du tout, dit-il, magnanime. Ils semblaient ravis de vous accorder cet entretien. Mon père ne manque pas une occasion de se remémorer cette époque.

— J'ai dû supprimer certaines parties sinon l'exposé aurait été trop long. Vous avez vraiment aidé à creuser les fondations du bâtiment ? ajouta-t-elle, le regard brillant de curiosité.

— Eh oui. J'étais jeune alors…

Cela semblait si loin.

— John a évoqué la possibilité de m'envoyer là-bas, dit-elle. Qu'en pensez-vous ?

Voilà sans doute pourquoi elle était venue le trouver. Pour tâter le terrain.

— Cela me semble une bonne idée. Quand vous serez sur place, allez voir les initiales que nous avons laissées dans le ciment, côté jardin.

— Je n'y manquerai pas. J'ai hâte d'y être.

Ses mains se crispèrent sur ses genoux. Elle avait apparemment dit tout ce qu'elle avait à dire et semblait pressée de s'en aller.

Essaie de la retenir, ne serait-ce que pour respirer son parfum quelques minutes encore.

— Que pensez-vous du séminaire jusqu'à présent ?

— Les ateliers m'ont appris énormément de choses. C'est passionnant de pouvoir parler à des délégués issus d'associations différentes puis de comparer les approches, et le fait que tout se déroule dans cet endroit fait toute la différence.

Niché au creux d'un parc magnifique, le manoir faisait toujours son petit effet sur les nouveaux venus. Le fait que Megan soit aussi sensible à la magnificence des lieux le décevait, toutefois, car cela lui rappelait Sonia. Lors de sa première visite à Holte Hall, elle s'était extasiée sur les dorures, les lustres, les tableaux de maître sans pratiquement lui accorder un regard de toute la journée. Cela aurait dû le mettre en garde…

— Vous croyez que c'est la maison qui fait toute la différence, pas les gens qui y habitent ?

Megan lui lança un coup d'œil irrité, comme si elle le soupçonnait de mal comprendre à dessein.

— Pas du tout. Je voulais dire par là que c'est un avantage de pouvoir dormir sur place. En plus du gain de temps, cela nous permet à tous de mieux nous connaître et de prolonger les discussions. Le cadre est aussi pour beaucoup dans la réussite d'un séminaire ; on travaille mieux dans une grande maison en pleine nature que dans une salle de conférences surplombant l'autoroute, vous ne trouvez pas ?

Il sourit.

— Tout à fait d'accord. Le dispensaire du Sri Lanka est à cet égard un endroit parfaitement zen où tout a été conçu pour aider les gens à se reconstruire mentalement comme physiquement.

— Cela me rappelle les principes de la médecine ayurvédique. Vous la pratiquez ?

— Non. Mais nous reconnaissons les bénéfices des pratiques ancestrales et nous les respectons.

Megan hocha la tête.

— Tout ce que j'entends sur le dispensaire du Sri Lanka me donne de plus en plus envie d'y aller.

Elle s'était détendue. Son épaule frôla la sienne comme elle se tournait pour poser l'ordinateur à côté d'elle. Le contact pourtant fugitif eut un effet impérieux sur ses sens.

— En quoi ce manoir vous plaît-il tant ? dit-il, s'efforçant d'adopter un ton détaché.

— C'est comme une bulle, un espace hors du temps. Bien qu'il ait traversé les siècles et vu tant de choses, il reste toujours le même… On a l'impression que tout est possible, ici.

L'émotion lui serra la gorge. Megan semblait lire dans

ses pensées et voir au-delà du luxe et de l'apparat qui impressionnaient tant les autres.

— Ce sont vos ancêtres ? dit-elle en désignant les portraits accrochés dans l'escalier.

— Oui.

— Et vous perpétuez la tradition.

— Pas forcément. Et cela vaut mieux, car certains n'étaient pas très recommandables... Celui que vous voyez au-dessus de votre tête a failli perdre le domaine au jeu. Heureusement, son fils, sur le tableau d'à côté, a renfloué les caisses de la famille.

Megan se tordit le cou pour regarder les toiles en question.

— Je vois une ressemblance entre vous et le fils.

— Ce serait flatteur pour moi s'il y en avait une. De tous les ducs de Marlowe, c'était de loin le plus éclairé. Certaines de ses idées étaient révolutionnaires.

— Lesquelles, par exemple ?

— Il militait pour la justice sociale à une époque où personne ne se souciait des malheurs du peuple, et il a mis ses principes en pratique sur le domaine en baissant les loyers des métayers.

— Vous devez être fier de compter un tel ancêtre dans votre arbre généalogique ?

Le pire côtoyait le meilleur dans cette galerie de portraits. Son père l'avait expliqué à Jaye dès qu'il avait été en âge de comprendre. La vie était une question de choix, avait ajouté Raj, et chacun était libre de faire le bien, ou de se replier égoïstement pour ne penser qu'à son bon plaisir.

— Et pas qu'un peu fier. On a tous dans nos familles quelqu'un qui nous sert de modèle.

— Pas tous, non, dit-elle d'une voix triste.

Parlait-elle d'expérience ? Il n'osa pas le lui demander.

— En tout cas, moi, j'ai beaucoup de chance, et je n'ai

pas besoin de remonter au XVIIIe siècle pour me chercher un modèle. Il me suffit de regarder mon père.

— C'est en effet un homme admirable…

Elle sembla hésiter à poursuivre.

— Je ne peux malheureusement en dire autant de mon propre père, reprit-elle. C'était un homme marié, ma mère était sa secrétaire et maîtresse, et ils m'ont eue par accident. Il me considère comme son petit secret honteux…

Une note de défi perçait dans sa voix. « Pensez de moi ce que vous voulez, semblait-elle lui dire. Je m'en fiche. »

Surtout, ne pas lui dire qu'il était désolé de l'apprendre. Megan n'avait visiblement que faire de sa pitié.

— En plus d'être l'une des plus grosses fortunes d'Angleterre, mon père est un homme d'affaires très occupé. Il n'avait ni le temps ni l'envie de s'occuper d'une enfant illégitime.

Les pièces du puzzle commençaient à s'assembler, et il comprenait à présent pourquoi Megan avait eu une réaction si violente le premier jour. Elle avait cru qu'il ressemblait à son père, et sa colère contre lui en avait été décuplée.

— Et vous n'avez jamais eu envie de faire partie de sa vie ?

— Surtout pas. Je n'aime pas les secrets ; d'ailleurs, c'est *son* secret, pas le mien.

Dans ce cas, elle était libre d'en parler.

— Quel est son nom ? Peut-être que je le connais…

Megan secoua la tête en riant.

— Sans doute, si vous lisez les colonnes du *Financial Times.* Mais ne comptez pas sur moi pour vous révéler son identité, il a une femme et deux fils, et ce ne serait pas correct envers eux.

Sa discrétion forçait le respect. Elle ne semblait toutefois pas aussi détachée envers ce père indigne qu'elle voulait bien le dire.

Il n'eut pas l'occasion de lui poser davantage de questions

car la pause-café étant terminée, les délégués retournaient vers la salle de conférences. Megan prit son ordinateur avant de se lever d'un bond.

— Il faut que j'y aille.

Elle scruta autour d'elle d'un air un peu coupable, comme si elle s'attendait à ce que quelqu'un la réprimande pour avoir dévié du trajet habituel reliant les salles de conférences à la salle à manger.

— J'arrive dans un instant, dit-il en résistant à l'envie de lui dire qu'elle était libre de venir lui parler quand elle en avait envie.

À travers les balustres de l'escalier, il la regarda dévaler les marches et disparaître de son champ de vision. Naguère, de ce même poste d'observation, il avait guetté les invités arriver aux soirées de ses parents. Elle semblait désormais si loin, cette époque bénie où il avait cru qu'il pourrait faire exactement ce qu'il voulait de sa vie. Depuis, il s'était brûlé les ailes au jeu de l'amour, et Megan, bien à son insu, ravivait ses blessures.

À chaque fois que Megan entrevoyait l'homme sensible et bienveillant qui se cachait derrière l'aristocrate, elle avait l'impression d'être happée par la douceur de ses yeux. Lui parler n'allait pas sans danger ; la preuve, elle venait de lui confier des choses au sujet de son père qu'elle n'avait jamais dites à personne.

Dès que Jaye se trouvait dans la même pièce qu'elle, et même s'il était à l'autre bout, elle avait une conscience aiguë de sa présence et ne pouvait s'empêcher de lui jeter des coups d'œil à la dérobée, ce qui l'empêchait de se concentrer pleinement sur la conférence en cours.

Ce fut donc avec soulagement qu'elle apprit qu'il ne participerait pas à la session du lendemain matin étant donné qu'il serait pris par l'organisation de la soirée de clôture du séminaire. Mais le répit ne serait que de courte durée.

Dans un coin de la salle de bal, un quatuor à cordes composé de musiciennes en robe noire livrait une version jazzy de morceaux classiques. À la flamme tremblotante de dizaines de bougies, les draperies moirées cachant les portes vitrées de la terrasse semblaient s'animer, telle une nappe d'eau parcourue d'ondes.

Soudain, Jaye apparut sur le seuil de la salle, et Megan n'eut plus d'yeux que pour lui. Il avait fière allure dans son costume sombre et sa chemise blanche, et elle se sentait irrésistiblement attirée par lui.

Résistant à l'envie d'aller le retrouver, elle se dirigea vers un groupe de délégués qui avaient fait partie de son groupe de travail. Parmi eux se trouvaient quelques personnes qu'elle ne connaissait pas, dont un homme à l'allure timide qui ne semblait pas dans son élément.

Désireuse de le mettre à l'aise, elle lui sourit. Et il lui rendit son sourire.

— Est-ce votre première fois ? lui demanda-t-il. Je veux dire, la première fois que vous exercerez à l'étranger ?

— Non. J'ai travaillé un an en Afrique. J'en suis revenue il y a quatre mois et j'effectue, depuis, des remplacements à l'hôpital.

Le regard de l'inconnu s'était éclairé.

— Dans quel pays étiez-vous stationnée ? Moi, je rentre du Rwanda.

La conversation de Tim Gregson se révéla passionnante. Ses commentaires dénotaient une hauteur de vue et une capacité de synthèse étonnantes chez un humanitaire, et Megan en déduisit qu'il avait dû occuper un poste à responsabilités.

— Que faisiez-vous au juste ? demanda-t-elle, intriguée.

— Oh... Je prodiguais des conseils, dit-il d'un air vague en haussant les épaules. Parfois, on les suivait, parfois pas.

Un rire résonna derrière eux.

— Tim est modeste, dit Jaye en s'avançant et en serrant chaleureusement la main de ce dernier. C'est un observateur parlementaire qui prend ses ordres directement de Westminster, et les arcanes du pouvoir n'ont aucun secret pour lui.

— Si seulement c'était vrai, commenta Tim, visiblement flatté par la description que Jaye brossait de lui.

— Au milieu du chaos où nous opérions, il faisait entendre la voix de la raison.

— Que tu n'as pas écouté très souvent, si ma mémoire est bonne.

Les deux hommes se connaissaient visiblement bien. Peut-être ne le remarqueraient-ils même pas si elle leur faussait compagnie.

Comme elle esquissait un pas en arrière, Jaye se tourna vers elle.

— Tim nous a apporté une aide précieuse sur plusieurs de nos projets. Je lui en suis très reconnaissant.

— Caroline ne partage pas ton avis, répliqua Tim. Elle m'a fouillé à mon arrivée pour être sûre que je ne cachais rien sous ma chemise.

Jaye éclata de rire.

— Ma mère n'oublie jamais rien.

— Parlez-lui du sparadrap, Megan, dit Tim. Je parie que lui non plus n'a pas oublié.

— Du sparadrap ?

Oubliant son envie de s'en aller, Megan levait un regard interrogateur vers Jaye.

— Il y a prescription, depuis le temps, rétorqua-t-il. Nous étions gamins et nous avions décidé de faire un peu d'espionnage, comme dans les séries télé. C'était encore l'époque des lecteurs cassettes. On en avait dissimulé deux, le modèle miniature, sous nos pulls, en les collant à même la peau avec des tonnes de sparadrap, et on les avait réglés en mode enregistrement…

— Manque de chance, ta mère a remarqué les bosses qu'on avait sur la poitrine et, soulevant nos pulls, elle a découvert le pot aux roses. Je n'oublierai jamais la manière dont elle a arraché les appareils sans ménagement pour notre épiderme.

— J'en ai encore mal, dit Jaye en portant une main à son torse. Le pire, c'est qu'on n'avait encore rien pu enregistrer à part la voix de ma mère nous demandant ce qu'on cachait sous nos vêtements.

— Nous qui rêvions de démasquer le complot d'une puissance ennemie…

— C'est sûr, on était déçus.

Avec ses longs couloirs, ses tourelles et sa trentaine de pièces, ce manoir avait dû être un terrain de jeux rêvé pour deux petits garçons turbulents. Le Jaye adulte qui empruntait la grande entrée et jouait au maître de maison cérémonieux avait-il conservé la capacité d'émerveillement de l'enfant qu'il avait été ? Ou Sonia l'avait-elle détruite à jamais ?

— Votre verre est vide, dit Tim. Encore un peu de vin ?

— Non, merci, répondit-elle en recouvrant son verre de sa main. Je me demande ce que fait Alice…

Alice était une infirmière avec qui elle avait sympathisé au cours du séminaire et qui n'était pas dans la salle, ce qui lui fournissait une excuse pour s'éclipser.

Le visage de Jaye s'était rembruni comme s'il regrettait soudain d'avoir remonté le temps et divulgué ces quelques confidences sur son enfance.

Tant pis. Elle ne le connaissait pas suffisamment pour lui demander quel était le problème et, de toute façon, il valait mieux conserver ses distances avec celui qui allait être désormais son patron.

Adressant un sourire à Tim, elle s'échappa de la salle.

4.

Megan était belle à couper le souffle. Si belle que Jaye en avait oublié de lui faire le compliment d'usage sur son apparence. Elle portait une robe bleu foncé dont la texture satinée faisait pâle figure à côté de la soie de ses cheveux qu'elle avait ramenés en un chignon d'où s'échappaient des mèches d'or. Des talons hauts faisaient paraître ses jambes encore plus longues, et elle arborait pour tout bijou un lourd bracelet en argent savamment ouvragé — une pièce rare. Trop apprêtées, trop fardées, ne cherchant de toute évidence qu'à plaire, les autres femmes ne pouvaient rivaliser avec son élégance naturelle.

Après quelques improvisations sur Bach, le quatuor à cordes s'était lâché et proposait à présent une sélection de morceaux pop et rock. Toujours partant pour danser, son père avait entraîné sa mère dans un coin de la salle pour la faire virevolter au son d'un air endiablé.

Jaye brûlait d'envie d'inviter Megan à danser, mais la voix de la raison lui soufflait que ce ne serait guère prudent. Déjà, hier, il avait eu du mal à lui cacher son émoi lorsqu'elle avait été assise à côté de lui dans l'escalier, alors, a fortiori, si elle était dans ses bras…

— Une soirée très réussie.

La voix de Tim l'arracha à ses pensées.

— Merci, dit Jaye Viens, j'aimerais te présenter à quelques collègues.

Il connaissait Tim. S'il le laissait seul, son ami d'enfance serait capable de rester planté au milieu de la salle, solitaire et muet. Les mondanités, ce n'était pas son genre, ce qui rendait d'autant plus étonnant l'échange enjoué et presque complice qu'il avait eu avec Megan.

— Plus tard, si ça ne te dérange pas. J'ai mal à la tête. Tu n'aurais pas du paracétamol ?

— La boîte de premier secours est dans la cuisine. La clé se trouve à l'endroit habituel. Tu ne te sens pas bien ?

Tim leva les yeux au ciel.

— Ne joue pas au médecin avec moi. Occupe-toi plutôt de tes invités.

Hors de portée du sourire de Jaye, Megan parvint à se détendre. En compagnie d'Alice, elle alla rejoindre les nouveaux amis de ce week-end, et ils passèrent une heure à bavarder et à rire autour de la cheminée.

Quand elle vit Jaye se diriger vers eux avec une bouteille de vin rouge dans une main, et une de vin blanc dans l'autre, sans doute pour remplir leurs verres, elle décida de filer vers la salle de bains se rafraîchir le visage.

Mais, se trompant de couloir, elle se retrouva dans la cuisine où elle découvrit Tim, assis dans une petite alcôve attenante, les yeux fermés, la mine dolente, un verre d'eau et une plaquette de comprimés posés sur la table à côté de lui. Il ouvrit les paupières.

— Megan… Que se passe-t-il ?

— C'est à vous qu'il faut le demander, répliqua-t-elle en s'approchant de lui. Ça ne va pas ?

Sans attendre la réponse, elle posa une main sur son front. Il était brûlant.

— Vous avez une fièvre de cheval.

— J'ai attrapé un petit virus l'autre jour. Je pensais être guéri, mais à tort, visiblement. Ce doit être la grippe. Dès que le paracétamol agira, ça ira mieux. Retournez donc auprès de vos amis.

Comme il tendait une main tremblante vers la plaquette de comprimés, Megan s'en empara avant lui. C'était du paracétamol dosé à 1 000 mg ; comme il en avait déjà pris deux ainsi que l'indiquaient les opercules déchirés, il n'était pas question de le laisser en prendre davantage.

— Restez ici un instant, je reviens.

— D'accord, marmonna-t-il en fermant de nouveau les yeux.

Megan retourna en hâte dans la salle de bal où il y avait beaucoup de médecins, mais il n'y en avait qu'un qui pouvait l'aider.

En sentant une main se poser sur son bras, Jaye se retourna. C'était Megan.

— Venez vite, s'il vous plaît. Tim est malade.

Posant les bouteilles de vin sur la cheminée, il suivit Megan dans le couloir.

— Il se plaignait tout à l'heure d'un mal de tête…

— Il prétend que c'est un virus sans gravité. Je ne veux pas être alarmiste, mais il a séjourné dans des contrées où sévissait la malaria…

Jaye était plus tenté de croire Megan, une infirmière expérimentée, que Tim.

Arrivée dans le hall, elle regarda autour d'elle d'un air désemparé.

— Cet endroit est un véritable dédale. Je ne sais plus quel couloir j'ai pris tout à l'heure…

— Où se trouve Tim ?

— Dans la cuisine.

— C'est par là.

Posant une main dans son dos dans l'intention de la

guider dans la bonne direction, il la sentit sursauter. Ne supportait-elle pas son contact ?

Deux minutes plus tard, ils étaient penchés au-dessus de Tim qui était affalé dans un fauteuil.

— Oh non, murmura celui-ci en entrouvrant un œil. Je vous faisais confiance, Megan, et vous êtes allée chercher du renfort.

— Il le fallait. Tim a déjà pris deux comprimés de paracétamol, Jaye, et il voulait en prendre davantage, mais je l'en ai empêché.

— Vous avez bien fait. Voyons, Tim, tu es rentré d'Afrique il y a six semaines… Le délai d'incubation de la malaria est en général plus court, mais il peut varier selon les individus et le degré de virulence de la charge parasitaire.

— J'avais pris un antipaludéen… de la chloroquine, avant mon départ.

— Le traitement préventif n'est pas toujours efficace en cas de multi-infection, dit Megan. Vous avez une forte fièvre et une respiration sifflante. Quand dites-vous que cela a commencé ?

— Mardi… Non, mercredi. Jeudi, je me sentais un peu mieux.

— Cela pourrait être la malaria, continua Megan en prenant le pouls du malade. Le délai d'incubation du *Plasmodim malariae* peut dépasser sept semaines dans certains cas…

Elle regarda Jaye qui confirma d'un hochement de tête.

— Je crois qu'il faut envisager cette possibilité et faire le test de dépistage.

Comme Tim frissonnait, elle attrapa un plaid posé dans un fauteuil pour lui couvrir les épaules.

Quelque peu incrédule, Jaye observa la scène. Tim qui criait au meurtre dès qu'un médecin l'approchait de trop près se laissait faire docilement. La magie de Megan opérait sur lui aussi.

— Il faut procéder au plus vite à une prise de sang, dit Jaye, prenant les choses en main.

Après tout, c'était lui, le médecin.

— Je vais aller avertir mon père. Si ce n'est qu'une grippe, j'en serai soulagé pour toi, mon vieux. Sinon…

— Je rejoindrai le club des humanitaires infectés par le palu. Plus on est de fous, plus on rit.

Tim avait toujours eu un étrange sens de l'humour.

Le laissant en compagnie de son infirmière préférée, Jaye se mit en quête de son père.

Incroyable… Cinq ans auparavant, lorsque Megan avait vu Jaye pour la première fois à l'hôpital, il n'avait semblé accorder aucune attention au petit personnel dont elle faisait partie, et maintenant il lui faisait toute confiance pour examiner son ami d'enfance.

Sans doute avait-il une raison d'agir ainsi. À moins qu'elle ne l'ait imaginé à tort snob et distant…

Il était revenu avec Raj qui était en train d'écrire une lettre pour le service des maladies infectieuses et virales de l'hôpital.

— Il vaudrait mieux l'emmener au Gloucester Central Hospital. Ils effectueront un prélèvement sanguin dès son admission, et le résultat du test devrait être connu demain. Voilà, poursuivit Raj en déchirant la feuille du bloc pour la tendre à Megan. Donnez-la au médecin *en main propres*. Je ne veux pas qu'il se laisse influencer par Tim et son autodiagnostic de grippe.

— Les médecins…, marmonna Tim, les joues rouges de fièvre. Moins on les voit, mieux on se porte. Les infirmières, c'est différent.

— Tout à fait d'accord, dit Jaye.

Le clin d'œil qu'il décocha à Megan fit bondir son cœur.

— Allez, mauvaise troupe. En route pour l'hôpital.

Megan avait donné la lettre de Raj au médecin de garde des urgences qui y avait jeté un coup d'œil distrait tout en s'occupant de trente-six mille choses à la fois. C'était l'affluence des grands soirs, ce samedi.

Allongé dans un box de soins, Tim attendait qu'on veuille bien s'occuper de lui.

— Le Dr Raj Perera est un spécialiste des maladies tropicales, dit Megan au médecin en désignant l'en-tête de la lettre. Il sait de quoi il parle.

Jaye l'observait, admiratif. Megan ne lâchait rien et elle ne s'estimerait satisfaite que lorsqu'elle aurait l'entière attention de son interlocuteur.

— Le patient se trouvait à l'étranger ? demanda l'urgentiste.

— Au Rwanda. Il en est revenu il y a six semaines, ainsi que vous le précise le Dr Perera dans sa lettre.

L'homme en blouse blanche daigna enfin s'intéresser à la missive.

— D'accord, dit-il en pliant la feuille en quatre pour la mettre dans sa poche. On va lui faire passer des tests. Vous êtes sa femme, je suppose ?

La méprise se concevait. En moins d'une heure, Megan avait développé une complicité réelle avec Tim, et quelqu'un d'étranger pouvait croire qu'ils se connaissaient depuis toujours.

— Non. Son compagnon est en chemin…

Tim partageait sa vie avec David Foreman que Jaye avait averti. Il indiqua ses coordonnées que l'urgentiste nota dans le dossier avant de s'éloigner, l'air affairé.

— Merci, Megan, déclara Tim. Sans vous, on serait

encore à poireauter dans la salle d'attente. J'ai besoin de quelqu'un comme vous dans mon équipe, alors ça vous dirait de venir travailler pour moi car une infirmière me manque ?

— Première nouvelle ! s'exclama Jaye.

— L'offre est tentante, répliqua Megan d'un air malicieux. Mais je vais devoir décliner. Je suis très contente de mon travail actuel. Et de mon employeur…

Quel retournement de situation ! Quatre jours auparavant, elle avait voulu démissionner en apprenant qu'il serait son patron et, maintenant, elle se disait parfaitement satisfaite. Sa confiance lui faisait chaud au cœur.

— Tu as entendu la dame, Tim ? lança Jaye, en feignant l'indignation. Alors, cesse de vouloir débaucher mon personnel. Et essaie de dormir.

Tim s'agita dans le lit. Soudain, il porta une main à sa bouche.

— Je… Je crois que je vais vomir.

Vive comme l'éclair, Megan s'empara d'une assiette en carton qui se trouvait sur la table de chevet et la lui glissa sous le menton.

Le compagnon de Tim arriva une demi-heure plus tard, l'air paniqué.

Tim venait de s'endormir sous l'effet de l'antipyrétique qu'on lui avait administré.

— Qu'a-t-il encore fait ? demanda David comme s'il parlait d'un gamin turbulent.

Ce fut Megan qui répondit.

— On s'est peut-être affolés pour rien. Peut-être que ce n'est qu'une simple grippe.

— Et quelle serait l'alternative ?

— La malaria.

Encore une fois, c'était Megan qui répondait. Jaye ne s'en sentait pas le courage.

— La malaria ? répéta David d'une voix horrifiée. Ça se soigne ? Pardonnez mon ignorance, je suis prof de littérature anglaise, et mes connaissances sur cette maladie se limitent à ce que j'ai lu dans les romans victoriens. La malaria est l'autre nom du paludisme, n'est-ce pas ?

— Exact. En réponse à votre première question, oui, ça se soigne parfaitement. Si les tests se révèlent positifs, les médecins seront capables de nous dire exactement de quel type de malaria il s'agit.

Il en existait de quatre sortes. Trois étaient de forme bénigne, et une mortelle. Mais Jaye ne voulait pas envisager le pire.

— D'accord, dit David en se laissant tomber sur le lit. Bon sang, la malaria… Puis-je faire quelque chose ?

— Restez avec lui. Les brancardiers vont arriver dans quelques instants pour le monter dans le service des maladies infectieuses. On va bien le soigner, et il sera sur pied dans quelques jours. Il faudra veiller toutefois à ce qu'il suive bien son traitement.

— Comptez sur moi. Merci pour avoir diagnostiqué le problème, Jaye, poursuivit David en se tournant vers lui. Tim s'était plaint de maux de tête et de fièvre en début de semaine, et j'avais cru qu'il s'agissait d'une grippe. Jamais, je n'aurais pensé à la malaria.

— Ne me remerciez pas. Tout le mérite en revient à Megan. Moi, je n'ai fait que servir de chauffeur.

— Je vous suis très reconnaissant, Megan. C'est un miracle que cette tête de mule ait accepté de vous suivre à l'hôpital. D'habitude, c'est la croix et la bannière pour l'obliger à consulter le généraliste.

— Il a été un patient modèle, dit Megan en souriant.

— Pas possible !

Quelques minutes plus tard, Tim fut transféré au troisième étage, et David prit le relais à son chevet en leur disant qu'il n'était pas nécessaire qu'ils restent.

Ils regagnèrent la voiture qu'ils avaient laissée sur le parking. Megan était emmitouflée dans une veste en polaire bleu marine que le père de Jaye avait décrochée de derrière la porte de la cuisine pour la jeter sur ses épaules. À présent que l'urgence était passée, Jaye reconnaissait le vêtement. Il lui appartenait.

C'était excitant de voir Megan porter sa veste, à défaut de pouvoir la tenir dans ses bras…

— Vous pensiez ce que vous disiez en affirmant que vous étiez contente de votre nouveau travail ?

« Et de votre nouveau patron », se retint-il d'ajouter pour ne pas paraître rechercher des compliments.

— Bien sûr. Mais le moment me semble malvenu pour en discuter. Je m'inquiète pour Tim ; rendez-vous compte, il a 40 °C de fièvre !

— L'antipyrétique va y remédier et on lui administrera de la quinine dès que le diagnostic sera confirmé. Si je vous pose la question sur le travail, c'est juste pour m'assurer que vous vous plaisez chez nous. Si vous aviez voulu résilier votre contrat comme vous en aviez d'abord exprimé l'intention, j'aurais respecté votre décision sans chercher à vous retenir.

— Vraiment ? Je suis déçue…

Elle plaisantait ainsi qu'en témoignait son sourire.

— Vous auriez préféré que je me batte comme un lion pour vous garder ? dit-il en lui ouvrant la portière de la voiture.

— Bien sûr ! Une femme aime qu'on se batte pour elle. Au fait, poursuivit-elle, reprenant son sérieux, j'aimerais moi aussi m'assurer d'une chose. En suggérant qu'il pourrait s'agir de la malaria, je ne voulais pas marcher sur vos plates-bandes. C'est vous le médecin.

Adorable Megan qui s'inquiétait d'avoir froissé sa susceptibilité !

— Vous avez bien fait de me suggérer ce diagnostic. J'aurais fini par y penser, moi aussi, mais vous nous avez fait gagner un temps précieux.

Elle s'installa sur le siège passager.

— Il faut que je vous avoue quelque chose, docteur Perera. Quand j'ai trouvé Tim affalé dans le fauteuil de la cuisine, sa plaquette de paracétamol à portée de la main, j'ai d'abord pensé que c'était un dernier test auquel vous nous soumettiez.

Cela l'attristait qu'elle continue à l'appeler « docteur Perera ». À la première occasion, il lui dirait de laisser tomber les formalités.

— Non. Je n'aurais pas profité de cette soirée de clôture pour tenter de faire passer un énième test à mes employés, ni sollicité le concours d'un ami d'enfance pour jouer les malades. Me croyez-vous retors à ce point ?

— Je ne vous connais pas suffisamment pour le dire, répondit-elle avec une franchise désarmante. Mais j'admets que mon idée était stupide. Si Tim avait voulu nous piéger, il ne se serait pas caché dans la cuisine où personne ne risquait de le trouver. J'ai compris mon erreur en le voyant transpirer à grosses gouttes… même le comédien le plus talentueux ne pourrait le faire sur commande. Idem pour sa fièvre, elle crevait le plafond.

— Ça aurait pu être la dengue, la fièvre typhoïde, voire le choléra, mais vous avez immédiatement mis le doigt sur le bon diagnostic.

— Je vous rappelle qu'il reste à être confirmé.

— Exact, dit Jaye en mettant le contact. En attendant, que diriez-vous de prendre un verre pour nous remettre de nos émotions ?

Elle sembla hésiter une fraction de seconde avant de hocher la tête.

— Avec plaisir.

5.

Megan était faite de paradoxes. D'une compétence rare, elle avait la tête sur les épaules, mais faisait preuve d'une extrême sensibilité et d'une imagination débordante. Malgré sa réserve naturelle, elle pouvait aussi se montrer d'une franchise déconcertante. Elle semblait dénuée de toute rouerie, ce qui représentait une véritable bouffée d'oxygène pour un aristocrate habitué aux courbettes et ronds de jambe des courtisans.

Jamais, Jaye n'avait rencontré une femme comme elle, ce qui pouvait peut-être le dispenser d'obéir aux règles de conduite qu'il s'était fixées jusque-là. Mais mieux valait y réfléchir quand il ne serait plus sous l'emprise de son parfum.

Presque toutes les lumières étaient éteintes dans le bâtiment. Il se gara devant l'aile ouest et aida Megan à descendre de voiture.

— C'est la partie la plus ancienne du manoir, lui expliqua-t-il en allumant et en l'invitant à entrer dans le vestibule. Elle date de l'époque Tudor.

Elle promena un regard admiratif autour du hall. Un grand escalier conduisait à une galerie en mezzanine.

— Moi qui pensais que les pièces des manoirs de cette époque étaient sombres et basses de plafond…

— C'était l'entrée principale de Holte Hall. Elle se devait d'impressionner les visiteurs qui venaient présenter leurs hommages au maître des lieux.

— Eh bien, ça marche. Je *suis* impressionnée.

Comme elle se tournait vers lui, il fut frappé par la beauté de son regard azur. Craignant de s'y noyer et de perdre tous ses moyens, il s'arracha à sa contemplation et lui prit son manteau.

— Voulez-vous un chocolat chaud ou une boisson plus corsée ? Ou une visite guidée ?

Si tu ne veux rien boire, ce n'est pas grave, mais choisis la troisième option, je t'en supplie.

Dans ses rêves, il tutoyait Megan. Dieu, comme il était impatient de le faire pour de vrai !

— Je ne dirais pas non à un chocolat chaud. *Et* à la visite guidée.

Réprimant un sourire, Jaye la conduisit dans la cuisine. Tout en mettant le lait à chauffer, il l'observa du coin de l'œil tandis qu'elle regardait autour d'elle.

— Cette pièce qui allie l'ancien et le moderne est magnifique, dit-elle en promenant la main sur le plan de travail en granit.

— Quand j'ai choisi d'habiter dans cette aile, j'ai fait ajouter cette extension.

— Vous avez creusé les fondations, ici aussi ? demanda-t-elle, l'œil pétillant de malice.

— Non. Conduire une pelleteuse est hors du champ de mes compétences…

Dommage, d'ailleurs. Quelque chose lui disait que Megan ne l'en aurait respecté que davantage si elle l'en avait su capable.

Sans en être sûr, il se doutait qu'elle nourrissait des préjugés contre les aristocrates, et plus généralement contre tous ceux qui usaient de leurs privilèges pour faire travailler les autres. De plus, elle n'était pas le genre de femme à s'abaisser à des compromissions. Elle avait refusé la vie confortable que lui offrait son milliardaire de père pour devenir infirmière, ce qui en disait long sur la personne qu'elle était.

— Si je m'y étais essayé, il y aurait eu des dégâts. J'aurais risqué de démolir des murs centenaires que je suis censé protéger et transmettre.

— Aux futures générations ?

— C'est ça.

À la descendance de ses frères. Pas à la sienne. Sans doute n'aurait-il jamais d'enfants.

Il lui tendit la tasse de chocolat chaud puis l'emmena sur la mezzanine. Les vieilles marches en bois craquèrent sous leurs pieds. Megan s'accouda à la balustrade pour regarder en bas.

— Les gentes dames des siècles passés ont dû faire de même, déclara-t-elle avec un petit rire. Quel meilleur endroit que ce poste en hauteur pour inspecter le début de calvitie de leurs prétendants !

Dans la chambre d'amis, elle s'extasia devant le lit à baldaquin. Quand ils retournèrent au rez-de-chaussée, elle esquissa par contre une petite moue déçue en découvrant que les fleurs ornant le manteau de la cheminée étaient artificielles.

— Elles durent plus longtemps, dit Jaye sans réfléchir.

Une réponse inepte dont il eut aussitôt honte.

— Mais elles n'ont aucun parfum.

La prochaine fois, il s'arrangerait pour qu'il y ait un vase rempli de fleurs fraîches. À supposer qu'il y ait une prochaine fois.

— J'aime bien la manière dont vous avez restauré les fenêtres en conservant les irrégularités du bois, dit-elle en désignant les fenêtres à meneaux.

— C'est l'avantage de la restauration sur la rénovation. Le PVC n'aura jamais droit de cité à Holte Hall.

Il se rapprocha de la vitre pour voir ce qu'elle voyait

— la pelouse grande comme un lac, presque blanche sous la pâleur argentée de la lune — et il en profita pour respirer son parfum.

— Oh ! j'ai perdu mon bracelet ! s'écria-t-elle soudain en jetant un coup d'œil à son poignet.

Ce n'est pas grave, pensa-t-il. *Je t'en achèterai des dizaines d'autres. Tout ce que je te demande, c'est de rester encore un peu avec moi.*

Mais la consternation se lisait sur le visage de Megan.

— J'y tenais beaucoup. C'était un cadeau d'adieu des gens avec qui j'avais travaillé en Afrique.

— Vous souvenez-vous de l'avoir enlevé quelque part ?

Elle sembla faire un effort de mémoire.

— Dans la loggia de la cuisine, tout à l'heure, je l'ai posé sur la table. Le bracelet, qui est lourd, me gênait pour examiner Tim.

— Et vous l'avez oublié là-bas ?

— Sans doute. Je ne me rappelle pas l'avoir remis à mon poignet. Ce n'est pas grave, je le récupérerai demain matin, ajouta-t-elle avec un petit sourire forcé.

— Vous allez passer toute la nuit à vous inquiéter. Retournons-y maintenant.

Par un couloir dérobé, Jaye conduisit Megan dans l'aile principale. Une fois dans la cuisine, ils déchantèrent. Aucun bracelet n'était visible sur la table de la loggia.

Pendant qu'il poussait les fauteuils, Megan se mit à quatre pattes pour regarder sous le buffet.

— Il est là !

Elle tendit le bras pour essayer d'attraper le bijou, mais sa robe près du corps entravait ses mouvements. Un soupir contrarié aux lèvres, elle retroussa le tissu satiné sur ses cuisses.

En gentleman qui se respecte, Jaye se sentit obligé d'intervenir, même si le spectacle était agréable. La poussant doucement sur le côté, il s'aplatit au sol pour récupérer le bracelet qu'il lui remit au poignet.

— Merci, dit Megan. Vous aviez raison, je n'aurais pas pu dormir en me disant que je l'avais peut-être perdu.

Dormir était bien loin des préoccupations de Jaye en cet instant. Il brûlait d'envie d'embrasser Megan, mais sans doute récolterait-il une gifle s'il s'y risquait. Elle n'avait pas de place pour lui dans sa vie bien ordonnée ; rien dans ses gestes ni ses paroles n'avait indiqué à aucun moment qu'elle souhaitait plus qu'une relation strictement professionnelle.

— Allons-nous prendre un autre couloir dérobé pour retourner à ma chambre ?

Son sourire enjoué le ramenait à son enfance, à l'époque où le petit garçon qu'il avait été adorait explorer chaque coin et recoin de cette maison, parfois en pleine nuit, à l'insu de ses parents.

— Vous voulez des passages secrets ? dit-il en plongeant le regard dans ses yeux brillants. Vos désirs sont des ordres, *milady*. Mais je vous conseille d'abord de changer de chaussures.

Du placard sous l'escalier, Jaye exhuma une paire de bottes en caoutchouc. Les mains un peu tremblantes, Megan les enfila, tout excitée à l'idée de visiter l'envers du décor en compagnie de son séduisant guide. Qui sait, peut-être tomberaient-ils sur un fantôme, ce qui ne ferait que pimenter la visite.

Plonger dans ce dédale obscur en compagnie de Jaye ne lui faisait pas peur, même si elle ne savait pas ce qui l'attendait. Un peu d'imprévu la changerait de son quotidien balisé.

Une fois chaussée, elle se regarda dans le miroir du hall

et éclata de rire. Les bottes en caoutchouc avec la robe de soirée en satin, il fallait oser !

— J'espère au moins que ça vaut la peine de me ridiculiser ainsi.

— Le passage secret que je veux vous montrer passe sous la maison. Le sol est inégal, parfois un peu mouillé, et vos escarpins n'auraient pas tenu le coup.

— Alors, au diable l'élégance !

— Mais vous *êtes* élégante, même avec ces choses aux pieds. En fait, je vous trouve absolument ravissante ce soir.

— Vous vous moquez de moi ?

À quoi jouait-il ? Tels deux gamins attardés, ils s'apprêtaient à faire la chasse aux fantômes, et il lui servait soudain un extravagant compliment sur son physique. C'en était gênant.

— Pas du tout.

Lui prenant la main, il la fit descendre à la cave par un étroit escalier en pierre. Ils traversèrent ensuite le cellier et s'arrêtèrent devant une grille en fer. Elle frissonna en sentant un souffle d'air froid sur sa joue et, aussitôt, Jaye ôta sa veste pour la lui mettre sur les épaules. Puis il se pencha pour ouvrir un carton posé sur le sol d'où il sortit deux bougies qu'il alluma à l'aide d'un briquet. Lui en ayant tendu une, il ouvrit la grille.

Megan scruta la pénombre.

— Où cela conduit-il ? Était-ce un tunnel pour fuir l'ennemi ?

— En un sens, oui, dit Jaye en riant. Le quatrième duc de Marlowe avait pris l'habitude de fuir ses créanciers par ce chemin qui menait aux écuries, et il paraît que le septième duc l'utilisait pour faire entrer en douce sa maîtresse dans le manoir. La pauvre, ça ne devait pas être très agréable pour elle.

Il lui offrit un bras pour qu'elle s'y appuie, ce qu'elle fit bien volontiers. Jaye avait le pied sûr et semblait connaître les lieux comme sa poche.

— Et vous, vous êtes le duc numéro combien ?

— Mon oncle était le dix-septième. Je suis donc le dix-huitième.

— Votre mère n'est pas duchesse ?

Étrange. Comment se faisait-il que Jaye ait hérité du titre du vivant de ses parents ?

— Non. Mon oncle est mort sans descendance, et j'étais l'héritier en tant qu'aîné des neveux. C'est un système archaïque qui ne permet pas aux femmes d'hériter du titre. J'espère que la prochaine génération changera ça.

— Et la maison venait avec le titre ?

— La maison *et* les terres. Ça n'a pas changé grand-chose dans le quotidien de la famille étant donné que mes parents géraient déjà le domaine. Entre deux missions à l'étranger, j'essaie d'y séjourner le plus possible.

— Donc, vous n'êtes pas souvent là ?

— Hélas, non. Cela faisait un bail que je n'avais pas mis les pieds dans ce souterrain. Quand j'étais enfant, j'y descendais parfois la nuit en cachette.

C'était en quelque sorte une échappatoire pour lui aussi. Depuis des siècles, ce tunnel servait de sortie de secours aux ducs prodigues ou volages, ainsi qu'à leur progéniture en mal de sensations fortes. Ces vieilles pierres attendaient, silencieuses, plongées dans les ténèbres, que Jaye veuille bien revenir parmi elles.

— Ce doit être un merveilleux terrain de jeux. Chaque maison devrait en avoir un.

— Je suis de votre avis.

Soudain, il s'arrêta de marcher, et elle sentit la caresse de ses doigts sur son visage. Puis les lèvres de Jaye effleurèrent son front.

— C'est la tradition, dit-il. Aucun duc de Marlowe ne peut amener une femme ici sans l'embrasser.

Était-il en train de lui raconter des histoires ?

— Alors, vous auriez tort de ne pas la respecter, repartit-elle, taquine.

— Absolument. D'autant que je n'ai jamais eu l'occasion de sacrifier à cette tradition.

Était-elle vraiment la première qu'il amenait ici ?

— Comme l'expérience est inédite pour vous, je vous pardonne la demi-mesure.

Consciente de jouer avec le feu, elle attendit sa réponse, le cœur battant.

— La demi-mesure ?

Il lui prit la bougie des mains pour la poser dans une petite niche creusée dans le mur, et, à la lueur tremblotante de la flamme, elle aperçut son sourire victorieux. L'instant d'après, elle était dans ses bras.

Quand les lèvres de Jaye se posèrent sur les siennes, Megan s'abandonna à leur douceur. Ses sens s'enflammèrent, ses genoux se mirent à trembler.

— Tout novice que vous soyez, vous remplissez très bien vos devoirs, monsieur le duc.

— C'est facile avec vous, *milady.*

Ce n'était qu'un badinage inoffensif. Ils s'amusaient dans ce tunnel secret, rien de plus, songea-t-il. Alors, pourquoi le sang rugissait-il à ses oreilles ? Pourquoi son corps réclamait-il davantage que ce baiser ?

Quand il la relâcha, Megan l'agrippa aussitôt par la chemise pour le ramener contre elle. Elle poussa un soupir langoureux lorsqu'ils se touchèrent de nouveau.

— Jaye…

Sa voix exprimait le désir à l'état pur. Ce désir qu'il

ressentait aussi dans toutes les fibres de son corps. Incapable de résister, il l'embrassa en glissant les doigts sous sa veste pour sentir sa peau. Elle se blottit contre lui en nouant les bras autour de son cou, comme pour s'offrir toute à lui.

Mais ce n'était pas ainsi qu'il avait imaginé leur première fois. Megan méritait une couche moelleuse, des draps de satin, peut-être un bain chaud pour lui permettre de se détendre avant qu'il lui fasse l'amour.

— Non, Megan, il ne faut pas…

Pas ici, dans cette cave aux murs moisis et au sol suintant. Oserait-il lui demander de le suivre dans sa chambre ?

Elle s'écarta lentement de lui.

— Tu as raison. Tu es mon patron… Ce serait trop compliqué.

Ce n'était pas ce qu'il avait voulu dire. Mais la pertinence de ses paroles le frappa.

Il avait cru que Megan était différente. Contrairement à Sonia et aux autres femmes qui gravitaient autour de lui, elle avait su voir au-delà de son titre. Tout à sa joie de découvrir qu'elle n'avait que faire de ses privilèges nobiliaires, il en avait oublié l'essentiel — elle était son employée, sa subalterne. Même s'il en faisait abstraction, *elle* ne pourrait jamais l'oublier à cause du rejet dont elle avait jadis souffert de la part de son père indigne.

Ils étaient incompatibles. Voilà la triste réalité.

Jaye lui prit la main pour y déposer un baiser.

— Oublions ce qui vient de se passer. Je vais te raccompagner à ta chambre.

— Merci, Jaye. Je suis désolée que… que rien ne soit possible entre nous.

Lui aussi l'était, désolé. Mais à la tristesse se mêlait désormais du soulagement. Quelque part, il avait le sentiment de l'avoir échappé belle.

Il la reconduisit dans le hall. Là, elle enleva ses bottes

qu'elle alla ranger soigneusement dans le placard sous l'escalier. Puis elle chaussa ses escarpins et lui rendit sa veste.

— Inutile de me raccompagner, je connais le chemin.

Sans doute ne voulait-elle pas être surprise en compagnie de son patron à cette heure avancée de la nuit.

La colère chassa soudain tout le reste. Pourquoi fallait-il qu'elle le mette dans le même sac que son père ? Ce salaud qui avait refusé de reconnaître sa propre fille, et avec qui lui, Jaye, n'avait rien à voir.

— À demain, dit-il un peu plus sèchement qu'il l'aurait voulu. Dors bien, ajouta-t-il avec un petit sourire forcé.

— Toi aussi.

Puis elle lui tourna le dos.

Préférant ne pas descendre dans la salle à manger, Megan mangea une barre de céréales qu'elle avait trouvée au fond de son sac en guise de petit déjeuner. Sa valise était bouclée.

Elle s'assit une dernière fois à la coiffeuse pour écrire un petit mot.

Tous les délégués s'en allaient ce matin, et elle avait le choix entre se fondre dans la masse ou partir seule. L'avantage de cette dernière solution serait qu'elle n'aurait pas à échanger d'interminables au revoir avec ses collègues, ni à s'exposer à croiser Jaye.

Son bagage à la main, elle descendit dans le hall. Elle était en train de poser l'enveloppe adressée à Caroline sur la console quand elle entendit une voix derrière elle.

— Encore ! Décidément, ça devient une habitude de t'enfuir comme une voleuse !

C'était Jaye. Il était assis dans un fauteuil, caché sous l'escalier.

— Désolée, je ne t'avais pas vu.

— J'imagine. Sinon, tu aurais utilisé la porte de derrière.

Ses lèvres esquissaient un sourire indulgent qui n'atteignait pas ses yeux. C'était l'hôte courtois qui se trouvait devant elle, pas le Jaye malicieux et enthousiaste d'hier soir.

— Je ne m'enfuis pas comme une voleuse. J'ai laissé une lettre de remerciement pour ta mère, précisa-t-elle en désignant l'enveloppe.

Jaye se leva et se dirigea vers la console pour empocher le pli.

— Je la lui transmettrai.

— Eh bien… Je crois qu'on s'est tout dit. Au revoir, Jaye.

La poignée de main de Jaye fut tout sauf chaleureuse. Avait-il décidé d'annuler son contrat ? Croyait-il comme son père posséder tout pouvoir sur les autres ? Et le droit de donner ou de reprendre selon son bon plaisir sans avoir à se justifier ?

— Bonne chance, Megan. J'espère que tu feras du bon travail au Sri Lanka et qu'on se reverra à ton retour.

Ouf. Tout allait bien, elle conservait son emploi et s'envolerait bientôt pour le Sri Lanka. Par ailleurs, Jaye n'avait visiblement aucune intention de débarquer là-bas à l'improviste pour superviser son travail.

— Merci, Jaye.

— Je vais t'accompagner à ta voiture.

Il prit sa valise et, quelques minutes plus tard, la soulevait pour la déposer dans le coffre. Puis il recula pour la regarder partir.

Megan démarra et, au détour de l'allée, le vit disparaître dans le rétroviseur. À son soulagement se mêlait une pointe de tristesse. Durant ces quatre jours, elle avait éprouvé toutes les émotions possibles et imaginables, et toujours en rapport avec Jaye.

Ils avaient bien fait d'en rester là. La prochaine fois qu'ils se reverraient, tous deux auraient certainement oublié cette fameuse nuit où ils avaient été sur le point de commettre une grave erreur.

Entre-temps, une mission passionnante l'attendait. Auréolé de promesses, le Sri Lanka se profilait à l'horizon.

6.

Deux mois plus tard. Sur le tarmac d'un aérodrome de campagne de la province de l'Ouest du Sri Lanka.

Sous un soleil de plomb, Jaye avait sué sang et eau pour décharger de la soute de l'avion les caisses contenant le matériel médical. Le pilote n'avait pas levé le petit doigt. Assis à l'ombre, il était en train de siroter du thé glacé, ses attributions ne consistant manifestement pas à jouer les bagagistes. Jaye avait donc dû se débrouiller seul.

Les jeunes gens qu'on devait lui envoyer pour l'aider n'étaient pas là. Tant pis. Après les onze heures de vol depuis Heathrow puis le trajet dans l'étroit cockpit de l'avion-cargo, un peu d'exercice n'était pas pour lui déplaire.

Les dernières nouvelles en provenance du dispensaire n'étaient pas bonnes. La situation devenait préoccupante en ce qui concernait les sous-effectifs — deux infirmières ainsi que le médecin consultant venaient de rendre leur tablier le mois précédent —, et Ranjini, l'infirmière en chef, lui avait confié que le moral des troupes restantes était au plus bas. Pour finir, Megan avait adressé une demande urgente au siège pour se faire livrer des médicaments et du matériel qu'ils auraient dû recevoir depuis longtemps déjà.

La dernière fois que Jaye avait parlé à Ranjini au téléphone, il lui avait demandé ce qu'il pouvait faire pour l'aider.

— Les problèmes ne vont pas se régler au téléphone, Jaye. Il faut que vous veniez au plus vite.

Après avoir rassemblé le matériel médical, il avait sauté dans le premier avion en partance pour Colombo sans avoir bien sûr eu le temps de prévenir Megan ; l'aurait-il eu qu'il n'aurait su quoi lui dire… Le souvenir de leur baiser ne cessait de le hanter, ce qui ne s'accordait guère avec sa résolution de désormais garder ses distances avec elle. Bref, il était face à un dilemme déchirant.

Ranjini n'était pas du genre à s'inquiéter pour rien. Si elle sonnait l'alarme, c'était que la situation était vraiment grave. La présence de Jaye sur place s'imposait, et tant pis — ou tant mieux — s'il allait revoir Megan plus tôt que prévu. En tout cas, il ne l'avait pas prémédité.

Assis sur l'une des caisses, il était en train de s'essuyer le front quand il entendit un bruit de moteur. Une moto était en train de s'approcher de l'appareil, soulevant dans son sillage un nuage de poussière.

Pour la première fois en trois jours, Jaye sourit. Il reconnaissait et la moto et le motard. Dinesh. Personne ne savait faire vrombir cette vieille Kawasaki mieux que lui. Quelqu'un se trouvait sur le siège arrière ; impossible à cette distance de distinguer ses traits sous le casque.

Quand l'engin s'arrêta à quelques mètres de lui, Jaye reconnut le passager, ou plutôt la passagère, à sa longue et gracile silhouette. Megan. Elle mit pied à terre et, ôtant le casque, secoua ses cheveux blonds.

Jaye sentit son cœur se serrer. Voilà deux mois qu'il rêvait de la revoir, et elle était là, devant lui.

Soulevant le siège, Dinesh sortit une brosse qu'il entreprit de passer sur la carrosserie de la moto. Jaye n'avait jamais compris pourquoi ce dernier prenait un malin plaisir à rouler dans les ornières, flaques, et autres nids-de-poule, puis apportait un soin presque maniaque à sa chère cylindrée à l'arrêt. Peut-être aimait-il simplement la bichonner.

La main en visière pour se protéger du soleil, Megan le

regardait, figée sur place, l'air médusé. Si elle était contente de le voir, elle cachait bien sa joie.

S'efforçant de masquer son émotion sous un sourire mesuré, il se dirigea vers elle. Il était ici pour résoudre des problèmes, arbitrer d'éventuels conflits, ce qui signifiait qu'il devait traiter Megan exactement comme les autres employés.

Tout de même, il ne pouvait s'empêcher d'admirer ses cheveux qui brillaient tel de l'or en fusion. Au lieu d'altérer sa beauté, la saharienne couverte de poussière ne faisait que rehausser le rose de ses joues et l'azur lumineux de ses yeux. À peine était-il là depuis cinq minutes qu'il brûlait déjà d'envie de l'embrasser.

Oublie. Tu sais bien que c'est impossible.

Megan ne voulait pas entretenir une relation extra-professionnelle avec son patron — elle avait été très claire sur ce point. Et comme il lui restait encore un peu d'amour-propre, il avait résolu de s'en tenir là.

— Jaye…

L'entendre prononcer son nom était une douce torture.

— Que fais-tu ici ? poursuivit-elle. Nous attendions le médecin remplaçant.

— Le Dr Stone ne pourra pas venir avant la semaine prochaine. J'ai donc décidé de venir à sa place. Ranjini ne t'a rien dit ?

— Non. Nous avons été tellement débordés ces derniers temps… Elle m'a laissé un mot pour m'avertir qu'un médecin arrivait aujourd'hui avec le matériel que j'avais réclamé. J'ai supposé que ce serait le Dr Stone et je suis venu à sa rencontre. Si je m'attendais à te voir…

Une larme perla au coin de sa paupière qu'elle écrasa d'un geste impatient en laissant une traînée grise sur sa joue.

— Ça va ? lui demanda-t-il en posant les mains sur ses hanches pour résister à l'envie de la prendre dans ses bras.

— Bien sûr.

Ces mots sonnèrent le glas du fol espoir qu'il nourrissait depuis deux mois. Megan, si franche d'habitude, même pour lui expliquer sa colère, refusait désormais de s'ouvrir à lui.

— Enfin, non, tout ne va pas bien, reprit-elle. Nous avons un jeune patient qui souffre de la dengue. Si tu pouvais te rendre à son chevet tout de suite, je t'en serais reconnaissante. Tu n'auras qu'à prendre la moto. Dinesh et moi rentrerons plus tard avec le camion.

— D'accord. Quel est l'état du patient ?

— Il est passé au stade hémorragique. Nous manquons cruellement de solution saline et de sérum. En as-tu apporté ?

— Oui, il y en a dans les caisses. Comment faisiez-vous pour réhydrater les malades sans saline ni sérum ?

— Je t'expliquerai plus tard. Dépêche-toi d'aller auprès d'Ashan, s'il te plaît.

Jaye ouvrit une caisse pour prendre le matériel nécessaire. Quelque chose ne tournait visiblement pas rond au dispensaire, et Megan ne semblait pas disposée à lui en parler. Elle oubliait qu'il était le patron, et il avait bien l'intention de se comporter comme tel, lui réclamant si nécessaire des comptes.

Megan regarda Jaye s'éloigner sur la moto. Tout irait bien maintenant qu'il était là.

À l'image de Dinesh qui avait cédé sans hésiter le guidon de sa moto adorée à Jaye, tous ses collègues avaient une confiance absolue en ce dernier. Grâce à ses compétences et son autorité, il remettrait le dispensaire sur les rails.

Quant à ce qui s'était passé entre eux, il valait mieux ne plus y penser. L'heure n'était de toute façon pas au romantisme ; certains malades se trouvaient dans un état critique et les infirmières ne savaient plus où donner de la tête.

Tous avaient attendu le Dr Stone comme le Messie, mais

c'était Jaye qui débarquait à sa place. D'après ce qu'elle avait compris, il resterait une semaine, jusqu'à l'arrivée de Stone. Une semaine, ce n'était pas la fin du monde.

Une heure plus tard, le camion arriva enfin pour charger les caisses de matériel, et Megan monta à son bord pour regagner le dispensaire.

Entouré d'une végétation luxuriante, l'endroit ressemblait à une oasis où il faisait bon se réfugier, surtout après un trajet poussiéreux sous un soleil de plomb. Les bras lui faisaient mal d'avoir aidé Dinesh à porter les caisses.

Celui-ci sauta du camion et se dirigea vers la moto pour sacrifier à son rituel de dépoussiérage. Épuisée, Megan n'eut pas le courage de bouger de son siège. On ne s'activait pas à porter cartons et caisses par 40 °C à l'ombre sans en payer le prix.

Un petit coup contre la portière la fit sursauter. Elle l'ouvrit, et vit Ranjini reculer prestement pour que la poussière collée à la carrosserie ne vienne pas salir son sari aux tons safran.

— Jaye est en train de faire la ronde des lits, annonça l'infirmière en chef.

— Comment va Ashan ?

— Jaye lui a administré un antipyrétique et l'a mis sous perfusion. La fièvre commence déjà à baisser.

— Tant mieux. Jaye a-t-il… demandé après moi ?

— Oui. Il veut te voir dès qu'il aura fini la visite des malades. Tu as le temps de faire un brin de toilette. Maintenant qu'il est là, tout va rentrer dans l'ordre.

— Espérons-le.

— Je t'assure que si. Tu ne le connais pas aussi bien que nous.

À son grand dam, Megan sentit de nouveau les larmes lui brûler les paupières. Elle cligna des cils pour les chasser.

— Tu sembles fatiguée, dit Ranjini en la dévisageant d'un air soucieux.

— Comme nous tous. Je vais vérifier que tout le matériel commandé est bien là puis j'irai prendre une douche.

Une fois sous la douche, elle pourrait pleurer tout son soûl en se répétant qu'aucun avenir n'était possible entre Jaye et elle. Puis elle enfilerait une tenue propre et retournerait au travail comme si de rien n'était.

Le déchargement et le rangement des caisses et cartons dans la réserve prirent plus longtemps que prévu. Quand Megan sortit de son bungalow après une douche éclair, elle tomba sur Ramesh, le brancardier, qui lui dit que Jaye l'attendait dans le bureau qui était anciennement celui du Dr Clarke.

Elle frappa à la porte ouverte. Jaye aussi s'était changé. Et il avait fait du ménage dans le bureau d'où Clarke était parti en catastrophe. Les papiers laissés pêle-mêle sur la table avaient disparu et de nouveaux classeurs s'alignaient dans un coin. Une tasse de thé à portée de main, Jaye était en train de consulter les dossiers laissés en souffrance par le « déserteur » — le surnom infamant que les employés donnaient désormais à Clarke.

Jaye leva les yeux.

— Entre, Megan.

Puis il lui désigna le fauteuil face à lui. Une seconde tasse qui lui était visiblement destinée se trouvait sur le plateau à côté de la théière, signe que tout était prêt pour l'interrogatoire en règle. À l'aérodrome, elle lui avait dit qu'elle lui expliquerait la situation plus tard et l'heure était venue. Sauf que Megan ne se sentait pas prête.

Si seulement il n'y avait pas eu ce baiser, tout serait tellement plus facile.

— Une tasse de thé ?

— Non, merci.

Le temps qu'il mettrait à verser le thé ne ferait que prolonger l'agonie.

— Tu veux sans doute savoir pourquoi nous étions en rupture de stock des médicaments de base ? poursuivit-elle, allant droit au but.

— En effet, j'aimerais bien que tu me l'expliques.

Son visage était dénué de toute émotion. Peut-être ne ressentait-il rien de spécial à son égard, ce qui se concevrait...un unique baiser ne tirait pas à conséquence.

— À mon arrivée ici, j'ai procédé à un minutieux inventaire dont j'ai d'ailleurs adressé une copie au bureau de Londres.

Il hocha la tête.

— Je l'ai consultée lorsque j'ai reçu ta demande pour l'envoi de médicaments en urgence. Les listes de l'inventaire montraient pourtant des stocks importants.

— Moi aussi, je croyais que nous ne manquions de rien. Jusqu'à ce qu'une infirmière vienne me trouver un jour avec un lot d'anti-inflammatoires dont les boîtes indiquaient une date de péremption dans un an alors que les plaquettes de comprimés à l'intérieur étaient périmées. Et ce n'était pas le seul lot suspect... Les trois quarts de nos réserves présentaient le même problème. En fouillant plus avant, j'ai également découvert des cartons qui contenaient des compresses moisies.

Jaye fronça les sourcils.

— Tu veux dire que nos fournisseurs nous envoient de la marchandise périmée ou en mauvais état ?

— Non, ils ne sont pas en cause. Pour ce qui est des compresses, par exemple, j'ai consulté les bons de réception. À la livraison, les cartons avaient été ouverts et vérifiés, et la marchandise était en parfait état.

— Alors… ? dit-il en la fixant d'un regard sévère.

— Alors, je crois que quelqu'un a remplacé les médicaments et articles neufs par d'autres qui avaient dépassé la date limite et qui avaient été mis de côté pour être détruits.

— Tu insinues qu'il y a un voleur parmi nous ? C'est une accusation grave…

— Je sais.

Megan sentit soudain la colère monter en elle. L'air inquisiteur, Jaye la passait sur le gril en exigeant des réponses d'elle comme si elle était coupable de quelque chose. Sans doute n'aurait-il pas traité Ranjini ou Dinesh de la sorte.

— As-tu une idée de qui il s'agit ? demanda-t-il.

— Eh bien… Le jour où j'ai donné l'alerte en demandant à mes collègues de ne plus puiser dans la réserve, l'une des infirmières est partie plus tôt en disant qu'elle était souffrante. Elle n'est pas revenue depuis, et nous ne l'avons pas trouvée à son domicile. Elle avait travaillé trois mois au dispensaire en donnant toute satisfaction et nous n'avons aucune preuve contre elle, simplement sa disparition coïncide avec la découverte de la malversation.

— D'accord…

Il prit son stylo pour écrire quelque chose sur le bloc-notes.

— Je vais faire mon enquête. Autre chose à signaler ?

Oh oui… La mauvaise atmosphère qui régnait à la clinique depuis le départ du « déserteur ». Le fait que cet emploi ne correspondait pas à ce qu'on lui avait promis. Enfin, l'agressivité de Jaye à son égard, comme s'il voulait lui montrer qu'elle ne devait attendre aucun traitement de faveur de sa part.

— Non. Je vais faire un nouvel inventaire et ordonner la destruction des lots périmés.

— Ne détruis rien avant que je l'aie examiné, dit-il d'un ton péremptoire en continuant à écrire. Et transmets-moi une copie du nouvel inventaire.

— Entendu.

L'entretien semblait terminé. Il lui restait pourtant tant de choses à dire…

— Je peux m'en aller ?

Il releva la tête et elle crut voir une ombre de tendresse dans ses yeux sombres, signe que le Jaye chaleureux et humain qu'elle avait côtoyé pendant quatre jours était là, quelque part, sous la surface.

Le masque impassible revint en place.

— Ranjini et le Dr Narayan avaient fait de cet endroit un havre de paix où nos malades pouvaient se rétablir en toute sécurité. Quelqu'un a attenté à leur santé, voire à leur vie, en se livrant à ce trafic de médicaments, et je me fais fort de trouver le ou la coupable, puis de le livrer aux autorités compétentes.

Par Ranjini, Megan savait que le Dr Narayan avait été le premier médecin à avoir officié en ces lieux.

— Après le départ à la retraite du Dr Narayan, nous avons embauché le Dr Clarke en pensant qu'il reprendrait le flambeau. Il s'est, hélas, découragé bien vite devant l'ampleur des défis à relever.

Il s'est découragé. C'était une manière de le présenter.

— D'après ce que j'ai pu voir depuis mon arrivée, le Dr Clarke était en conflit ouvert avec la plupart des employés, dit-elle. Il n'hésitait pas à les rudoyer, à leur infliger des blâmes, à leur faire porter la responsabilité de *ses* erreurs. Le personnel en garde un profond ressentiment. Ranjini t'en a parlé, je crois…

— C'est exact. Elle m'a aussi dit que, depuis le départ de Clarke il y a deux semaines, tu avais travaillé d'arrache-pied en ne comptant pas tes heures au chevet des malades. Elle m'a même dit que tu n'hésitais pas à retrousser tes manches pour nettoyer les salles, faire les lits, t'atteler aux tâches les plus ingrates, et j'apprends maintenant que tu as également passé pas mal de temps à la réserve.

Où voulait-il en venir ?

— Étant donné la pénurie de personnel, j'étais obligée d'être un peu partout.

— Ce que je ne comprends pas, c'est pourquoi tu ne m'en as pas parlé toi-même. Le travail de nettoyage n'est pas de ton ressort. On ne t'a pas embauchée pour passer le balai, et cette situation ne me plaît pas plus qu'à toi. Tu conviendras que ça ne peut pas durer.

Le ton devenait de plus en plus glacial, et le cœur de Megan se mit à cogner contre ses côtes. Non, il n'allait tout de même pas…

— Je… J'avais adressé plusieurs mails à John Ferris à ce sujet. Durant les deux premières semaines, j'essayais de trouver mes marques.

— Et ensuite ?

— John s'est mis en congé maladie.

— Je sais. Je le remplace à Londres. Pour résumer, cela fait un mois que tu accomplis un travail qui ne correspond pas à tes compétences. Ce qui m'échappe, c'est pourquoi tu ne m'en as pas parlé, à *moi*. Avec tes collègues, vous êtes surchargées de travail, le dispensaire part à vau-l'eau, et pas un seul instant tu n'as pensé à décrocher le téléphone pour m'en informer ? Pourquoi ?

Était-il borné au point de ne pas comprendre ? Ou voulait-il simplement lui compliquer la tâche ?

La colère la submergea. Peu importe qu'il soit son patron et qu'il ait le pouvoir de la renvoyer chez elle si tel était son bon plaisir, elle allait lui dire ses quatre vérités.

— À ton avis, Jaye, pourquoi ?

7.

Pourquoi ?

Tel un boomerang, la question lui revenait en pleine figure. Mais comment y répondre ? Comment dire à Megan qu'il n'avait cessé de penser à elle, de se demander si elle se souvenait de leur baiser ?

— C'est à *toi* que je pose la question, répliqua-t-il sèchement. J'essaie de comprendre pourquoi tu ne m'as pas adressé de rapport alors que la situation l'exigeait.

Elle releva le menton d'un air de défi, comme pour lui signifier qu'elle en avait assez de jouer à la petite employée docile.

— Tu sais très bien pourquoi je ne t'ai pas contacté. Nous avions franchi la ligne rouge, commis un geste déplacé…

Jamais il ne lui serait venu à l'idée de qualifier leur baiser de « geste déplacé ».

— Nous étions convenus d'en rester là, poursuivit-elle. Et c'est ce que je faisais. Ranjini te tenait au courant, je pensais que tu n'avais pas besoin que je t'appelle pour te répéter en substance la même chose, surtout avec l'écrasante charge de travail qui était la mienne.

— Tu es en train de me dire que tu n'as pas pu trouver deux minutes pour m'appeler ?

À son grand dam, il se rendait compte qu'il parlait comme un mari jaloux. Ils étaient en train de tourner en rond.

— Écoute, Megan, je suis ton patron. Si ce travail ne correspondait pas à tes attentes, tu aurais dû m'en informer.

— Eh bien, je t'en informe, maintenant, dit-elle, haussant le ton. Et je ne suis pas la seule à avoir des griefs à formuler. Il y a un tas de problèmes à régler dans ce dispensaire. Et toi, que fais-tu ? Tu débarques de ton avion pour me demander pourquoi je ne t'ai pas appelé…

— Parce que je veux que mes employés *communiquent* avec moi. S'ils m'opposent un mur de silence, comment veux-tu que j'appréhende les problèmes ?

Megan ne l'avait pas contacté car leur baiser avait signifié quelque chose d'important pour elle, et cette prise de conscience le laissait pantelant.

— Compris, dit-elle en se levant. Désormais, je communiquerai et on verra comment tu t'en sors.

La conversation n'était pas terminée, et Jaye fut tenté de lui ordonner de se rasseoir. Sauf qu'il n'avait rien de constructif à ajouter.

D'un pas décidé, Megan franchit le seuil avant de claquer la porte derrière elle, faisant trembler le panneau vitré.

— Et moi, je suis impatient de voir comment toi, tu t'en sors…, lança-t-il, trop tard pour qu'elle l'entende.

Il s'adossa à son siège. Quel gâchis il avait fait ! Alors qu'il était parfaitement en droit de lui faire des remarques d'un point de vue professionnel, il avait voulu provoquer une réaction chez elle, et il l'avait poussée dans ses retranchements.

On frappa à la porte.

— Quoi encore ?

Par la vitre opaque, il reconnut les couleurs du sari de Ranjini.

— Je suis désolé. Entrez, Ranjini, et asseyez-vous.

La mine imperturbable comme à son habitude, Ranjini s'exécuta.

— Gardez vos excuses, dit-elle en s'installant dans le

siège que Megan avait occupé quelques minutes plus tôt. Adressez-les plutôt à la personne qui les mérite.

— Vous avez entendu ?

— On a eu beaucoup trop de disputes et de portes qui claquent ces derniers temps, Jayananda. Je vous ai demandé de venir car je pensais que vous ramèneriez le calme.

Ranjini l'appelait par son prénom complet quand elle voulait lui adresser des reproches.

— Je sais, dit-il en secouant la tête comme si cela pouvait l'aider à dissiper la fatigue. Je suis encore sous l'effet du décalage horaire, et ça me met de mauvaise humeur. Mais vous avez raison, je vais présenter mes excuses à Megan.

L'infirmière en chef hocha la tête comme si l'idée venait de lui et qu'elle l'approuvait simplement. Cela faisait trente ans qu'elle dodelinait de la tête ainsi, depuis qu'adolescente elle servait de baby-sitter à Jaye et à ses frères à l'époque où la famille habitait encore au Sri Lanka. En y repensant, il se rendait compte que son comportement s'était à peine amélioré, depuis.

— Ce serait judicieux, répliqua-t-elle. Je ne voudrais pas perdre Megan ; elle est un cadeau du ciel et elle nous a aidés à surmonter beaucoup de difficultés au cours du mois écoulé.

La culpabilité grandit en lui. Peu importe ce que Megan pensait de lui, elle s'était rendue indispensable au sein du dispensaire et il n'avait aucun droit de lui réclamer des comptes.

— Message reçu cinq sur cinq, Ranjini. Je vais aller de ce pas faire amende honorable. Soyez tranquille, vous ne la perdrez pas.

Furieuse, Megan avait claqué la porte en partant. Mais il n'avait aucun doute que sa conscience professionnelle et son dévouement envers les malades finiraient par l'emporter sur sa colère à son encontre. Megan n'était pas du genre à rendre son tablier sur un coup de tête.

— Laissez-lui un peu de temps pour se calmer avant d'aller vous excuser, dit Ranjini. Elle fera d'elle-même la part des choses. Tout comme vous.

Rien n'était moins sûr. Megan ne démissionnerait pas, certes, mais elle ne lui pardonnerait pas de sitôt de l'avoir mise sur le gril. Pourtant, forte d'une sagesse millénaire, Ranjini se trompait rarement. De plus, elle côtoyait Megan depuis un mois et la connaissait donc mieux que lui qui n'avait eu avec elle que quelques tête-à-tête — ô combien intenses, pourtant — au cours du séminaire.

Ranjini s'adossa à son siège.

— Comment vont vos parents ? Aux dernières nouvelles, votre maman souffrait d'une capsulite rétractile de l'épaule.

— Après plusieurs séances de kinésithérapie, elle va mieux. Au fait…

Il se pencha pour plonger la main dans la sacoche qu'il avait posée sur le sol et en sortir un paquet aux couleurs vives.

— De sa part, dit-il en le lui tendant. Elle espère que vous aimerez.

— Oh ! Quel beau papier cadeau ! Qu'est-ce que c'est ?

— Je ne sais pas et, de toute façon, je ne vous le dirais pas. Maman porte presque tous les jours l'écharpe que vous lui avez envoyée.

À en juger par la taille et la consistance molle du paquet, c'était un article de ce genre. Sa mère et Ranjini passaient leur temps à s'offrir écharpes et foulards. C'était léger, facile à envoyer par la poste, et ça faisait plaisir à tous les coups d'autant que chacune connaissait par cœur les goûts de l'autre en matière de tissus et de couleurs. À réception, toutefois, elles feignaient toujours de ne pas savoir ce que contenait le paquet.

— Et vos frères, comment vont-ils ? J'ai entendu dire que Caroline allait devenir de nouveau grand-mère…

Jaye lui donna des nouvelles de toute la famille puis écouta en retour Ranjini lui conter fièrement les exploits de ses trois filles.

Quand l'infirmière s'en alla, Jaye estima que Megan tout comme lui avaient largement eu le temps de se calmer. L'heure du *mea culpa* avait sonné.

— Megan, je suis désolé si mes questions de tout à l'heure t'ont blessée. Telle n'était pas mon intention, et je te prie de m'excuser.

La voix de Jaye semblait guindée.

Megan s'était enfermée dans la réserve des médicaments pour laisser libre cours à sa colère. Quand celle-ci s'était épuisée, elle avait fondu en larmes en se disant qu'elle avait été bien sotte de réagir au quart de tour comme elle l'avait fait. Comme d'habitude, c'était à elle-même qu'elle avait fini par en vouloir. Jaye n'avait fait que son travail en lui demandant des explications et, se croyant bêtement visée, elle lui avait dit des horreurs.

Rassemblant son courage, elle se retourna vers lui.

— Je n'accepte pas tes excuses, Jaye.

— Tu as pleuré, dit-il en la dévisageant.

— Oui. Toi, par contre, tu as l'œil sec.

Il sourit.

— Ce qui ne m'empêche pas d'être sincère en exprimant mes regrets.

— Je ne te doute pas de ta sincérité.

— Mais tu ne veux pas de mes excuses…

— Parce qu'elles sont inutiles. Tu avais raison, j'aurais dû t'appeler pour t'informer de la situation au dispensaire, mais j'ai laissé notre histoire personnelle interférer avec le travail. Je me sentais tellement embarrassée à l'idée de te parler…

Elle avait craint que Jaye pense qu'elle le relançait, qu'elle s'accrochait à lui en dépit de leur décision d'oublier le baiser. Sans compter qu'elle avait eu peur de s'effondrer et de se mettre à pleurer en entendant sa voix.

Un soupir lui échappa. Il valait mieux ne pas entrer dans les détails de ses motivations au risque de provoquer une autre discussion entre eux.

— Tu n'es pas la seule à blâmer. Rien ne m'empêchait de décrocher le téléphone pour t'appeler, mais je ne l'ai pas fait non plus. On n'a qu'à dire que les torts sont partagés, d'accord ?

— D'accord.

Ils venaient de signer une paix fragile. À eux de la faire durer.

— Je suis désolée d'avoir claqué ta porte.

— Elle s'en remettra. Essayons désormais de travailler en bonne intelligence.

— Tu peux compter sur moi.

Il fit un pas vers elle.

— Veux-tu que je t'aide avec l'inventaire ?

— Après un si long voyage, tu devrais te reposer. Tu as l'air épuisé.

— Je le suis. Mais toi aussi. Il est urgent de terminer cet inventaire, et, à deux, on ira plus vite.

Elle prit la liasse de feuilles qui répertoriaient les produits stockés dans la réserve ainsi que leur quantité *et* la date de péremption réelle.

— Voilà où je me suis arrêtée.

Au bout de plusieurs heures à ouvrir systématiquement des centaines de boîtes de médicaments pour comparer la date sur l'emballage avec celle indiquée sur les plaquettes de comprimés, Jaye sentit la fatigue le rattraper. Ses yeux se brouillaient, et il avait de plus en plus de mal à lire les chiffres.

— On reprendra demain.

À son grand soulagement, il entendit Megan acquiescer. Elle le suivit à l'extérieur de la réserve dont elle referma soigneusement la porte à clé. Puis elle détacha du trousseau une clé qu'elle lui tendit.

— Voici le double. Ranjini en a un autre.

— S'il manque de nouveau des médicaments, le coupable sera tout désigné.

— Exact, dit-elle en riant. Ce sera toi ou Ranjini puisque je saurai que ce n'est pas moi.

Le soir était tombé. C'était l'heure où les canneliers exhalaient tout leur parfum avant la tombée de la nuit. Il le respira à pleins poumons tandis qu'ils se dirigeaient vers les bungalows.

— Mmm, les odeurs de mon pays…

Elle l'observa dans la pénombre.

— Tu ne considères donc pas l'Angleterre comme ton pays ?

— Les deux le sont.

— Ce doit être agréable d'avoir deux pays, deux *maisons*.

La note de tristesse n'échappa pas à Jaye. Il se rendit soudain compte qu'elle n'employait jamais ce terme. Elle parlait de son appartement, du pavillon de banlieue de sa mère, mais elle n'avait pas de maison familiale — son père l'en avait privée. Nulle part, elle ne se sentait chez elle. Mais ce n'était qu'une supposition de sa part.

— Et toi, où se trouve ta maison ?

Un rire un peu amer échappa à Megan.

— C'est un peu tard pour aborder le sujet. Ces temps-ci, tout endroit où je peux dormir quelques heures est ma maison.

Ce qui confirmait ce qu'il pensait. Mais il n'aurait jamais dû poser cette question qui empiétait sur la vie privée de Megan. Encore une fois, il avait dépassé la ligne rouge et il était temps de faire marche arrière.

— Quelques heures de sommeil, ce ne sera pas du luxe pour moi non plus.

Ils approchèrent des bungalows où logeait le personnel permanent.

— Tu es arrivée, je crois.

— Eh bien, bonsoir.

Puis elle s'éloigna d'un pas rapide, comme pour l'empêcher de l'accompagner jusqu'au porche au cas où il en aurait eu l'intention. Elle ouvrit la porte et disparut à l'intérieur de la maisonnette sans un regard en arrière.

Poussant un soupir, Jaye s'assit sur la première marche du perron pour écouter les bruits de la nuit.

Pour la première fois de la semaine, Megan dormit d'une traite et se réveilla étonnamment reposée pour quelqu'un qui avait passé la veille à se ronger les sangs et à s'interroger sur l'avenir. Quelque part dans son sommeil, son subconscient avait effacé ses peurs et l'avait transformée en une *superwoman* prête à affronter les dragons cracheurs de feu, les falaises à pic et autres tigres de la jungle.

La sensation d'invincibilité persista quelques minutes encore après le réveil. Le fait qu'ils avaient maintenant un médecin à demeure et des médicaments dignes de ce nom y était sans doute pour quelque chose. Jaye saurait remettre le dispensaire sur ses rails et restaurer le climat de confiance.

Elle ferait tout pour l'y aider, y compris devenir amnésique sur ce qui s'était passé entre eux. Ce baiser n'avait pas existé, elle devait s'en convaincre, et surtout résister à la tentation de récidiver.

— Ça n'arrivera pas, dit-elle en roulant sur elle-même pour enfouir son visage dans l'oreiller.

Il suffisait de garder ses distances avec Jaye. Un jeu d'enfant, n'est-ce pas ?

On frappa contre la vitre de la porte à glissière qui donnait sur la terrasse. Chaque petit bungalow était dessiné sur le même plan — une salle de séjour à l'avant et la chambre à l'arrière avec vue sur la terrasse. Megan n'avait jamais mis les pieds sur celle-ci étant donné qu'elle avait passé le plus clair de son temps à travailler. Quand un collègue avait besoin d'elle, il frappait à la porte de devant.

— Megan… ?

C'était la voix de Jaye, parfaitement audible à travers la vitre. Heureusement, les rideaux étaient fermés et il ne pouvait la voir dans sa nuisette.

— Qu'est-ce que tu veux ?

Elle s'efforçait de prendre son ton le plus revêche pour cacher le trouble qu'elle éprouvait de le savoir de l'autre côté de la vitre.

— Tu es réveillée ?

Nullement refroidi par son accueil, il avait un ton guilleret.

— Non, je parle dans mon sommeil.

Il se mit à rire.

— Aurais-tu le tableau récapitulatif par familles de médicaments ? Nous l'avions hier soir, mais je ne parviens plus à mettre la main dessus.

Ce qui signifiait qu'il était déjà au travail, en train de continuer l'inventaire.

Un coup d'œil au réveil lui indiqua qu'il était 8 heures passées alors qu'elle était censée le retrouver à la réserve à 8 heures.

— Désolée, j'ai eu une panne d'oreiller. J'ai le tableau en question.

Rejetant le drap, elle releva la moustiquaire et ouvrit le tiroir de la commode pour y prendre le document. Puis elle s'enveloppa dans un peignoir et alla entrebâiller de quelques centimètres la porte vitrée pour lui donner l'objet. Elle sentit Jaye agripper la feuille de l'autre côté.

— Fais-y attention. Je n'ai pas d'autre exemplaire.

— Ne t'inquiète pas. J'y veillerai comme à la prunelle de mes yeux.

— Je ne t'en demande pas tant. Ne la perds pas, c'est tout.

Puis elle referma la porte. Il était temps qu'elle émerge des limbes et qu'elle se prépare à affronter une longue journée de travail sous les tropiques.

8.

En milieu de matinée, voyant sans doute que les choses avançaient bien, Jaye partit faire sa tournée des patients en laissant Megan terminer seule l'inventaire.

Peu de temps après, une fillette vint la chercher.

— Le Dr Jayananda a besoin de vous dans le pavillon d'isolement.

Laissant tomber ses comptages, Megan suivit la jeune émissaire qui la conduisit dans une petite pièce où se trouvait le malade atteint de la dengue. Debout près du lit, Jaye était en train de s'entretenir en cingalais avec une femme qui devait être la mère de l'enfant.

Megan ne comprit bien sûr pas un mot de leur conversation, mais les expressions faciales et le langage corporel de Jaye indiquaient qu'il essayait de rassurer la maman.

— Comment va-t-il ? s'enquit Megan en s'avançant quand il eut terminé de parler avec elle.

— Il a encore un peu de fièvre, mais l'hémorragie a été endiguée. Il est en train de reprendre des forces.

Les traits du garçonnet se crispant comme s'il faisait un cauchemar, Jaye lui caressa les cheveux. Une caresse magique à en juger par la manière dont le petit visage se détendit aussitôt.

En plus d'être médecin et duc, cet homme était sorcier.

— Tu m'as demandée ?

— Oui. Après tous les soins que tu lui avais prodigués, je voulais que tu voies de tes yeux qu'Ashan allait mieux.

Il voulait lui offrir cette récompense. Peu de médecins y auraient pensé.

Se penchant au-dessus du lit, elle posa une main sur le front d'Ashan. Nul besoin de thermomètre ni de moniteurs pour savoir qu'il allait mieux. Il n'y avait plus aucune trace du délire qui avait agité son sommeil la veille.

Elle resta cinq minutes au chevet de l'enfant. Quand elle sortit du pavillon, Jaye la suivit.

— Marche un peu avec moi.

Il la conduisit vers un grand acajou au tronc duquel il s'adossa.

— J'ai décidé que j'allais installer mon bureau ici.

Megan regarda les alentours. Il n'y avait aucun bâtiment à proximité.

— Je croyais que tu allais prendre celui du Dr Clarke ?

— Non. C'est le Dr Stone qui en héritera à son arrivée. Moi, je vais consulter ici.

— Sous un arbre ?

Après tout, pourquoi pas ? Il serait visible de tous, et accessible. Après les méthodes controversées du Dr Clarke, c'était exactement ce dont le dispensaire avait besoin, un médecin chef qui ne cachait rien, et que tout le monde pouvait approcher à sa guise.

— En plein air, ce sera agréable, tu ne crois pas ?

— Je te signale que la saison des pluies arrive bientôt.

— À tout problème, il y a une solution. Je demanderai à Dinesh de me fabriquer des caillebotis et un auvent à l'aide de planches de récupération. L'idée du cabinet à ciel ouvert te plaît ?

— Je ne pourrai plus claquer la porte, dit-elle, malicieuse. Mais, à part ça, je pense que cette salle de consultation nouvelle formule va nous permettre d'attirer les irréductibles, notamment tous ces villageois âgés qui hésitaient jusqu'à présent à franchir le seuil d'un dispensaire classique. Je viendrai t'assister dès que j'en aurai le temps.

— Si tu ne viens pas, j'irai te chercher.

Elle rougit. Le fait qu'ils puissent plaisanter de leur échange houleux de la veille était bon signe. Ils semblaient enfin avoir enterré la hache de guerre.

— D'accord. Pendant les deux jours prochains, je serai probablement dans la réserve des médicaments. Cela t'évitera de me chercher.

— Compris. C'est le premier endroit où je regarderai.

En quelques jours, l'atmosphère changea du tout au tout, et discordes et tensions s'apaisèrent. Jaye avait commencé par convoquer tous les employés, un par un, dans son bureau en plein air pour écouter leurs griefs. Le taux d'absentéisme avait baissé dans la foulée, et on n'en était plus à se demander qui viendrait travailler et comment on parviendrait à garder la tête hors de l'eau. Les employés sentaient désormais qu'il y avait un capitaine à bord, et cela faisait toute la différence.

N'ayant plus à mettre les bouchées doubles, Megan put se consacrer sereinement à son travail et finir l'inventaire. Elle jeta les articles périmés et garnit les étagères avec les médicaments apportés par Jaye. Après deux journées à rester confinée dans la réserve, elle émergea dans un dispensaire qui n'avait rien à voir avec l'endroit chaotique qu'elle avait trouvé à son arrivée un mois auparavant.

Tout le monde savait désormais ce qu'il avait à faire, et les sourires revenaient, à commencer par celui de Ranjini qui était un bon indicateur de l'humeur du personnel.

Megan se dirigea vers le grand acajou. Pour l'heure, Dinesh avait installé une bâche en guise de toit et une moustiquaire pour le soir. Le mobilier consistait en deux fauteuils en osier, dont l'un était occupé par Jaye, et une table basse.

En l'absence de porte, Megan frappa au tronc. Jaye leva la tête du dossier qu'il était en train de lire.

— Tu vois, je suis venue, comme promis. Il paraît que tu as de grands changements en vue, et j'aimerais être informée de ceux qui me concernent.

— Bien sûr, dit-il en lui désignant le siège vide. Je suis content de te voir, Megan. J'ai plusieurs nouvelles à t'annoncer et je vais commencer par celle concernant le Dr Clarke. J'estime que tous ceux qui ont travaillé avec lui ont le droit de savoir.

Megan frémit à la mention du nom. Combien de fois elle l'avait maudit, ce médecin coléreux et imprévisible qui avait failli conduire le dispensaire à sa perte !

— À en juger par ta mine, cela semble grave…

— Ça l'est, mais, maintenant que nous sommes au courant, nous allons pouvoir l'aider. Sa gestion désastreuse du dispensaire nous a surpris car son travail pour l'association en Indonésie nous avait donné entière satisfaction, et il avait auparavant mené à bien d'autres missions pour nous, toujours avec sérieux et compétence. Ce que nous ignorions, c'est que son mariage battait de l'aile depuis quelque temps et que sa femme envisageait de le quitter ; comme il était déprimé, il se soignait à coups d'amphétamines et de doses croissantes de somnifères pour pouvoir dormir…

Un cocktail dangereux. Ce qui expliquait les sautes d'humeur, les absences en pleine consultation — il s'enfermait dans son bureau durant des heures au mépris des patients qui attendaient —, et le retard énorme qu'il avait pris dans le travail administratif — Megan avait trouvé des tonnes de dossiers en souffrance à son arrivée.

— Puis sa femme est tombée malade, n'est-ce pas ?

— C'est le prétexte qu'il a donné pour rentrer à Londres.

Mais c'était faux. En réalité, il s'était laissé submerger par les problèmes et ne savait plus comment en sortir.

Consternée par ce qu'elle venait d'apprendre, Megan secoua la tête.

— Si seulement il s'était confié à nous, nous aurions pu l'aider.

— D'après ce que l'on m'a rapporté, tu as essayé en calmant les esprits, en contenant la révolte qui grondait parmi les employés…

— Avec le recul, je ne lui ai pas rendu service car ça l'a conforté dans ses travers. Si le personnel s'était insurgé en refusant de travailler pour lui, il aurait été obligé de réagir, d'alerter la direction.

— Tu as fait ce que tu pouvais. Le reste était de mon ressort. Comme tous les gens dépendants aux amphétamines et aux stupéfiants, il savait cacher son jeu. Son addiction s'est développée lors de l'année sabbatique qu'il avait prise après sa mission en Indonésie.

— J'espère qu'il parviendra à s'en sortir.

— Nous allons tout faire pour les aider, lui et sa femme. John Ferris n'a découvert la vérité qu'hier et il m'a aussitôt appelé.

Voilà pourquoi ils devaient rester forts, Jaye et elle, et mettre leurs vies personnelles de côté sinon les conséquences seraient désastreuses pour toutes les personnes qui dépendaient d'eux.

— Merci pour m'avoir mise dans la confidence. C'est une leçon à retenir, je suppose. Et les autres nouvelles ?

— Elles sont plus positives, heureusement. J'ai offert à Ranjini le poste de directrice du dispensaire, et elle l'a accepté.

— Formidable ! J'en suis très contente pour elle.

— C'est une promotion amplement méritée, et depuis longtemps. Au cours des deux prochains mois, elle va former l'infirmière en chef qui va prendre sa suite et, euh… J'ai finalement décidé de rester pour l'aider à assumer ses nouvelles responsabilités.

Le ton se teintait d'embarras. Étrange. Croyait-il qu'elle prendrait ombrage de la nouvelle ? Ou qu'elle jalousait Ranjini ?

— C'est parfait. Tu m'en vois ravie, Jaye, ajouta-t-elle sans cacher son enthousiasme.

— Quant à toi… J'aimerais que tu t'impliques davantage dans l'aspect médical *et* social. Ranjini va réfléchir à la manière de combiner les deux pour élargir les services que nous proposons, et tu seras en quelque sorte son officier de liaison. Elle va avoir énormément de dossiers à traiter et elle aura besoin de personnes de confiance à qui déléguer.

— Elle pourra compter sur moi. Quand veux-tu que je commence ?

Enfin, les choses bougeaient, et elle allait pouvoir montrer ce qu'elle valait. Grâce à Jaye.

— Parles-en avec elle demain. Moi, j'ai l'intention de pérenniser les visites à domicile tous les vendredis et je m'en chargerai personnellement au cours des mois à venir. J'aimerais que tu m'accompagnes cette semaine.

— Tu ne préfères pas que ce soit le Dr Stone ? Il sera arrivé d'ici là.

— Non. Ses compétences médicales sont excellentes, mais il n'a jamais travaillé en dehors de l'Angleterre. Je vais lui laisser quelques semaines, le temps qu'il prenne ses marques, et Ranjini va superviser ses débuts. Elle sera la directrice et lui, son médecin consultant — je veux que leur relation soit claire dès le départ.

Jaye semblait avoir pensé à tout. Toutes les conditions semblaient réunies pour donner un nouveau départ au dispensaire. Avec un super-patron à sa tête.

Il fallait simplement qu'elle continue à le considérer

comme tel. Un patron. Et pas l'homme qui lui avait donné le baiser le plus envoûtant de sa vie.

— Entendu. Je t'assisterai ce vendredi.

— Parfait. As-tu des objections à formuler sur l'un des sujets que nous avons abordés ?

Megan sourit.

— Aucune, *pour le moment*. J'attends de voir, et tu seras le premier à être au courant si quelque chose me déplaît.

9.

Le vendredi matin, le soleil était revenu après la première grosse pluie de la saison. Le pick-up destiné aux visites à domicile avait été chargé la veille, et Megan n'eut que le temps d'avaler une tasse de café et un toast avant de voir arriver Jaye et Ranjini. Ils marchaient côte à côte, visiblement en grande conversation, le sari aux couleurs vives contrastant avec la chemise et le pantalon blancs de Jaye.

Tout en s'entretenant avec la directrice nouvellement nommée, il s'adossa, clés en main, à la portière du véhicule garé devant le bungalow. Megan savait désormais que Jaye et Ranjini avaient coutume de discuter de tout, et la manière ouverte et décontractée dont ils le faisaient servait d'exemple aux autres employés.

Force était de reconnaître qu'elle sentait parfois une pointe de jalousie en voyant la complicité qui unissait Jaye à Ranjini, mais elle se raisonnait en se rappelant qu'elle s'était battue pour faire partie de l'équipe.

Elle se dirigea vers eux.

— Prête à partir ? lui demanda Jaye.

Il venait de rire avec Ranjini, sans doute à quelque plaisanterie, et ses yeux pétillaient encore de gaieté.

— Prête.

Elle ouvrit la portière de la cabine et s'empressa de prendre place dans le camion. Aujourd'hui, elle allait travailler seule avec Jaye et elle avait intérêt à se montrer sous son meilleur jour. C'est-à-dire se comporter comme une assistante compétente et dévouée. Et rien de plus.

C'était un peu comme un supplice de Tantale. Au dispensaire, ils n'étaient jamais seuls tous les deux. Mais ici, sur cette route déserte où ils ne croiseraient pas un chat sur des kilomètres, tout était possible. Aujourd'hui, leurs sages résolutions allaient vraiment être mises à l'épreuve.

Peut-être aurait-il dû attendre un peu avant de suggérer cette mission en duo, songea Jaye. Mais ces visites à domicile faisaient partie de son plan pour donner une nouvelle impulsion au dispensaire, et Megan lui avait paru la meilleure candidate pour l'accompagner, d'abord parce qu'elle était une excellente infirmière, et ensuite parce qu'elle méritait cette mission étant donné qu'elle n'avait pu jusqu'à présent donner la pleine mesure de ses compétences.

Ils abordèrent la montagne. À mesure qu'ils gagnaient en altitude, la piste devenait de plus en plus sinueuse et détrempée. Pourvu que le pick-up ne s'embourbe pas.

Visiblement à mille lieues de ces préoccupations, Megan semblait absorbée dans la contemplation le paysage.

— Tu n'étais jamais venue ici ?

— Jamais. C'est tellement beau !

— Cette nature peut être cruelle, parfois. Il y a des serpents, des fauves, sans oublier les moustiques qui sont au moins aussi féroces.

— Chez qui nous arrêterons-nous en premier ? dit-elle en se tournant vers lui.

— Ashan.

La veille, Jaye avait autorisé le petit garçon à rentrer chez lui en lui promettant de passer le voir.

— Dans le même village, il y a deux patients que je suis depuis longtemps, et j'en profiterai pour prendre de leurs nouvelles. Ils ont été blessés par des mines.

— En somme, tu es assistant social autant que médecin. En consultant les comptes du dispensaire, j'ai vu qu'y figuraient des dépenses imputées au « suivi social ».

— Exact. Entre médical et social, la frontière est parfois mince.

Megan se retourna vers le paysage, et le reste du trajet se déroula en silence. Jaye se gara à l'entrée du village, et ils firent le reste du chemin à pied.

Les maisons en brique d'argile étaient coiffées de toits de chaume. Durant la journée, il y régnait une chaleur étouffante et les familles vivaient à l'extérieur, dans les courettes et les luxuriants jardinets et potagers débordants de légumes.

Les hommes s'approchèrent pour accueillir Jaye, les femmes et les enfants restant en retrait.

La mère d'Ashan leur souhaita la bienvenue en cingalais. Le petit convalescent se reposait à l'ombre du porche. Après avoir posé la sacoche médicale, Megan se pencha vers lui pour lui caresser le front, vérifiant ainsi qu'il n'avait pas de fièvre.

Jaye l'observa. Il était curieux de voir comment elle se débrouillerait dans cette situation inédite.

— Tu ne demandes pas à la maman comment il va ? dit-elle.

— Je te laisse mener la consultation.

— Je ne connais que quelques mots de cingalais. Je risque de ne pas comprendre ce qu'elle me répondra.

— Tu as intérêt à prendre quelques leçons si tu veux être pleinement opérationnelle…

— D'accord. Mais en attendant tu vas me faire le plaisir de me servir d'interprète.

— Tu demandes à ton patron de te servir d'interprète ? dit-il en feignant l'indignation.

— Exactement. Si tu veux que je sois efficace, il va falloir que tu y mettes du tien.

Amusé, Jaye s'exécuta et commença à interroger leur hôtesse pendant que Megan prenait les constantes du garçonnet. Elle posa ensuite la capsule du stéthoscope sur sa poitrine pour l'ausculter.

— Que dit la maman ?

— Qu'il n'y a aucun problème. Il prend bien le médicament qu'on lui a prescrit.

— Cela se voit, dit-elle. Il n'y a plus aucune trace de fièvre et les poumons sont bien dégagés. Je vais le mettre sur la liste de suivi pour vendredi prochain.

Ce n'était pas vraiment nécessaire, mais puisqu'il l'avait chargée de l'examen il décida de ne pas la contredire.

— Parfait.

Megan espérait avoir passé le test. Elle était consciente que Jaye se servait de ces visites à domicile pour la jauger, voir ce qu'elle valait sur le terrain, et elle avait intérêt à se montrer à la hauteur.

Ils se rendirent ensuite chez une jeune femme qui avait perdu sa jambe droite en marchant sur une mine. Après lui avoir résumé le dossier médical, Jaye recula et la laissa de nouveau mener la consultation.

Heureusement, Virmati, la patiente, parlait quelques mots d'anglais à force d'avoir été en contact avec des médecins, ce qui facilita nettement le dialogue. Megan défit la prothèse et examina le moignon en s'assurant qu'il n'y avait ni plaies ni cloques puis elle remit la prothèse en place et examina le bébé auquel Virmati donnait le sein.

Durant tout ce temps, elle sentait dans son dos le regard inquisiteur de Jaye qui évaluait tout ce qu'elle faisait.

La consultation terminée, elle était en train de ranger tensiomètre et stéthoscope dans la sacoche quand il posa une question en cingalais à Virmati qui répondit, souriante. Jaye se mit à rire, et le mari se mêla à la conversation qui semblait tourner autour de « coussins ». Étrange.

Ils se saluèrent puis reprirent le chemin de terre. La sacoche médicale pesait lourd sur l'épaule de Megan, mais elle ne l'aurait cédée pour rien au monde à Jaye. Il ne lui facilitait d'ailleurs pas la tâche en marchant à grandes enjambées, et elle devait presque courir pour le suivre.

— Attends !

Elle s'arrêta et transféra le sac sur l'autre épaule.

— Veux-tu que je le porte ?

Pas question. Elle ne lui ferait pas ce plaisir.

— Non. Mais tu pourrais t'arrêter un instant pour me dire de quoi vous parliez avec Virmati.

— Rien d'important, dit-il avec un haussement d'épaules. Nous parlions de son travail.

— Des coussins ?

Qu'il sache qu'elle avait au moins compris cela.

— Oui. L'un des projets de ma mère consiste à importer des produits artisanaux fabriqués par des villageois pour les vendre en ligne, l'argent récolté servant bien sûr à financer les bonnes œuvres du dispensaire. Il s'agit plus précisément de housses de coussins, brodées et ornées de verres décoratifs et de pierreries.

— Tu aurais dû m'en parler. Mieux on connaît les activités de nos patients, mieux on les soigne.

— Je te rassure, Virmati ne souffre d'aucune maladie professionnelle qu'elle aurait contractée dans un atelier où se pratiquent des cadences infernales. Ma mère ne traite pas ses employées comme des esclaves, mais comme des partenaires.

— Je m'en doute. Malgré tout, si Virmati effectue un travail de précision tel que de la couture, ça peut affecter son acuité visuelle. Ce serait une bonne idée de la faire examiner par l'ophtalmologue qui vient consulter au dispensaire tous les six mois.

— Tu es au courant ?

— Toujours par les registres comptables. Londres m'avait demandé de faire un rapport à ce sujet.

— En effet, nous nous sommes attaché les services d'un ophtalmo. Je te communiquerai sa prochaine date de passage.

À les entendre, qui pourrait croire qu'il s'était, un jour, passé quelque chose entre eux ? Fidèles à leur résolution, ils se comportaient en tout point comme un médecin et son infirmière.

Alors, pourquoi se sentait-elle déçue ? Qu'attendait-elle au juste de Jaye ? Qu'il viole leur pacte puisqu'elle n'en avait pas le courage ? Non, bien sûr que non. Rien ne devait les distraire de leur travail…

Mais le professionnalisme n'empêchait pas d'être amis. Si seulement il pouvait lui témoigner un peu de la chaleur et de la complicité qu'il avait avec Ranjini, cela lui suffirait.

— Maintenant, donne-moi ce sac.

— Laisse, ça va.

— Nous travaillons en équipe, oui ou non ? C'est à mon tour de le porter.

— D'accord.

Non sans soulagement, elle lui passa la lourde sacoche en prenant soin de ne pas le toucher. Ils se remirent à marcher.

— Alors, qui est notre prochain patient ?

— Un petit garçon de sept ans. Il a perdu une main et une partie de l'avant-bras dans l'explosion d'une mine.

— Un enfant de sept ans ? Je croyais que la région avait été déminée depuis longtemps.

— C'est arrivé avant qu'elle le soit complètement. Chaminda, qui n'était qu'un bébé, se trouvait dans les bras de sa mère quand elle a marché sur une mine. Elle est morte, mais son corps a protégé Chaminda du souffle de l'explosion.

— Ce qui signifie qu'en plus de son handicap il doit grandir sans mère.

— Le père est complètement dépassé. Il a peur de ne pas savoir élever correctement ses trois enfants malgré le soutien du village. Sans doute va-t-il te confier ses craintes.

— Je compte sur toi pour traduire. Chaminda a-t-il une prothèse comme Virmati ?

— Non. On lui en a offert une, mais, étant donné qu'il a grandi avec une seule main, il se débrouille très bien ainsi. Lors de mes visites, je me contente de leur expliquer les bénéfices qu'il retirerait d'une prothèse de la dernière génération, mais la décision appartient au père et, jusqu'à présent, il a toujours refusé.

Le miracle s'était produit. Après avoir examiné Chaminda, Megan avait longuement parlé avec le père de famille, par traducteur interposé, et elle était parvenue à établir un dialogue constructif au terme duquel l'homme s'était déclaré prêt à examiner l'éventualité d'une prothèse pour son fils.

Un intermède épuisant, et Jaye fut content de regagner le pick-up pour profiter d'un moment de répit.

Répit qui fut de courte durée.

Comme leur véhicule grimpait la pente étroite et escarpée qui menait au prochain village, il vit au détour d'un virage que des pierres bloquaient la route. Il freina juste à temps et s'arrêta à quelques centimètres du bloc de rochers.

— Un éboulement ? demanda Megan.

— Sans doute provoqué par les pluies de cette nuit. Il va falloir dégager la route. Ne t'inquiète pas, cette zone a été complètement déminée, et nous ne risquons rien, dit-il tandis qu'ils mettaient pied à terre.

— Si l'on parvient à faire basculer ce bloc dans le vide, on pourra passer.

S'arc-boutant contre celui-ci, il parvint à le faire bouger de quelques centimètres.

— J'ai besoin que tu m'aides.

Il répugnait à mettre Megan à contribution, mais il n'y avait pas d'autre solution. En unissant leurs forces, ils parviendraient à déloger l'obstacle.

— D'accord. Où veux-tu que je me place ?

Dans mes bras.

Rejetant cette pensée, il lui enjoignit de se mettre à côté de lui. Et tant pis pour ses résolutions de ne pas la toucher.

— Cale ton épaule contre la pierre. À trois, on pousse. Une, deux, trois !

L'énorme bloc bougea à peine. Jaye se plaqua davantage pour trouver un meilleur angle d'attaque et, enfin, ils parvinrent à repousser le rocher vers le bord de la route.

— Un instant.

Il vérifia que rien, ni humain ni animal, ne risquait de se faire écraser lorsque le bloc tomberait dans le ravin. Seules quelques grosses pierres, vraisemblablement emportées par la pluie, étaient visibles au fond.

— C'est bon. Allez, on y va.

Ils poussèrent ensemble, Megan gémissant sous l'effort, et le rocher commença enfin à basculer dans le précipice.

Non sans effroi, il vit alors Megan perdre l'équilibre,

emportée par son élan. In extremis, elle se jeta contre le sol et enfonça ses doigts dans la terre pour stopper sa chute.

— Megan !

Elle s'immobilisa, mais ses pieds commencèrent à glisser dans le sol détrempé.

10.

— Tiens bon, Megan !

S'aplatissant au bord de la piste, il tenta de lui agripper le poignet. Ses doigts n'étant qu'à quelques centimètres, il avança une épaule dans le vide pour pouvoir l'atteindre, se cramponnant de l'autre main à une souche pour ne pas basculer à son tour.

Enfin, il parvint à saisir Megan par le bras. À cet instant, il sentit une douleur foudroyante dans la main qui se retenait à la souche, mais il n'était pas question de lâcher. Au risque qu'elle l'entraîne dans sa chute…

— Je te tiens, Megan. Prends mon bras.

Il vit dans son regard qu'elle lui faisait confiance. Après une infime hésitation, elle se raccrocha à son bras, juste au-dessus du coude.

— Bien. Maintenant essaie de poser tes pieds sur la souche qui dépasse à une vingtaine de centimètres sur ta droite.

Sans le quitter du regard, elle tâtonna du pied dans la direction indiquée.

— Ça y est, j'y suis.

— Parfait. Peux-tu te hisser un peu plus haut ?

Dans la position où il était, à plat ventre, il lui était impossible de la soulever.

— Oui, je vais essayer.

Centimètre par centimètre, elle grignota du terrain et

s'agrippa bientôt à son épaule. On aurait dit une étreinte désespérée.

— Tu y es presque.

Elle remonta encore d'un cran, et sa joue vint se coller contre la sienne. Il s'empressa alors de passer un bras autour de son dos.

— Ça y est, je te tiens.

Roulant doucement sur lui-même, il la hissa sur la route et la tint serrée contre lui, soulagé. Au temps pour la distance qu'il s'était promis de garder ce matin…

Oublié, le professionnalisme. Les courbes graciles et douces de Megan s'écrasaient contre son corps qui, malgré l'épuisement, réagissait au quart de tour à ce contact ô combien agréable.

Se rendait-elle compte de l'effet qu'elle produisait sur ses sens ?

— Oh ! merci, merci…, murmura-t-elle d'une voix éperdue de reconnaissance en s'accrochant à lui.

— Tu ne risques rien, maintenant.

— Quelle maladresse de ma part !

La terre et la poussière qui lui recouvraient le visage faisaient ressortir le bleu intense de ses yeux. Bleu comme l'eau d'un lac…

Sa main lui faisait vraiment mal maintenant. Et la douleur, qui le fit grimacer, l'aida à reprendre ses esprits.

— Que se passe-t-il ? dit-elle.

— Rien…

Façon de parler. Sa main avait doublé de volume, et l'auriculaire pendait à un angle qui n'avait rien de naturel.

Megan se redressa pour basculer sur le côté et lui examiner le poignet et les doigts.

— Ta main est en piteux état, et je crois que tu t'es cassé le petit doigt.

Sans doute s'était-il coincé dans la souche.

Dans son malheur, il avait en tout cas une infirmière d'exception pour le soigner. Aurait-il droit à son sourire spécial ?

Ses yeux se portèrent sur le flanc montagneux, vers le sommet, là où le glissement de terrain avait laissé une traînée de boue. À mi-chemin, se trouvait leur prochaine destination.

— Il faut nous remettre en route. Le village où nous devons nous rendre a peut-être été touché par l'éboulement.

— Mais tu as besoin de soins…

— Le petit doigt, la belle affaire… Il y a peut-être des gens grièvement blessés là-haut.

Pesant visiblement le pour et le contre, elle réfléchit.

— Je vais te soigner avant de repartir. Ne discute pas, ajouta-t-elle d'un ton catégorique. C'est *moi*, l'infirmière, et tu n'as pas voix au chapitre.

Elle avait raison. Elle était mieux placée que lui pour évaluer la gravité de sa blessure. Chaque fois qu'il regardait son doigt en berne, il avait un haut-le-cœur.

— D'accord. Pose-moi une attelle pour que je puisse au moins me servir de mon pouce et de mes autres doigts. Et fais vite.

— Cela prendra le temps qu'il faudra…

Mais elle avait déjà rabattu le hayon du pick-up pour prendre la trousse de premiers secours. Quand il la rejoignit, elle était en train de s'asperger les mains d'eau. Après les avoir essuyées sur son T-shirt, elle enfila une paire de gants en latex.

— Assieds-toi, dit-elle en désignant la plate-forme du pick-up. Il va falloir que tu serres les dents.

Il obéit. Pas question de lui administrer un analgésique qui le mettrait hors service pour le reste de la mission. Megan l'avait bien compris, elle aussi.

Afin d'évaluer les dégâts, elle lui palpa précautionneusement les phalanges de chaque doigt.

— Il y a bien fracture de l'auriculaire… la radio le confirmera dès qu'on sera de retour au dispensaire. Je vais poser l'attelle.

Puis elle lui adressa son lumineux sourire, celui qui rassérénait les patients. Il frappa Jaye en plein cœur et lui fit oublier la douleur.

Jaye semblait bien docile. Peut-être était-il sous le choc. Ou encore sous l'effet de la peur qu'il avait dû ressentir en la voyant glisser vers le précipice. Dans le regard qu'ils avaient échangé alors, tous deux s'étaient mis à nu alors qu'ils avaient jusqu'à présent respecté les codes de la profession en restant chacun à sa place. Il avait fallu ce moment de panique pour briser les barrières, et cet instant où les masques étaient tombés les avait secoués au plus profond d'eux-mêmes.

Mais peut-être prêtait-elle à Jaye des émotions qu'elle avait été seule à ressentir, songea-t-elle en vérifiant que le pansement maintenant l'attelle n'était pas trop serré. Il faudrait s'en contenter pour le moment. Plus tard, au village, elle le referait si elle avait le temps.

— Ça va ? demanda-t-elle tout en rangeant le rouleau de sparadrap et la paire de ciseaux.

Elle se sentait toute tremblante. En Afrique, elle avait soigné son lot d'os brisés, et avec des moyens médicaux autrement plus modestes que ceux dont elle disposait maintenant, mais aujourd'hui il s'agissait de Jaye, et l'adrénaline courait encore dans ses veines après qu'il l'eut arrachée au gouffre.

— Beaucoup mieux, merci, dit-il en remuant le pouce et l'index.

— Alors, en route. Où sont les clés ?

L'air dubitatif, il les tira de sa poche, et comme il semblait hésitant à les lui confier elle les prit d'autorité.

— Pas question que tu conduises d'une seule main.

— Je vais te guider. Dans environ trois kilomètres, nous croiserons la piste qui conduit au village.

Ils avancèrent à une allure d'escargot à cause de la boue et des pierres. Échaudée, Megan prenait garde de ne pas rouler trop près du bord de la route qui se rétrécit encore à l'approche du village. Heureusement, grâce aux indications de Jaye qui lui permirent d'éviter fondrières et nids-de-poule, ils arrivèrent à destination sains et saufs.

À la vue des cinq maisons qui composaient le village, Megan sentit son cœur se serrer. Trois étaient intactes, la quatrième, quoique encore debout, avait un mur détruit par l'éboulement et la cinquième avait disparu sous une coulée de boue, seule une partie du toit émergeant des débris. À mains nues ou à l'aide d'outils de fortune, hommes, femmes et enfants étaient en train de creuser dans les décombres.

— Quelqu'un doit être enfoui dessous, dit Jaye en sautant du pick-up avant même qu'il s'arrête.

Il courut vers un homme qui semblait diriger les opérations et il lui posa quelques questions en cingalais avant de revenir vers Megan.

— Une mère et ses trois enfants dont un bébé sont ensevelis sous les gravats. Les villageois ont entendu le bébé pleurer et la femme appeler au secours. L'un des enfants est blessé, mais on ignore encore la gravité de ses blessures.

Après avoir rabattu le hayon, Jaye sortit une bâche dans laquelle étaient enroulées deux pelles — sans doute destinées à désembourber le véhicule.

Sans qu'il le lui demande, Megan s'empara d'une pelle.

Laissant Jaye dérouler une corde, elle alla rejoindre les sauveteurs.

Comme elle commençait à creuser, il se mit à pleuvoir violemment, et Megan fut trempée jusqu'aux os en quelques secondes. La pluie rafraîchissait l'air sauf qu'elle aggravait aussi les dégâts, la boue s'infiltrant dans les décombres.

La pluie s'arrêta aussi soudainement qu'elle était arrivée, et les secouristes reprirent leurs efforts tant bien que mal, glissant et pataugeant dans la gadoue. Megan se redressait pour souffler un peu quand elle sentit une main se poser sur son bras. Une vieille dame chétive lui offrait du thé dans une tasse de porcelaine aux motifs floraux.

La remerciant chaleureusement, Megan but la boisson très sucrée avant de se remettre au travail. Du coin de l'œil, elle vit que Jaye dirigeait les opérations pour nouer bâche et cordes autour d'un bloc de pierre afin de le dégager du côté de la maison.

— S'il vous plaît, mademoiselle, par ici, dit l'homme qui semblait le chef du village en lui désignant un endroit qu'ils n'avaient pas encore déblayé.

Elle se dirigeait vers la zone indiquée quand Jaye l'appela.

— Ne te tue pas à la tâche. Je vais avoir besoin de toi tout à l'heure.

Il dépassait d'une tête les hommes qui l'entouraient et dégageait une autorité naturelle. Jaye appartenait à la race des leaders charismatiques qui exigeaient autant d'eux-mêmes que des autres, et il alliait la grâce du léopard avec la force du lion.

— Je n'ai pas le temps de faire une pause. Toi, par contre, tu ferais mieux de ménager ta main si tu veux pouvoir soigner correctement les blessés.

Il fit celui qui n'avait pas entendu, ce qui n'étonna guère Megan.

Un quart d'heure plus tard, ils étaient prêts à dégager le rocher, ce qui leur permettrait d'accéder à la famille bloquée sous les gravats. L'heure était grave, et seuls les pleurs du bébé enseveli rompaient le silence.

Les extrémités de la corde enroulée autour du bloc de pierre ayant été attachées à l'arrière du pick-up, Jaye se mit au volant pour avancer lentement, et l'énorme rocher bougea enfin.

À la place où il s'était dressé apparaissait maintenant un trou suffisamment grand pour qu'un enfant ou une personne menue s'y engouffre.

— J'y vais, dit aussitôt Megan.

Munie d'une lampe-torche, elle se glissa dans l'ouverture. Jaye regrettait de ne pouvoir prodiguer les premiers soins, mais, même si sa main n'avait pas été blessée, il n'aurait pas pu passer son mètre quatre-vingt-dix dans ce trou.

Tout le monde semblait retenir son souffle autour de lui. Puis Megan revint avec le bébé qu'elle leur tendit avant de s'enfoncer de nouveau sous les décombres. Jaye examina aussitôt l'enfant qui hurlait de toute la force de ses petits poumons et qui ne présentait, Dieu merci, aucun signe de blessure. Une vieille dame le prit pour le bercer dans ses bras.

Megan réapparut avec cette fois un petit garçon d'environ quatre ans dans les bras. Elle l'embrassa tendrement avant de le confier aux sauveteurs.

L'enfant était couvert d'une boue blanchâtre, la couleur de sa peau visible aux seuls endroits où les larmes avaient coulé sur ses joues. Quand Jaye lui demanda où il avait mal, il désigna sa jambe où se voyait une coupure qui, après examen, se révéla superficielle. Jaye le donna à son père qui le serra contre lui en pleurant.

— Le dernier enfant, une fillette, est le plus grièvement blessé, dit Megan. La mère refuse de sortir sans elle.

Puis elle disparut de nouveau dans l'étroit tunnel.

En proie au désespoir, le père s'agrippa à Jaye qui lui assura qu'on allait lui rendre sa femme et sa fille. Hélas, il ne pouvait rien promettre de plus.

Plongeant le regard dans le trou, il aperçut Megan qui avançait dans les ténèbres. Tout au bout, brillait une lumière qui s'agitait chaotiquement, celle de la lampe-torche qu'elle avait donnée à la mère.

Puis la lumière se stabilisa. Au terme d'une attente qui lui parut interminable, il discerna des ombres qui bougeaient au fond du tunnel. La torche éclaira soudain un sari couvert de sang.

— Elle ne veut pas lâcher l'enfant…

Pourtant distante d'à peine quelques mètres, la voix de Megan semblait venir d'outre-tombe.

— Explique-lui que je dois l'examiner, Jaye.

Jaye s'empressa de traduire en cingalais en précisant que Megan était infirmière. La femme consentit alors à lui laisser toucher l'enfant.

— Les voies aériennes sont dégagées… Elle respire… La jambe est peut-être cassée… Elle perd beaucoup de sang…

Jaye plongea la main dans la sacoche médicale pour en sortir un paquet de compresses qu'il lança à Megan.

— Dès que l'hémorragie sera endiguée, on pourra l'évacuer.

La maman se lamentait tout en continuant à serrer sa fille contre elle. Quand Megan appuya de toutes ses forces sur la blessure pour arrêter le sang, l'enfant gémit, et la maman adressa de virulents reproches à Megan. Même si celle-ci ne pouvait comprendre les mots, le ton ne laissait aucun doute sur leur signification.

— Dis-lui que je suis désolée, Jaye, mais que c'est nécessaire pour sauver son enfant. De plus, j'ai besoin de place…

Il fallait que la mère sorte. Jaye l'expliqua à la femme qui secoua farouchement la tête.

— Explique-lui que c'est pour le bien de sa fille, reprit Megan. Et que je la soignerai comme si c'était mon propre enfant.

Ce dont Jaye ne doutait pas. Il traduisit, et, après maintes hésitations, la femme accepta.

Megan lui prit l'enfant des mains, et les secouristes agrandirent le trou pour sortir la mère des décombres. Un temps que Jaye mit à profit pour retourner au pick-up chercher un brancard pliable qu'il glissa dans l'ouverture.

— Vérifie bien qu'elle n'a pas d'autres blessures, Megan, cria-t-il.

— C'est fait, dit-elle quelques minutes plus tard. Passe-moi la minerve.

Megan aida l'enfant à s'allonger sur le brancard et l'y attacha à l'aide de courroies.

— Il va falloir faire vite. Le gros de l'hémorragie est endigué, mais un peu de sang se remet à couler de la jambe dès que je relâche la pression.

Jaye et le chef du village saisirent le brancard chacun à une extrémité. Il aurait bien voulu aider Megan à sortir des décombres, sauf que la petite blessée constituait sa priorité absolue.

Ils déposèrent le brancard à l'ombre d'un porche voisin, et Jaye s'agenouilla auprès de la fillette pour lui prendre le pouls puis appuyer sur les compresses enroulées autour de la jambe. Consciente, mais molle comme une poupée de chiffon, l'enfant ne protesta pas.

— Elle a perdu beaucoup de sang. Il faut la perfuser.

Pas besoin de se retourner pour savoir que les mots avaient été prononcés par Megan.

— Je vais chercher une poche de solution saline dans la trousse isotherme.

Quelques minutes plus tard, elle revint avec la sacoche de premiers secours et tout le nécessaire pour poser une perfusion. Ses cheveux et son visage étaient blancs de poussière.

— Le pouls est bon ? demanda-t-elle en enfilant des gants de latex avant de l'aider à faire de même sur sa main valide.

— Il est faible.

De concert, ils parvinrent à poser le cathéter et à y insérer la sonde de perf.

— Il va falloir changer les compresses.

— Je m'en occupe, dit-elle.

Saisissant la poche de solution saline, il la tint en hauteur. Avec un peu de chance, cette perf maintiendrait l'enfant en vie jusqu'à leur retour au dispensaire où on lui ferait une transfusion sanguine.

Brusquement, la douleur lui vrilla le bras et il ne put s'empêcher de pousser un gémissement.

— Ça va ? dit Megan.

Il se contenta de hocher la tête.

Dès que les compresses furent changées, il appuya de nouveau dessus de sa main valide. Quelques minutes plus tard, l'état de la fillette était enfin stabilisé, et les villageois transportèrent le brancard jusqu'au pick-up. Son bras valide servant désormais de potence, Jaye marcha à côté d'eux en s'efforçant d'ignorer la douleur qui pulsait dans sa main blessée. Il se sentait pantelant, de douleur, mais surtout de soulagement. Ils étaient parvenus à dégager la fillette des décombres vivante. Celle-ci n'était pas encore sortie d'affaire, mais Megan et lui avaient déjà accompli un petit miracle.

11.

De retour au dispensaire, la fillette blessée — son nom était Chandra — fut confiée au Dr Stone qui était arrivé la veille. Il identifia le groupe sanguin puis ordonna aussitôt la transfusion.

Après une douche éclair, Megan rejoignait Jaye en salle de soins. Il s'était changé, lui aussi, et secondait le Dr Stone, avec l'assistance de Ranjini.

Un peu à l'écart, Megan les observa, non sans une pointe de frustration. On lui ôtait le droit de soigner Chandra jusqu'au bout, et son coéquipier avec lequel elle avait travaillé en osmose parfaite collaborait à présent avec d'autres…

Ne sois pas stupide, se sermonna-t-elle.

Depuis quand une infirmière s'arrogeait-elle l'exclusivité d'un patient ou d'un médecin ? C'était la fatigue qui la rendait irritable et lui mettait ces absurdes idées en tête.

— Je ne crois pas qu'elle ait la jambe cassée, dit Jaye à son intention tout en se dirigeant vers l'appareil de radiologie. On va faire une radio pour s'en assurer puis le Dr Stone posera les points de suture.

Il était bien aimable de la tenir au courant !

— Sa pression artérielle est bonne ?

Il dévia de son chemin pour s'approcher d'elle.

— Elle avait chuté à cause de l'hypovolémie, mais elle commence à remonter. Chandra se plaint d'avoir mal ; dès que la transfusion sera terminée, je lui administrerai un sédatif.

La douleur était bon signe. Cela signifiait que la fillette sortait de sa léthargie.

— As-tu besoin d'aide pour la radio ?

— Non, merci, répondit-il avec un petit sourire. Ranjini va m'assister.

Compris. Elle osait à peine regarder Jaye dans les yeux de peur d'y lire : « Je n'ai plus besoin de toi. » Après la complicité qu'ils avaient eue tout à l'heure, c'était douloureux.

Soudain, il lui glissa un doigt sous le menton pour l'obliger à relever la tête. Megan fut tentée de se dégager, mais la chaleur qui brillait dans les yeux de Jaye l'en dissuada.

— Par contre, je ne dirais pas non à une tasse de café, ajouta-t-il.

Assis dans la salle de séjour du bungalow de Megan, Jaye promena son regard à la ronde. Les bungalows étaient agencés et meublés de la même manière, mais Megan avait su personnaliser les lieux à l'aide de petites touches féminines. Sans doute rapportée d'Afrique, une couverture aux couleurs vives drapait le canapé, de larges bougies aux tons pastel décoraient la table basse, et il flottait dans la pièce ce doux parfum fleuri qu'il associait désormais toujours à sa présence.

Quelque chose s'était passé, et plus rien ne serait comme avant. Ce matin, quand ils s'étaient mis en route, ils sursautaient dès qu'ils se frôlaient dans le pick-up. Et maintenant…

Les événements les avaient obligés à se rapprocher, ce qui devrait logiquement donner envie à Jaye de prendre ses jambes à son cou. Pourtant, il était là, chez elle, en train d'attendre qu'elle lui serve le café…

Elle émergea de la minuscule cuisine et lui tendit une tasse fumante.

— Mmm, quel arôme ! dit-il. Corrige-moi si je me

trompe, ce n'est pas le café qu'on achète à l'épicerie du dispensaire.

— Je l'ai apporté dans mes valises. Depuis mon arrivée, j'en consomme à doses homéopathiques pour le faire durer, et il ne m'en reste presque plus.

Pourtant, elle le partageait avec lui au lieu de lui servir l'ersatz instantané que l'on trouvait ici.

— J'irai à Colombo la semaine prochaine. Je t'en rapporterai.

— Tu as l'intention de conduire ? Avec ta main ?

— D'ici là, ça ira mieux, j'espère.

Megan haussa les sourcils, l'air de dire : « Ça m'étonnerait. »

— Prends Dinesh avec toi pour te servir de chauffeur.

Sa sollicitude lui faisait chaud au cœur. Il avait perdu l'habitude d'avoir quelqu'un qui se souciait de lui, qui lui faisait la leçon lorsque c'était nécessaire.

— On verra.

— Ta main te fait mal, n'est-ce pas ?

— Ça va.

— Ben voyons..., dit-elle d'un ton gentiment moqueur. « Je ne suis pas fait comme les autres, je suis le maître du royaume et je ne sens pas la douleur... »

— Je n'ai pas dit ça. Bon, d'accord, je demanderai à Dinesh de m'accompagner. Contente ?

— Je serai contente quand tu auras passé une radio et que je t'aurai posé une attelle dans les règles de l'art.

Jaye avait pensé le faire lui-même, mais il comprit que ce ne serait pas une bonne idée.

— Tu le regretteras quand je me mettrai à geindre comme un bébé.

— Je suis une infirmière. J'en ai vu d'autres. D'ailleurs, j'ai ce qu'il faut pour éviter que tu geignes...

Puis elle agita sous son nez une plaquette de paracétamol.

Soudain, Jaye fut fatigué de tout gérer, d'avoir le contrôle sur tout. À défaut de pouvoir entraîner Megan dans son lit, il pouvait s'en faire une amie, et lui déléguer quelques responsabilités. Il lui faisait autant confiance qu'à Ranjini, c'était dire…

— Je vais prendre deux comprimés.

— Ils sont dosés à mille milligrammes. Un et demi devrait suffire.

Docile, il prit le comprimé et demi qu'elle lui tendit et l'avala avec une gorgée de café. Puis il s'adossa à son siège, ayant l'impression de se détendre pour la première fois depuis des semaines.

Megan laissa Jaye se reposer cinq minutes puis elle le ramena au dispensaire pour lui faire passer une radio qui confirma la fracture. Elle posa donc une nouvelle attelle, réglementaire celle-là, avec bracelet scratch au poignet et protège-doigt en plastique.

Elle avait l'impression d'évoluer en territoire inconnu. Jamais elle n'aurait cru pouvoir être amie avec Jaye, et pourtant c'était en train d'arriver.

À sa grande surprise, elle lui découvrait tous les jours des qualités nouvelles. Oh ! il ne lui faisait pas de cadeau, professionnellement, et c'était tout aussi bien car elle ne voulait pas de traitement de faveur par rapport aux autres employés. Il lui offrait bien mieux : il lui permettait de montrer ses compétences et de s'épanouir dans son travail. De surcroît, il lui avait confié des responsabilités en la nommant assistante de Ranjini et en la chargeant d'aider celle-ci à mettre en place le service d'aide aux femmes qui était si chère au cœur de la nouvelle directrice du dispensaire.

Fidèle à sa parole, Jaye revint de Colombo avec une demi-douzaine de petits sacs de café moulu qu'il lui offrit. Mais il en rapporta également pour lui-même car, quand elle frappa le lendemain soir à la porte de son bungalow pour changer le protège-doigt, il l'attendait avec une tasse de café.

Ce serait leur petit moment à eux, arraché au tumulte de la journée. Cinq petites minutes où elle l'aurait rien que pour elle.

Elle ôta l'attelle.

— La peau est irritée. Tu t'es lavé la main avec du savon alors que je te l'avais interdit.

— Difficile de faire autrement. Avant d'examiner mes patients, je me lave les mains même si je n'opère que d'une seule pour le moment.

— Je croyais que tu devais lever le pied maintenant que le Dr Stone est là.

— J'essaie, dit-il avec un sourire désarmant.

— C'est déjà bien d'essayer.

— Que fais-tu vendredi ? demanda-t-il tandis qu'elle changeait le doigtier.

— Je n'ai rien prévu. Ranjini va recevoir une candidate pour le poste d'infirmière en chef, et j'en profiterai pour remettre de l'ordre dans les dossiers, faire du tri…

— La paperasserie attendra. Dinesh n'est pas libre pour me servir de chauffeur pour les visites à domicile, alors, je te réquisitionne.

— Sans même me demander mon avis ?

Elle avait du mal à feindre l'indignation. Le sourire de Jaye ferait fondre les plus endurcies…

— Je croyais que tu aimais les visites à domicile… Cette fois, j'espère que nous n'aurons pas trop de travaux d'excavation à faire.

Comment refuser ? Si encore il avait semblé nourrir

quelque arrière-pensée romantique… Mais non. Il la traitait exactement comme il le faisait devant tout le monde, avec un respect teinté de malice. À l'instar d'un employeur bienveillant qui taquine de temps en temps son personnel.

— C'est d'accord. Tu peux compter sur moi.

12.

La semaine suivante, Megan partit, missionnée par Ranjini pour trouver un emplacement destiné au nouveau centre médical réservé aux femmes, et Jaye compta les jours en attendant son retour.

Quand il vit le pick-up revenir, il sentit son cœur bondir, mais Megan disparut dans le dispensaire, sans doute pour faire son rapport à Ranjini.

S'exhortant à la patience, Jaye finit sa ronde des lits puis il alla dans son bungalow chercher une bouteille de cognac et deux verres.

Il trouva Megan assise sous le grand acajou. On aurait dit qu'elle l'attendait. Quand il posa la bouteille sur la petite table en osier, elle leva les yeux pour lui sourire d'un air mi-tendre mi-malicieux.

— Toi, tu m'as tout l'air de vouloir un rapport.

Jaye s'assit et versa un peu de cognac dans le fond de leurs verres.

— Tu es restée absente quatre jours, tu dois en avoir, des choses à raconter…

— Oh oui.

Elle lui parla de sa prospection, de l'endroit qu'elle avait retenu et des rencontres qu'elle avait faites. Jaye, qui connaissait pourtant parfaitement le lieu et les personnes en question, l'écouta comme s'il les découvrait.

— Donc, le site central a ta préférence ?

C'était celui qu'il aurait choisi, lui aussi.

— Oui. La route qui y mène est en mauvais état, mais on pourra la refaire aux endroits les plus abîmés. Le site se situe à la croisée de plusieurs villages, ce qui permettra à un maximum de femmes de venir consulter, et comme le terrain est grand, il y a de quoi construire un bâtiment principal et des annexes.

— Tu parles déjà de construire ? Je pensais faire installer un bungalow préfabriqué pour commencer…

— Bien sûr. Mais plus tard, si le centre médical attire beaucoup de monde et que le bungalow ne suffit plus, on pourra construire.

Elle pensait déjà à long terme.

— Alors, buvons à son succès.

Il fit tinter son verre contre celui de Megan.

— À son succès…, répéta-t-elle. Même si je ne serai peut-être pas là pour le voir.

Les médecins et infirmières qu'ils employaient ne restaient jamais stationnés longtemps au même endroit. Leur organisation avait des dispensaires et des centres médicaux sur tous les continents, et le personnel tournait constamment selon les besoins des uns et des autres. Mais, où qu'elle aille, Megan continuerait à être l'une des chevilles ouvrières de l'association, et Jaye y veillerait.

— Tu ne comptes pas partir tout de suite, tout de même ?

— Non. Mais cela m'étonnerait que je voie le nouveau dispensaire sorti de terre. Faudrait-il encore que John Ferris renouvelle mon contrat et qu'il ne me mute pas ailleurs.

Jaye avait envoyé un mail à Ferris pour lui dire que Megan constituait un élément précieux pour leur équipe et qu'il était hors de question de se séparer d'elle au terme de son contrat — d'une durée de trois mois, celui-ci arriverait bientôt à son terme. Il avait recommandé à Ferris de signer un CDI à Megan, avec une promotion à la clé.

Il s'était toutefois gardé d'en informer Megan car leur

fragile amitié risquait d'en souffrir si elle découvrait que son avenir dépendait de son bon plaisir.

— Tu finiras bien par revenir un jour au Sri Lanka.

— J'aimerais bien. C'est un pays tellement beau.

— Je conçois qu'on puisse tomber amoureux de cet endroit, dit-il avec un large geste désignant le décor à la ronde. C'est une belle construction, et les gens qui y travaillent sont attachants et honnêtes. Ils avaient juste besoin d'un coup de pouce pour repartir du bon pied.

— En somme, tu as retrouvé le dispensaire de tes débuts ? Qu'est-ce qui te plaît tant ici ?

Voulait-elle s'essayer au jeu des questions mi-sérieuses mi-badines autour d'un verre par une chaude soirée où le soleil jouait les prolongations ? Tant que cela restait un jeu, il était partant.

— D'abord, j'y ai mes racines. Et puis, tout semble moins compliqué ici.

— Parce que tu as laissé tes *complications* dans ton grand manoir avant de prendre l'avion ?

— En quelque sorte. J'aime tout, le parfum du jasmin, les couleurs des saris, les sourires des enfants, le silence juste avant le lever du soleil. Ici, il n'y a pas de vieux parquets qui grincent, pas de fantômes dans les placards, tout est comme au premier jour du monde.

— Je ne te connaissais pas une âme de poète. Médecin poète, ça te définirait assez. Davantage que duc, en tout cas.

— Certainement. J'adore mon métier. Je n'ai pas demandé à être duc, mais les avantages associés à ce titre me permettent d'entreprendre des choses qui seraient, sinon, impossibles.

— Tu veux dire que la fin justifie les moyens ?

— Parfois… Ma position sociale offre une plus grande

résonance au message humanitaire, et les collectes de fonds pour la bonne cause n'en sont que meilleures. Par contre, sur le plan personnel, ce n'est pas toujours enviable d'être duc.

— Que veux-tu dire ?

— Les gens ne voient que le titre. Et le beau manoir…

— Tu penses à Sonia ?

— Entre autres.

Il n'avait aucune envie de gâcher cette soirée en évoquant son ex.

— Au dispensaire, les gens n'ont que faire que tu sois noble ou roturier. Pour eux, tu es le Dr Jayananda.

Un silence complice s'installa entre eux tandis qu'ils sirotaient leur cognac. On aurait dit deux copains qui décompressaient après le travail et qui n'avaient pas besoin de parler pour être bien ensemble.

— Et toi ? reprit-il. Pourquoi as-tu voulu devenir infirmière ?

— Ce n'était pas une vocation. Il fallait que je gagne ma vie…

— Et tu as ouvert l'annuaire des métiers à la lettre I ?

— Idiot…, dit-elle en riant. J'ai décidé de faire des études d'infirmière en réaction contre mon père qui voulait que j'entre dans une école de commerce. Plus tard, il m'aurait engagée dans son entreprise sans bien sûr révéler à ses employés que j'étais sa fille. Il avait déjà tout prévu et s'attendait à ce que je dise amen. Comme je savais qu'il n'avait que mépris pour la profession d'infirmière, je l'ai choisie.

Étrange… Il aurait juré qu'elle avait la vocation chevillée au corps depuis sa plus tendre enfance. Or, c'était pour se révolter contre son père qu'elle avait choisi ce métier.

— J'espère que tu ne prends pas mentalement des notes pour les retranscrire dans mon dossier. « Elle est devenue infirmière par défaut… » Ça ferait tache dans mon curriculum vitæ.

— Je n'ai pas besoin de prendre des notes. Cet arbre est truffé de caméras cachées.

— Alors, me voilà démasquée. Toujours est-il que j'ai commencé mes études d'infirmière en me disant que j'allais les laisser tomber au bout de quelques mois pour voyager de par le monde. Et, surprise, je suis tombée amoureuse de ce métier.

— En somme, tu t'es laissé prendre à ton propre jeu.

— Eh oui. J'étais encore une gamine immature, et ces études m'ont fait grandir à la vitesse grand V. J'ai eu de la chance d'avoir trouvé ma voie avant de commettre des bêtises. Fut une époque où j'étais tentée de sortir du droit chemin…

— Franchement, j'ai du mal à t'imaginer en délinquante.

— Et pourtant… À treize ans, j'ai découvert que celui que je prenais pour mon oncle était en réalité mon père. Durant les mois qui ont suivi, j'ai commis autant de bêtises que possible pour le faire enrager.

— C'était…

— Très intelligent de ma part, ironisa-t-elle, une moue penaude aux lèvres.

— Ta réaction se comprenait. La révélation a dû être un choc.

— Oh oui. Depuis que j'étais toute petite, l'oncle Harry venait me rendre visite, les bras chargés de cadeaux, et il nous emmenait, ma mère et moi, dans les meilleurs restaurants. Quand j'ai appris qu'il avait menti sur son identité, j'ai eu l'impression d'être moi aussi un mensonge, de ne pas avoir le droit d'exister.

Le cœur de Jaye se serra. Il aurait voulu la prendre dans ses bras pour la réconforter, sauf que des copains buvant un verre ensemble ne faisaient pas ce genre de choses. Il leur resservit un doigt de cognac. Comme pour approuver son geste, elle en prit aussitôt une gorgée.

— Alors, tu as fait ta petite révolution en devenant infirmière.

— C'est la meilleure chose que j'aie faite. Par contre, à l'adolescence, je m'étais révoltée de manière nettement moins constructive. Je me spécialisais dans les petits amis pas très fréquentables.

— Des voyous ?

— Tout de même pas, encore que j'aurais été capable de tout pour contrarier mon père. Dès qu'il jugeait un garçon peu fréquentable, je m'empressais de jeter mon dévolu sur lui. Je suis ainsi sortie avec un poète un peu vagabond, Peter. Il voyageait dans un minibus déglingué, déclamait ses poèmes dans les bars, le soir, et faisait des petits boulots durant la journée pour joindre les deux bouts.

— Je peux imaginer qu'il ne trouvait pas grâce aux yeux de ton père.

— Mon père le détestait. En réalité, ce n'était pas bien sérieux entre mon poète et moi, mais Harry était tellement vert de rage que j'ai pris un malin plaisir à m'afficher avec Peter. Ça a duré deux ans ! Je me suis bien amusée à écumer avec lui tous les festivals de musique, puis nos chemins se sont séparés.

— Alors, tu t'y connais en poésie. Que dirais-tu d'en lire un peu à nos patients à tes heures perdues ?

Elle éclata de rire.

— Allez, on a assez parlé de nos coupables antécédents. D'ailleurs, la journée a été longue, je vais me coucher, ajouta-t-elle en se levant. Merci pour le cognac.

Exactement les mots qu'un copain aurait pu prononcer, songea-t-il en la regardant s'éloigner. Le problème, c'était qu'il voulait bien plus que l'amitié de Megan.

Jaye nourrissait de grandes ambitions pour elle. Avec ses idées novatrices et ses talents de communicatrice, elle ferait une coordinatrice parfaite pour superviser le développement des antennes médicales de l'association à travers le monde.

Il en avait touché un mot à John Ferris qui avait décidé de proposer le poste à Megan quand elle rentrerait à Londres au terme de sa mission. D'ici là, Jaye était décidé à jouer au patron copain avec Megan, faute de pouvoir se rapprocher d'elle comme il l'aurait voulu.

À mesure que la date de son départ approchait, elle semblait de plus en plus triste, aussi avait-il plus d'une fois été sur le point de vendre la mèche et de lui dire qu'elle serait de retour ici plus vite qu'elle ne le pensait.

Ce lundi soir, n'y tenant plus, il se dirigea vers le bungalow de Megan avec, en poche, une lettre d'embauche et le nouveau contrat à son intention. La lumière allumée indiquait que Megan était encore debout, et il frappa à la porte.

— As-tu quelques minutes à m'accorder ? demanda-t-il quand elle ouvrit. J'ai à te parler.

— On se retrouve sous le grand acajou ?

— Non, Megan. J'aimerais discuter *en privé*.

— Entre.

Elle le précéda dans la salle de séjour et ramassa prestement les cartes géographiques étalées sur le canapé.

— Assieds-toi.

— Je n'en ai pas pour longtemps.

Sa main tremblait en sortant les documents de sa poche. Il voulait garder Megan dans son association — et dans sa vie —, et l'éventualité qu'elle refuse le terrifiait.

— John Ferris m'a demandé de te donner ceci.

— Une lettre officielle…, dit-elle en regardant la feuille sans la déplier. Dois-je m'inquiéter ?

— Non.

Il aurait pu se contenter de lui soumettre l'offre d'emploi, mais il avait préféré la mettre noir sur blanc en la signant du nom de son directeur administratif. L'idée lui traversa l'esprit que, si elle refusait, cela n'aurait rien de personnel.

Elle lut la lettre en prenant tout son temps puis étudia le contrat. Enfin, un petit sourire éclaira son visage.

— Tu me proposes de devenir coordinatrice pour le développement des dispensaires à travers le monde ?

— Oui, ce qui ne t'empêchera pas de continuer à soigner les patients, et de nous suggérer des méthodes pour améliorer leur prise en charge et leur suivi.

— En somme, c'est le travail que je fais ici.

— Pas tout à fait. Tu auras plus de responsabilités et de liberté de manœuvre. Il ne s'agira pas de voyages éclair de quelques jours avec retour à Londres ; tu devras séjourner plusieurs mois sur chaque site pour prendre le pouls et évaluer les besoins. Après avoir travaillé avec les directeurs des centres concernés, tu soumettras tes propositions à John Ferris et aux membres du comité directeur.

— C'est… Comment te dire ?

Elle pressa le contrat contre sa poitrine.

— C'est le poste dont j'ai toujours rêvé, Jaye.

Le nœud dans son ventre ne disparaîtrait que quand elle lui aurait dit oui.

— Et… ?

Soudain, elle mit les bras autour de son cou et enfouit le visage contre son épaule. Cela le surprit tellement qu'il se figea, les mains suspendues à quelques centimètres de son dos. S'il la touchait, il n'était pas sûr de pouvoir se contrôler.

Aussi vite qu'elle s'était jetée à son cou, elle recula, les joues en feu.

— Quelle est ta réponse, Megan ?

Il fallait qu'il sache.

— C'est oui. Cela va au-delà de toutes mes espérances. Tu remercieras John de ma part. Merci du fond du cœur.

— Alors, je peux lui dire que tu acceptes ?

C'était la signature de John qui figurait en bas du contrat et c'était John qui récoltait les remerciements, et Jaye ne se voyait pas rétablir la vérité sans dévoiler ses cartes.

— Bien sûr. Dois-je lui écrire une lettre en retour ?

— Non, ce ne sera pas utile. Je lui transmettrai. Tu régleras les détails avec lui à ton retour à Londres.

— Euh… Aurai-je tout de même l'occasion de travailler avec toi de temps en temps ?

— J'imagine que nos chemins se croiseront assez souvent, mais nous ne ferons plus équipe comme à présent…

Une ombre voila le regard azur de Megan. Cela la contrariait-il ? Dans ce cas, il vaudrait mieux pour l'efficacité de leur travail respectif ne plus se voir du tout. Le monde était grand, et ils n'étaient pas obligés de se trouver au même endroit.

De toute façon, elle avait dit oui. Elle ne pouvait plus revenir en arrière.

— Ce contrat me comble. J'ai vu ce que tu avais fait ici et je… je respecte tellement ton travail.

Elle leva un regard empli d'admiration vers lui, et Jaye dut se retenir pour ne pas lui dire que lui aussi serait triste de ne plus la voir tous les jours. S'il commençait à lui ouvrir son cœur, il courrait droit à la catastrophe.

— Il y a encore beaucoup à faire. Je compte sur tes suggestions pour améliorer le site.

Un lumineux sourire lui répondit. Ce sourire lui manquerait aussi…

— Il faut fêter ça, dit-elle, esquissant un pas de danse vers la kitchenette. Il me reste encore de ton fabuleux café…

S'il s'attardait chez elle, il ne répondrait de rien. Le parfum de Megan, son excitation, et la tristesse qu'il éprouvait à l'approche de son départ formaient un cocktail dangereux. Il avait déjà ce qu'il voulait : une coordinatrice hors pair qui apporterait du sang neuf à son association. Surtout, ne pas tout gâcher maintenant.

— Il est un peu tard pour du café.

— Parce que tu crois que je vais pouvoir dormir maintenant ? Le café ne fera aucune différence. Pour toi, je peux faire du thé ou une tisane, si tu préfères.

— Je te remercie, mais la journée a été longue. Je vais aller me coucher. Sache que je suis très content que tu aies accepté.

Il se dirigea vers la porte.

— Une dernière chose, dit-il en se retournant. J'aimerais que tu prennes un jour de congé.

Elle haussa les sourcils.

— Pas question. Je n'aurai pas trop des quelques semaines qui me restent pour terminer les plans du nouveau dispensaire des femmes. Ranjini compte sur moi.

— Tu reviendras bientôt pour finaliser le projet avec elle. Tu as travaillé sans relâche depuis ton arrivée ici et tu mérites de te détendre un peu.

— D'accord, je le ferai. En lisant un livre le soir. Ou en prenant le frais sous un arbre.

— Je te connais. Ça durera un quart d'heure puis tu te rappelleras qu'une tâche urgente t'attend au poste infirmier ou en salle des malades.

— Un quart d'heure, c'est déjà bien, dit-elle, un sourire malicieux aux lèvres.

— Je m'attendais à ta réaction. C'est pourquoi j'ai une proposition à te faire. J'ai promis à mes parents d'aller vérifier que tout allait bien chez eux, leur maison se trouvant à une cinquantaine de kilomètres d'ici. Comme tout est tranquille en ce moment au dispensaire, j'ai pensé…

Accompagne-moi. J'aimerais passer la journée avec toi.

Les mots ne parvenaient pas à sortir.

— Ça fait beaucoup de kilomètres pour m'obliger à prendre un jour de congé…

— Si tu préfères, je peux t'enfermer à double tour dans ton bungalow.

— Je sortirai par la fenêtre ! dit-elle en riant. D'accord, je viendrai avec toi. Et merci pour vouloir m'éviter le surmenage.

13.

Nichée dans un écrin de verdure au cœur des montagnes, la maison de Raj et Caroline était magnifique. La large terrasse ombragée circulaire faisait à Megan l'effet d'une oasis après le trajet sous un soleil de plomb.

À l'intérieur, les sols décorés de mosaïques, les grands murs blancs et les fenêtres à persiennes de style colonial rehaussaient encore la beauté des lieux. Le souffle coupé, Megan admira la vue sur les montagnes.

Par les fenêtres entrouvertes du salon, la brise soulevait les rideaux de mousseline blanche.

— Quelqu'un habite ici en l'absence de tes parents ?

— La gouvernante et son mari. J'ai demandé à Mme Jayasuna de nous préparer un repas. Mais peut-être aimerais-tu te rafraîchir avant de passer à table ?

Il prit le sac de voyage qu'elle avait apporté et la conduisit à l'étage, dans une grande chambre où trônait un lit en bois de teck sculpté.

— Ne me dis pas que ce lit a été fabriqué dans un petit atelier financé par ton association…

Les considérations sur le mobilier l'empêcheraient de penser à l'usage qu'ils pourraient faire tous deux de ce lit. Jaye y pensait-il aussi ? Rien ne semblait l'indiquer dans son comportement.

— Non. L'ébéniste qui a réalisé ce travail n'a besoin d'aucun soutien caritatif, crois-moi. L'atelier où il travaille pour un salaire tout à fait correct a un carnet de commandes bien rempli. Le bois de ce lit provient de forêts renouvelables.

— On y dort mieux, sans doute.

Il sourit.

— Beaucoup mieux. Mes parents ont emménagé dans cette demeure après leur mariage, à l'époque où ils avaient enfin décidé de poser leurs valises.

— C'étaient de grands voyageurs ?

— Autant elle que lui. Quand tu les as interviewés pour ton exposé, mon père t'a-t-il raconté comment il avait poursuivi ma mère à travers deux continents et cinq pays ?

— Oui. Il m'a appris au cours de cet entretien qu'il avait fait sa connaissance au Sri Lanka où elle voyageait pour une association caritative. À l'époque, elle ne voulait pas entendre parler de fonder une famille et elle a repris l'avion. Persuadé qu'elle était la femme de sa vie, Raj l'a suivie. Je pensais qu'il exagérait un peu en parlant de deux continents et cinq pays…

— Pas du tout.

— Et, à peine retrouvée, ta mère s'envolait aussitôt pour une nouvelle destination ?

Difficile d'imaginer que les parents de Jaye aient hésité à s'engager l'un envers l'autre. Ils donnaient l'image d'un couple si fusionnel.

— En lui laissant toujours une adresse où il pourrait la rejoindre. Après un certain temps, ils ont décidé que ce serait plus simple de voyager ensemble. Puis ils ont franchi un pas supplémentaire en s'installant ici, où je suis né.

— Ici ? Je ne savais pas…

— Ils sont retournés vivre en Angleterre lorsque j'avais dix-huit mois. Mais je suis né dans cette maison.

Après avoir inspecté une dernière fois la chambre du regard, il se dirigea vers le couloir.

— Je t'attends en bas.

Puis il sortit comme s'il avait le diable aux trousses.

Hélas, tout indiquait que le rapprochement qu'elle espérait avec Jaye ne se ferait jamais. Au fond, cela valait mieux pour la suite de leur collaboration professionnelle. Eux aussi seraient amenés à se croiser sur plusieurs continents, mais pas pour les mêmes raisons que Raj et Caroline.

Un quart d'heure plus tard, Jaye vit Megan émerger sur la terrasse. Elle avait troqué son pantalon et son T-shirt contre une robe bleue sans manches qu'il ne lui avait jamais vue, et elle lui parut plus ravissante que jamais. L'idée qu'elle s'était mise en frais pour lui le fit culpabiliser. Peut-être aurait-il dû lui aussi s'habiller pour le repas.

En attendant que Mme Jayasuna mette la dernière touche au repas, ils prirent le café sur la terrasse. Jaye orienta la conversation sur le nouveau centre médical réservé aux femmes juste pour le plaisir de voir les yeux de Megan s'illuminer. Ce projet la passionnait. Puis il l'emmena faire un tour du jardin en lui désignant les plantes et les arbres. Ils plongèrent la main dans le grand bassin où des carpes koï vinrent leur mordiller le bout des doigts. Perché sur son rocher au milieu du bassin, un héron cendré les fixait de ses yeux dorés, l'air de dire : « Que faites-vous sur mon territoire ? »

Quand ils remontèrent sur la terrasse, le déjeuner avait été servi. Ils bavardèrent à bâtons rompus tout en mangeant. Quand, d'aventure, la conversation marquait une pause, Jaye s'empressait de la relancer, effrayé par le silence car il ne pourrait alors plus cacher ses sentiments derrière des paroles anodines.

Rien de tel que l'eau minérale pour accompagner le poulet *vindaloo* de Mme Jayasuna. Après le dessert — un *kulfi* à la cardamome —, Jaye se décida à soulever du seau à glace la bouteille de vin à laquelle ils n'avaient pas touché, et il remplit leurs verres.

Le regard perdu vers les montagnes, Megan sirota sa boisson.

— Si j'habitais ici, dit-elle, je ne voudrais plus en partir. C'est ce qui se rapproche le plus du paradis sur terre.

— Ma famille et moi y revenons régulièrement. Quand j'étais petit, nous passions tout l'été au Sri Lanka. Pour mes frères et moi, c'étaient des vacances géniales. Nos parents, eux, s'étaient déjà investis dans la médecine humanitaire.

— Ça n'a pas dû être facile de concilier la gestion de cette propriété et celle du manoir du Gloucestershire.

— Détrompe-toi. En Angleterre, on a des régisseurs et une foule de gens pour nous aider.

— As-tu su dès l'enfance que tu serais duc ?

— Je l'ai su très tôt. J'avais neuf ans quand mon oncle est mort des suites d'une longue maladie sans laisser de descendance. Mes parents ont essayé de dédramatiser cette histoire de titre, mais…

Jaye avait compris que rien ne serait plus comme avant quand, un matin, on était venu le chercher en pleine classe pour l'emmener dans le bureau du principal qui, d'un ton sépulcral, lui avait annoncé le décès de son oncle.

— Le directeur du pensionnat m'a dit que j'étais différent de mes camarades, que de grandes responsabilités m'échoiraient et que je devais m'y préparer.

— Quelles étranges choses à dire à un gamin de neuf ans ! dit-elle, les yeux brillant d'indignation.

— Pourtant, il avait raison. Les gens vous traitent différemment lorsque vous avez un titre de noblesse. Ils ne voient que ça et ne prennent même pas la peine d'apprendre à vous connaître en tant que personne.

— Tu penses à Sonia…

— Forcément.

Cela lui coûtait de l'admettre.

— Je ne la connaissais pas bien, reprit Megan. Mais j'avais remarqué qu'elle ne perdait pas une occasion d'exhiber l'énorme solitaire que tu lui avais offert. S'agissait-il d'un véritable diamant ?

Jaye rit malgré lui.

— Bien sûr.

— Je n'en avais jamais vu d'aussi gros. Et n'en reverrai sans doute jamais.

— C'est vrai qu'elle aimait bien le montrer…

Ce qui aurait dû le mettre en garde.

— Elle l'a vendu après notre rupture. Je l'ai su par le joaillier qui avait fabriqué la bague.

— Tu lui as permis de le garder parce que l'argent lui serait utile pour élever son bébé, n'est-ce pas ?

— Oui. Je n'en avais pas besoin. Et puis, j'avais aimé cette femme…

Bizarrement, ces mots avaient perdu le pouvoir de lui faire mal.

— C'était un geste très généreux de ta part, Jaye. Un peu fou, aussi.

— Je sais… J'étais amoureux de Sonia. Et elle, elle était amoureuse d'un caillou qui brillait et de l'idée de devenir duchesse.

— Mais pourquoi a-t-elle annulé le mariage si elle voulait tant devenir duchesse ?

— Deux mois avant le mariage, j'avais passé six semaines au Sri Lanka, et c'est pendant cette période qu'elle est tombée enceinte. Elle a d'abord tenté de le nier, mais l'échographie et la taille de l'embryon ne laissaient aucun doute sur la date de conception. Confrontée à l'évidence, elle m'a avoué qu'elle avait eu une aventure durant mon absence.

La mine consternée, Megan secoua la tête.

— Et dire que je t'ai pris pour l'un de ces sales types qui abandonnent leur fiancée enceinte… Je suis désolée, Jaye.

— Je n'ai rien fait pour mettre un terme aux rumeurs. À l'époque, j'avais même proposé à Sonia d'adopter l'enfant si elle le voulait. Elle m'a répondu qu'elle était prête à donner une seconde chance à notre couple, et nous sommes allés à plusieurs séances chez le conseiller matrimonial. Mes dernières illusions se sont écroulées lorsque j'ai appris qu'elle continuait à coucher avec le père de l'enfant. Sa duplicité m'est alors apparue en plein jour, et je l'ai obligée à reconnaître la vérité.

— Quelle horrible femme ! Et tout ça pour un titre. Je suis tellement désolée que ça te soit arrivé.

Des larmes brillaient dans ses yeux azur. Jaye n'en revenait pas qu'elle pleure pour lui !

— Avant de partir, elle m'a avoué qu'elle ne m'avait jamais aimé. Elle avait été amoureuse du titre de duchesse et du manoir. Ce qui m'a le plus choqué, c'est qu'elle n'aurait pas hésité à m'épouser et à continuer à mener une double vie si je n'avais pas découvert son infidélité. C'était une manipulatrice hors pair, et l'idée que j'aurais pu lier mon sort au sien me fait encore froid dans le dos.

— Je pensais que Sonia était un peu vaniteuse et sotte, mais je n'imaginais pas qu'elle était aussi retorse.

— C'est en partie ma faute, affirma-t-il, fataliste. J'étais tellement épris d'elle que je n'ai rien voulu voir. On m'y reprendra à croire au grand amour…

— Non, ce n'est pas ta faute ! protesta-t-elle avec une véhémence qui le fit sursauter.

En synchronie parfaite, un coup de tonnerre résonna à cet instant et la pluie se mit à tomber. Megan frissonna.

— Rentrons, lança-t-il. Il faut de toute façon que je parle à Mme Jayasuna. J'ai deux ou trois choses à lui demander.

Il mettait à contrecœur un terme à ce tête-à-tête. Cela

l'émouvait au plus haut point que Megan prenne fait et cause pour lui, semblant sincèrement peinée de ce qu'il lui était arrivé. Le plus incroyable, c'était qu'il se sentait soulagé de lui avoir confié son secret, comme si le fait de lui en avoir parlé reléguait définitivement ce sombre épisode de sa vie dans le passé.

— Je vais rester ici si ça ne te dérange pas, déclara-t-elle. J'aime regarder tomber la pluie.

Il prit un plaid dans un fauteuil en rotin et l'enroula autour des épaules nues de la jeune femme. Ce faisant, il lui effleura la joue. Elle ne se déroba pas à son contact.

Tout était encore possible. La dernière fois qu'il l'avait touchée, ils avaient fait marche arrière, mais à présent ils se connaissaient et s'estimaient. Jaye savait que Megan ne lui ferait pas de mal et il espérait que la confiance était réciproque.

— Merci, dit-elle en levant les yeux vers lui.

Son regard exprimait une attente. Il l'avait amenée ici sans arrière-pensée, simplement pour lui offrir quelques heures d'un repos bien mérité, mais l'attirance entre eux était aussi vive qu'au premier jour.

Auraient-ils le courage d'y céder ?

La pluie avait un peu faibli quand ils rentrèrent au dispensaire. Bien que rien ne se soit passé entre Jaye et elle à la villa, Megan sentait que plus rien ne serait comme avant.

À chaque fois que les yeux de Jaye se posaient sur elle, elle y voyait briller de la tendresse, et une flamme plus sombre, emplie de promesses passionnées.

Dans la cour était stationné un SUV noir et argent aux vitres teintées que Dinesh observait d'un air méfiant depuis la terrasse du bâtiment principal. L'une des infirmières était en train de parler à un homme athlétique — une véritable armoire à glace. Les pectoraux moulés dans un T-shirt noir, il faisait penser à un garde du corps.

Jaye descendit de voiture et se dirigea vers lui.

— Puis-je vous aider ?

De toute évidence soulagée de l'arrivée de Jaye, l'infirmière s'éloigna aussitôt.

— Je suis bien au dispensaire de la province de l'Ouest ?

Megan reconnut aussitôt l'accent cockney.

— Oui.

— Je cherche Megan Wheeler.

— C'est moi, dit-elle en s'avançant.

Aussitôt, Jaye posa une main sur son bras — un geste protecteur qui lui fit chaud au cœur.

L'inconnu lui sourit.

— Il y a un visiteur pour vous, dit-il en désignant le véhicule.

Les vitres teintées ne laissaient rien voir.

— Qui est-ce ?

N'ayant sans doute pas le droit de répondre lui-même à cette question, l'homme à l'accent cockney retourna à la voiture pour y prendre un parapluie.

Le cœur cognant à tout rompre, Megan eut le pressentiment d'une catastrophe imminente.

Ce n'était pas possible que ce soit *lui*.

Hélas. L'homme qui sortit du SUV était bien celui qu'elle redoutait. Il avait désormais les cheveux plus blancs que blonds, les joues flasques et la taille épaisse. Mais il en imposait toujours autant tandis qu'il promenait son regard sur les lieux comme s'il en était le propriétaire.

Durant une fraction de seconde, elle fut tentée de s'enfuir et d'aller s'enfermer dans son bungalow. Mais laisser Jaye recevoir le visiteur indésirable ne réglerait pas le problème.

— Qui est-ce ? dit Jaye en la dévisageant d'un air inquiet.

Elle aurait pu répondre que c'était son oncle ou « un

ami de la famille ». Mais Jaye ne serait pas dupe. Elle lui avait parlé de la blessure qu'elle gardait de l'enfance, une blessure qui ne s'était jamais complètement refermée. L'homme qui en était responsable était en face d'eux, et elle voulait que Jaye le sache.

— C'est mon père, murmura-t-elle.

14.

— Megan ?

Devant son silence, Harry se tourna vers Jaye.

— Je suis l'oncle de Megan, dit-il. Je passais dans la région et je me suis dit que je pourrais venir l'embrasser.

Jaye serra la main tendue sans sourire.

— Bienvenue.

— Et vous êtes ? demanda Harry.

Il aimait toujours s'assurer que son interlocuteur n'était pas un sous-fifre. Le temps, c'était de l'argent, et Harry avait horreur de perdre le sien.

— Jaye Perera, le directeur du dispensaire.

D'habitude, Jaye ne déclinait pas sa qualité de directeur aux visiteurs. Il se présentait comme le médecin ou le médiateur — « le juge de paix » comme il aimait dire. Le fait qu'il use de son titre officiel montrait qu'il se tenait sur ses gardes.

Une pensée angoissante traversa soudain l'esprit de Megan.

— Maman va bien ?

— Ta mère ? Bien sûr. Je l'ai appelée la semaine dernière, et elle m'a appris que tu étais ici.

De toute façon, en cas de problème, Harry n'aurait sans doute pas pris la peine de venir jusqu'ici. Cela n'étonnait pas non plus Megan que sa mère ait vendu la mèche à Harry après avoir promis de ne rien dire de l'endroit où elle effectuait sa mission.

— Elle t'a dit que j'allais rentrer à Londres dans une semaine ? s'enquit-elle, la gorge serrée.

En dernier ressort, sa mère se révélait toujours solidaire de Harry. Au fil des ans, Megan avait dû accepter de passer en second, et cela faisait partie des raisons qui l'avaient poussée à quitter la maison dès qu'elle avait été en âge de voler de ses propres ailes.

— Oui. C'est pourquoi je suis ici. Il y a quelque chose dont j'aimerais te parler. Comme j'étais en chemin pour signer un contrat en Australie, j'ai décidé de faire un détour par le Sri Lanka.

Un sacré détour. Le sujet dont il voulait lui parler devait être d'importance. Aux yeux de Harry, en tout cas.

— Tu ne m'invites pas à entrer ?

Il arborait un sourire réprobateur comme si elle manquait à tous ses devoirs d'hôtesse.

Elle pourrait l'emmener dans son bungalow afin de discuter avec lui à l'abri des oreilles indiscrètes, sauf qu'elle répugnait à l'introduire dans ce qui était sa maison.

— Pourquoi ne prenez-vous pas mon bureau ? intervint Jaye comme s'il lisait dans ses pensées.

Harry lui adressa un sourire rayonnant.

— C'est très aimable à vous. Êtes-vous sûr que ça ne vous dérange pas ?

— Pas du tout. Du moment que Megan est d'accord…

Elle regarda Jaye. Si elle lui demandait d'expulser Harry de la propriété, il le ferait. Savoir qu'il était là, prêt à la protéger, la dispensait de telles extrémités.

Quelle que soit la raison de la présence de Harry ici, elle pouvait bien supporter un quart d'heure en sa compagnie.

— Oui. Merci, Jaye.

— Alors, à plus tard.

Avant de s'éloigner, il jeta à Harry un regard d'avertissement.

« Si vous lui faites du mal, semblait-il lui dire, vous aurez affaire à moi. »

Puis il retourna à la voiture chercher leurs sacs.

— Suis-moi, dit-elle à Harry en le précédant vers la porte qui menait aux bureaux. Et le chauffeur ?

— Il sera très bien dans la voiture…

Il leva la tête vers le ciel.

— Pleut-il toujours autant ici ?

— Non, pas toujours.

Ignorant la chaise que Megan lui désignait, Harry contourna le bureau pour aller s'asseoir dans le fauteuil de Jaye.

— Alors, que deviens-tu ? dit-il, les coudes calés sur la table comme s'il lui faisait passer un entretien. Ça fait bien longtemps que je n'ai pas eu de tes nouvelles.

— C'est vrai… Pour répondre à ta question, je vais bien et je fais un travail qui me passionne.

— En étroite collaboration avec le Dr Perera, à ce que je vois… Ou devrais-je plutôt l'appeler Lord Marlowe ?

Bien entendu, Harry avait pris ses renseignements avant de venir. Il disposait d'informateurs qui étaient chargés de savoir en permanence où elle se trouvait et avec qui.

— Il préfère qu'on l'appelle Dr Perera.

— Voilà un contact utile. Sa réputation dépasse les frontières du Royaume-Uni, et je te félicite de t'être associée à lui. Tu n'y récolteras que des avantages.

Harry prêchait le faux pour connaître le vrai. Il n'avait aucun moyen de savoir à quel point Jaye et elle étaient proches. Elle n'en avait parlé à personne, surtout pas à sa mère qui se serait empressée de le rapporter à Harry.

— C'est un excellent médecin. Et un bon patron.

— Je n'en doute pas. Je savais que tu finirais par faire quelque chose de bien de ta vie.

Elle s'efforça au calme.

— Si tu me disais pourquoi tu es ici, Harry ?

— Nous sommes seuls. Tu peux m'appeler papa.

— Non. Puisque tu refuses de reconnaître notre lien de parenté en public, je n'ai aucune raison de le faire.

Harry se mit à rire. Comme à chaque fois qu'elle disait quelque chose qui ne lui plaisait pas, comme s'il s'agissait d'une plaisanterie de sa part et qu'elle ne le pensait pas vraiment.

Cela faisait dix ans qu'elle ne l'avait pas appelé papa. À une époque, sa mère l'y avait contrainte, en lui disant qu'elles dépendaient de Harry et qu'il avait tout pouvoir de les mettre à la porte de chez elles si l'envie lui en prenait.

— Tu es dure avec moi, Megan. Tu es tout ce qu'il me reste. Ces derniers temps, je ne suis pas très en forme…

— Que se passe-t-il ? Maman m'a dit que tu t'étais fait poser un pacemaker il y a six mois et qu'il n'y avait pas de problème.

— C'était il y a huit mois. Et tout ne va pas bien… J'ai des palpitations, ce n'est pas normal, je le sens.

— En as-tu parlé à ton médecin ? La fibrillation ventriculaire n'est pas à prendre à la légère.

— Il me dit que mes symptômes sont imaginaires…

Se penchant en avant, Megan posa ses doigts sur la face interne du poignet de Harry. Elle avait accompli ce geste des milliers de fois, mais cette fois il s'accompagnait d'un sentiment qui n'avait rien de professionnel. Il s'agissait de son père. Son père qui avait le cœur malade et qui risquait peut-être de mourir…

— Merci de t'inquiéter pour moi, Megan. Tu es bien la seule à le faire.

— C'est faux. Tu es entouré de gens qui t'aiment.

Elle aussi, elle l'aimait, même si elle ne l'admettrait devant lui pour rien au monde.

L'œil fixé sur la petite aiguille de sa montre, Megan compta le rythme cardiaque. Soixante pulsations à la minute. Le pacemaker faisait son office de régulateur, mais cela n'excluait pas d'éventuels épisodes d'arythmie.

— Ne crois pas ça, dit-il d'un ton chagrin. Ma femme m'a quitté et les garçons ont pris son parti. Tous des ingrats…

— Comme moi, en somme. Tu m'as toujours reproché d'être une ingrate.

Un soupir échappa à Harry.

— Tu étais rebelle et tu me rappelais tellement l'ado que j'avais été. Moi aussi, j'avais quitté le nid très tôt pour voler de mes propres ailes.

Sa mère lui avait toujours dit qu'elle ressemblait à son père, au physique comme au moral — elle avait, paraît-il, ses yeux et sa volonté de fer.

— Harry, je suis désolée pour toi…

Jamais Megan ne s'était permis de faire de commentaire sur sa femme et ses enfants. C'était la famille officielle de Harry alors qu'elle, Megan, était l'intruse, l'enfant illégitime qui n'aurait jamais dû voir le jour.

— Janice est partie avec quelqu'un d'autre. Tu te rends compte ? Elle n'aura pas un sou de ma part, mon avocat y veillera.

— Je refuse de parler de ça avec toi, Harry. Je ne suis pas concernée.

— Si, tu es la seule qui compte, désormais. Les garçons ressemblent à leur mère, alors que toi, tu tiens de moi. Autrefois, lorsque nous n'étions pas d'accord et que j'essayais de te convaincre que j'avais raison, tu ne cédais jamais un pouce de terrain. Je veux que tu m'accompagnes en Australie.

Un père qui l'aimait… Megan en avait rêvé, et Harry était en train de lui faire miroiter la possibilité qu'il allait enfin se comporter comme tel. Après toutes ces années à la traiter comme sa nièce, c'était cruel de sa part.

On frappa à la porte, et Harry dégagea aussitôt sa main. Jaye entra en tenant un plateau avec tasses et théière.

— Comme c'est gentil à vous de nous apporter ceci ! s'exclama Harry, un sourire affable aux lèvres.

Voilà en tout cas une qualité qu'elle n'avait pas, celle de cacher ses émotions en une fraction de seconde et de faire comme si de rien n'était. Plus que jamais, elle devait se méfier de cet homme qui lui faisait une déclaration d'amour paternel et qui était capable, l'instant d'après, de la traiter devant des tiers comme une vague parente.

— Les assistants de cuisine étaient occupés.

L'intention de Jaye avait été de poser le plateau sur le bureau et de s'en aller. Mais un coup d'œil à Megan lui montra qu'elle était bouleversée. Pouvait-il lui être utile ?

Il remplit la tasse de Harry qu'il posa devant lui.

— Désolé de vous interrompre. Puis-je vous emprunter Megan pendant quelques minutes ?

— Bien sûr, dit Harry. Je me réjouis de voir qu'elle vous est indispensable.

Prenant Megan par le bras, Jaye l'entraîna vers le bureau vide de Ranjini.

— Que se passe-t-il ? demanda-t-il après avoir fermé la porte.

— Son épouse l'a quitté, et il prétend être malade. Je ne sais si tout cela est vrai… Il veut que je sois sa fille, désormais…

Une larme roula sur sa joue. Pleurer aurait dû la soulager, pourtant son visage restait figé, comme si elle s'interdisait de ressentir quoi que ce soit.

— Laisse-moi t'aider, Megan.

Elle secoua la tête.

— Non. Je ne veux pas te mêler à ça. C'est *mon* problème.

— Nous sommes amis, n'est-ce pas ?

Il espérait que leur amitié pourrait se transformer en autre chose, mais pour l'heure elle avait besoin d'un ami, et de rien d'autre.

— Oui, murmura-t-elle.

— Alors, cela devient aussi mon problème.

15.

Ce soir-là, Megan prêta son bungalow à Harry pour qu'il y passe la nuit. Il avait insisté pour rester, sans doute pour tenter de la convaincre de l'accompagner en Australie.

Son intuition soufflait à Megan qu'il tramait quelque chose et qu'elle devait se tenir sur ses gardes. Peut-être sa prétendue maladie n'était-elle qu'un stratagème pour l'attendrir et parvenir à ses fins. Malgré tout, elle n'avait pu se résoudre à le mettre à la porte.

Son idée avait été de dormir dans une chambre de malade vide. Manque de chance, elles étaient toutes occupées. En désespoir de cause, elle se replia au poste infirmier. Autant se mettre en avance sur les dossiers du lendemain.

Elle essayait de se concentrer sur la lecture d'un dossier quand Jaye entra dans la pièce.

— Tu ne comptes tout de même pas passer la nuit dans un fauteuil ?

— Je n'ai pas le choix, dit-elle en haussant les épaules. Le Dr Stone a admis plusieurs patients ce soir, et toutes les chambres sont prises.

— J'ai une idée. Suis-moi.

— Où ?

— Dans mon bungalow. Si tu veux être opérationnelle demain, il te faut une bonne nuit de sommeil.

Jaye était digne de confiance, elle savait qu'elle ne risquait rien avec lui. Et tant pis si quelqu'un les voyait entrer dans son bungalow à cette heure tardive.

Elle posa son dossier et se leva pour le suivre.

Jaye se demandait si le père de Megan était aussi machiavélique qu'elle semblait le croire.

En fin d'après-midi, à la demande de Megan, il avait fait passer un check-up complet à Harry. L'examen n'avait révélé aucune arythmie cardiaque, et l'analyse de sang avait juste indiqué un taux de cholestérol légèrement supérieur à la normale. Rien qu'un régime alimentaire équilibré ne puisse corriger.

Courant sous la pluie, ils parvinrent à la terrasse dont Jaye ouvrit les portes vitrées coulissantes. Il se rappela soudain qu'il avait laissé son lit en désordre ce matin et il fit entrer Megan dans la cuisine.

— Donc, tu n'as rien trouvé de grave chez mon père ?

— Je lui ai conseillé de réduire les sucres et les graisses saturées. Ainsi que la consommation d'alcool.

— Mon père a toujours aimé boire.

— Le rythme cardiaque était normal. Par acquit de conscience, Harry devrait tout de même consulter un spécialiste pour ces palpitations dont il se plaint.

— Nous n'avons pas de cardiologue au dispensaire.

— C'est pourquoi j'ai pris rendez-vous pour lui avec un collègue de Colombo. Pour demain.

Un sourire éclaira le visage de Megan.

— Alors, il sera *obligé* de partir.

— C'est pour son bien. Une personne équipée d'un pacemaker ne devrait pas ressentir de troubles du rythme cardiaque.

Il ouvrit le placard et tendit la main vers la bouteille de cognac. Non, se ravisa-t-il. Ils avaient besoin d'avoir les idées claires pour cette conversation. En lieu et place du cognac, il sortit une boîte de sachets de camomille et posa la bouilloire sur le feu.

— Ce serait bien que tu fasses la paix avec ton père avant son départ…

Elle leva des yeux indignés vers lui.

— Comme si c'était moi, la fautive ! Cela se voit que tu ne sais pas de quoi il est capable.

— Si, j'en ai une petite idée. Tu veux connaître mon opinion à ce sujet ?

— Je t'écoute.

— Harry te considère comme une enfant. Quand tu dis des choses qui ne lui plaisent pas, il les traite par le mépris ou les balaie d'un rire comme si c'étaient des sottises. Tu mérites davantage de respect.

— Je suis contente de voir que tu as su le percer à jour.

— Il ne se comporte pas du tout ainsi avec moi. Toi, il essaie de te manipuler, de te rabaisser, et tu le laisses faire.

— C'est faux ! Je fais d'ailleurs tout mon possible pour éviter de croiser son chemin.

— Mais quand vous êtes face à face tu acceptes d'être rabrouée comme une gamine. Il faut que tu établisses une relation d'égal à égal avec lui.

— Plus facile à dire qu'à faire.

— Je me doute que la route sera longue pour parvenir à une réconciliation ou, du moins, à un pacte de non-agression. Il est ton père et tu désires toutes les choses qu'une fille est en droit d'attendre d'un père, mais peut-être n'est-il pas en mesure de te les donner. Dans ce cas, il va falloir que tu t'y résignes et que tu l'acceptes comme il est.

Elle réfléchit un long moment.

— Je te remercie. J'avais besoin que quelqu'un me dise ça.

— De rien, dit-il en versant l'eau frémissante dans leurs tasses. Au fait, tu vas dormir ici, cette nuit. Le canapé de la salle de séjour est très confortable.

— Non, je ne crois pas que ce serait une bonne idée. Il vaut mieux que je retourne au poste infirmier.

— Écoute. Je te propose d'essayer quelque chose…

Fais-moi confiance. Dis oui. Même si tu ne sais pas ce que j'ai en tête.

— D'accord.

Ils étaient assis sur le canapé. La tête de Megan posée sur son épaule, Jaye lui parlait tout doucement en lui caressant le dos.

— Imagine que tu es dans une bulle qui te protège de tout…

— Et si je m'envole ?

Il sourit.

— Oublions la bulle. Tu es un arbre, tes racines plongent profondément dans la terre, rien ne pourrait t'ébranler. Tu te sens forte, en paix. Ferme les yeux.

Elle obéit.

— Tu fais souvent cela ?

— Tous les soirs. J'essaie de trouver quelques minutes pour évacuer le stress de la journée, équilibrer mes chakras.

Même s'il ne pratiquait pas la médecine traditionnelle indienne, Jaye croyait dans les enseignements ayurvédiques. Simples et de bon sens, ces principes guidaient sa vie.

— C'est difficile de lâcher prise, dit-elle. Je réfléchis trop…

— Alors, essayons autre chose.

Il enroula un bras autour de ses épaules pour l'attirer contre lui.

— Tu ne serais pas en train de tricher un peu ?

— Je ne t'apprends pas à méditer, mais simplement à te détendre. Tous les moyens sont bons, non ?

Elle se blottit contre lui.

— Si le Dr Jayananda le prescrit pour mon bien, qui suis-je pour discuter ses ordres ?

Il ne faisait pas encore jour quand Megan se réveilla, mais le chant des oiseaux annonçait l'aube de manière imminente. Pendant un instant, elle crut être dans son lit jusqu'à ce qu'elle entende Jaye bouger dans la pièce voisine.

La veille, elle s'était endormie dans ses bras, mais elle s'était réveillée quand il l'avait soulevée pour l'emporter dans la chambre et la déposer sur le lit. Puis il s'était allongé à côté d'elle pour la tenir contre lui en une tendre étreinte.

Plus rien de ce que ferait Harry ne pourrait désormais l'atteindre.

Elle portait son chemisier de la veille et ses sous-vêtements. Son pantalon, lui, était soigneusement plié sur une chaise.

Tendant l'oreille, elle essaya de deviner ce que Jaye faisait. C'était une expérience inédite pour elle. D'habitude, elle filait sous la douche ou préparait le petit déjeuner avant que son partenaire n'ait le temps de se lever. Rester seule était le lot de sa mère, pas le sien.

Non que Jaye ait été son partenaire. Ils avaient *dormi* ensemble, il ne s'était rien passé entre eux. Mais ils avaient tout de même partagé le même lit, et elle s'y retrouvait seule...

Sauf que, cette fois, elle n'éprouvait pas la panique de l'abandon après une nuit à deux. Avec Jaye, elle n'avait pas besoin d'exercer de contrôle car elle lui faisait confiance.

La porte s'ouvrit. Jaye entra, vêtu d'une chemise blanche et d'un jean, un plateau à la main.

— Tu vas bien ?

— Oui. Et tu es un amour de me servir le petit déjeuner au lit !

Rabattant la moustiquaire, elle tendit la main vers la tasse de café.

En fin de matinée, Jaye venait de rentrer dans son bungalow quand on frappa à la porte. C'était Megan. Elle lui raconta comment s'était déroulée la tentative de « réconciliation » avec son père.

— Il est revenu à la charge en me disant qu'il avait de grandes ambitions pour moi.

— Et tu as refusé sa proposition d'emploi ?

— Bien sûr. Tu ne croyais tout de même pas que j'allais l'accepter ?

Jaye se mit à rire.

— Si j'avais estimé qu'il y avait la moindre possibilité que tu l'acceptes, je lui aurais diagnostiqué quelque obscure maladie tropicale et je l'aurais isolé en quarantaine pour deux mois.

— Non, tu n'aurais pas fait ça !

L'idée d'isoler Harry dans le pavillon des contagieux semblait l'amuser.

— Sérieusement, je lui ai dit que mon travail actuel me plaisait, qu'une promotion m'attendait prochainement et que j'étais décidée à faire carrière dans l'humanitaire.

— À la bonne heure.

— J'ai ajouté que j'espérais que lui et moi aurions une relation apaisée à partir de maintenant. Je lui ai donné mon adresse mail et, s'il écrit, je répondrai. Mais je lui ai bien fait comprendre qu'il devait cesser de vouloir régenter ma vie.

— Et comment a-t-il réagi ?

— Il a pris sa grosse voix pour me dire que je n'avais jamais eu le sens des réalités, que je courais droit à la catastrophe, que je serais contaminée par le paludisme et que je finirais mendiante, à faire la queue à la soupe populaire.

Jaye secoua la tête, consterné. Cet homme ne méritait pas d'avoir une fille comme Megan.

— Est-il parti pour Colombo ?

— Pas encore, son chauffeur devrait être là d'un instant à l'autre. Harry arrivera largement à temps pour son rendez-vous chez le cardiologue.

— Tu t'inquiètes pour lui ?

— Franchement, je ne sais plus trop où j'en suis. En tout cas, je suis contente de lui avoir tenu tête et de lui avoir dit ce que je pensais. C'est grâce à toi, Jaye. Sans toi, je n'y serais pas parvenue…

Dans son regard azur se mêlaient tendresse et reconnaissance, et autre chose qui lui donnait le vertige.

— Acceptes-tu de m'accompagner pour lui dire au revoir ?

— Bien sûr, dit-il en lui prenant la main. Megan, le moment est peut-être mal choisi pour te le demander…

— Me demander quoi ?

— Je vais laisser la lumière du porche allumée, ce soir. Au cas où tu voudrais… une autre séance de détente.

Elle sourit.

— Bonne idée.

L'après-midi, Jaye dut accompagner un polytraumatisé à Colombo. Il revint sous une pluie battante, et il faisait nuit noire quand il se gara devant les quartiers du personnel soignant.

Pataugeant dans la boue, il se dirigea vers son bungalow. Au temps pour le signal qu'il avait voulu laisser pour Megan. Pourvu que Ranjini ait parlé à Megan de l'urgence qui avait contrarié leurs projets.

C'est alors qu'il vit la lumière qui clignotait sur le rebord de la fenêtre de Megan. En s'approchant, il s'aperçut qu'elle provenait d'une bougie. Une bougie qui le guidait dans la nuit.

Dès qu'il frappa à la porte, elle ouvrit. Avec son chemisier blanc et ses cheveux d'or, elle ressemblait à un ange.

— Megan, je suis désolé…

— Ce n'est pas grave. Ranjini m'a dit où tu étais.

— Je suis rentré aussi vite que j'ai pu.

Immobile sur le perron, il la dévorait du regard. Cette

vision d'elle lui suffirait pour la nuit qu'il passerait à rêver d'elle.

Elle tendit la main pour l'attraper par le devant de la chemise.

— Entre.

— Je suis trempé, Megan.

— Alors, enlève tes vêtements.

Il retira ses chaussures sur le seuil de la salle de séjour afin de ne pas tout salir.

— Megan, je…

Elle posa un doigt sur ses lèvres puis, lui glissant une main sur la nuque, elle l'attira à elle et l'embrassa. Jaye s'était figé, n'osant la toucher de peur de laisser des traces de boue sur son chemisier.

— Tu me veux dans cet état, Megan ?

Pour toute réponse, elle fit glisser la chemise de ses épaules et l'entraîna dans la salle de bains.

Jetant leurs vêtements sur le sol, ils entrèrent tous deux dans la cabine de douche. Jaye n'avait jamais considéré l'eau chaude et le savon comme des aphrodisiaques, mais Megan le fit changer d'avis. Collée contre lui dans l'étroite cabine, elle le nettoya en lui prodiguant des caresses hardies. Il la sécha à l'aide d'une serviette de bain puis la souleva dans ses bras pour l'emporter vers la chambre.

Après l'avoir déposée sur le lit, il rabattit la moustiquaire. Protégés du monde extérieur, ils étaient dans leur petit cocon.

— Tu es si belle, dit-il en lui embrassant le bout des doigts.

— Il nous en a fallu, du temps, pour en arriver là.

— Cela valait la peine d'attendre.

Puis il lui fit l'amour jusqu'au bout de la nuit.

16.

Le lendemain soir, Jaye laissa la lumière du porche allumée, et Megan vint le retrouver.

Dès qu'il ouvrit la porte, il se rendit compte qu'elle avait pleuré.

— Que se passe-t-il, Megan ?

— Quelqu'un t'a vu quitter mon bungalow, ce matin. Une infirmière de l'équipe de nuit. Elle était en train de fumer une cigarette dans la cour et elle t'a vu sortir de chez moi.

— T'en a-t-elle parlé ?

— Oui. Elle croyait que j'étais malade et que tu étais venu pour me soigner.

Un signal d'alarme résonna dans la tête de Jaye.

— Et que lui as-tu dit ?

— Que j'avais souffert de maux de ventre et que tu étais venu m'apporter des antiacides…

Le soulagement de Jaye fut de courte durée. Il comprit ce qui chagrinait Megan. Elle avait dû mentir.

— Tu as bien fait, dit-il en l'attirant sur le canapé.

— Alors, notre relation doit rester secrète selon toi ?

— Non. C'est juste que cela ne regarde personne d'autre que nous.

— Admets que tu ne veux pas que ça se sache, Jaye. En tant que directeur, tu ne peux te permettre d'avoir une aventure avec un membre de ton personnel. Si des rumeurs commençaient à circuler à notre sujet, cela risquerait de saper ton autorité et de nuire au bon fonctionnement du dispensaire.

Inutile de le nier.

— C'est vrai. Mais ce serait prématuré de faire une déclaration maintenant. Quand nous saurons nous-mêmes où nous allons, nous aviserons.

Difficile de faire plus vague dans la formulation. Il s'en voulut de sa maladresse.

— Alors, entre-temps, on va se cacher en espérant que personne ne nous prenne la main dans le sac ?

La sécheresse du ton le blessa autant que le choix des mots.

— Que veux-tu que je fasse ? Nous ne faisons rien de mal. Il faut juste être un peu discrets en attendant d'être sûrs de ce que nous voulons.

— Moi, je suis sûre.

— Comment est-ce possible ? La nuit dernière était merveilleuse, mais ce n'était qu'une nuit.

La peur le tenailla soudain. Megan avait pris une énorme place dans son cœur et elle pourrait le faire souffrir beaucoup plus que Sonia. Il était prêt à courir le risque, mais pas à exposer sa souffrance en public.

Les yeux rivés au sol, elle se tordait nerveusement les mains.

— Si c'est tout ce que tu as à me proposer, je préfère que nous en restions là.

— Pourquoi ? Parce que tu crois que je suis comme ton père qui aime tant les secrets ? Ne me fais pas l'injure de me mettre dans le même sac que cet homme.

La mine butée, elle secoua la tête.

— Désolée, Jaye. Ma décision est prise. Il faut cesser de nous voir.

Quand elle se leva, il n'essaya même pas de la retenir. Au contraire, il s'engouffra dans la chambre et claqua la porte derrière lui. Qu'elle s'en aille puisque tel était son bon plaisir, mais qu'elle ne compte pas sur lui pour la regarder partir.

Megan se déshabilla, plia ses vêtements puis se démaquilla, comme si cette routine allait lui permettre de trouver le sommeil.

Dès que les lèvres de Jaye avaient touché les siennes, lors du séminaire, elle avait su qu'elle l'aimait, mais elle avait refusé de l'admettre. Pourtant, toute sa vie semblait n'avoir été qu'une longue attente conduisant à cet instant miraculeux où ils s'étaient trouvés.

Hélas, toutes ces années n'avaient servi qu'à la mener dans une impasse. Jaye et elle n'étaient pas compatibles. Pour son malheur, elle était tombée amoureuse d'un homme qui voulait garder leur relation secrète comme s'il avait honte d'elle.

Après avoir été la fille clandestine de Harry durant des années, elle refusait d'être la maîtresse clandestine de Jaye. Ce serait au-dessus de ses forces.

Le tonnerre grondait dans les montagnes quand elle se coucha et éteignit. Puis la pluie se mit à marteler le toit du bungalow. Se retournant dans le lit, Megan se couvrit la tête avec l'oreiller. Jamais elle ne s'était sentie aussi seule.

Megan avait les traits tirés, ce matin. Cela faisait deux jours — et deux nuits — qu'elle l'évitait, et Jaye avait essayé en vain de trouver un moment pour avoir une conversation avec elle.

Finalement, ce fut elle qui vint au-devant de lui.

— J'aimerais te parler, dit-elle en s'approchant de lui à la cantine alors qu'il en était à son troisième café.

— Allons dans le bureau de Ranjini. Elle ne prend sa garde que dans une heure.

En silence, elle le suivit dans le couloir. Jaye savait exactement ce qu'il voulait lui dire. Depuis deux jours, il avait largement eu le temps de répéter son discours.

Il ferma la porte du bureau puis ils s'assirent face à face.

— Voilà, dit-elle, j'ai bien réfléchi à la situation et je vais devoir refuser le poste de coordinatrice à l'international. Ce ne serait pas correct que je l'accepte.

Il ne s'attendait pas à cela.

— As-tu un autre emploi en vue ?

— Non.

— Reste au moins jusqu'à ce que tu trouves autre chose.

Ce qui lui laisserait le temps de la faire changer d'avis.

— Ce ne serait pas une bonne idée, dit-elle, un sourire contraint aux lèvres. Les établissements médicaux ne manquent pas au Royaume-Uni. Au pire, si personne ne m'embauche, je pourrai toujours accepter la proposition de mon père.

— Non ! rétorqua-t-il, indigné. Tu n'es pas sérieuse ?

Les larmes voilèrent le regard de Megan.

— Il faudrait vraiment que je sois aux abois… Tu m'as appris à me faire respecter de lui, à refuser les compromis…

Elle appliquait parfaitement la leçon, et pas seulement envers Harry. Il essaya de se raccrocher à un dernier espoir.

— Écoute, tu vas rentrer à Londres dans trois jours. Pourquoi n'en parlerais-tu pas à John Ferris ? Je comprends que tu n'aies plus envie de travailler à mon côté, mais John pourrait te trouver un poste où tu n'aurais aucune interaction avec moi.

— S'il te plaît, Jaye. Laisse-moi simplement partir.

Ses yeux azur lui adressaient une douloureuse supplique. Il ne voulut pas la faire souffrir davantage.

— Alors, je respecte ta décision. S'il y a quoi que ce soit que je puisse faire…

— M'écrire une lettre de recommandation. Je ne vois rien d'autre.

— Bien sûr. Je demanderai à John de t'en rédiger une aussi. Nous reverrons-nous avant ton départ ?

— Je ne sais pas…

Visiblement au supplice, elle semblait pressée que cette conversation se termine. Il ne la retiendrait pas davantage.

Au fond, il valait mieux qu'il ne la revoie pas. Plus vite elle serait partie, plus vite il pourrait entamer son processus d'autoflagellation pour se punir d'avoir détruit la meilleure chose qu'il lui soit jamais arrivée.

Après le départ de Megan, il se mit à arpenter la pièce de long en large. Le pire, c'était qu'elle avait raison. Il valait mieux trancher dans le vif que de s'accrocher à une relation vouée à l'échec. En renonçant à l'emploi de ses rêves, Megan avait montré davantage de courage que lui.

Quatre jours plus tard, vint le jour du départ, et Dinesh accompagna Megan à l'aéroport de Colombo. Heureusement, Jaye était parti en mission quelque part, ce qui leur avait épargné la grande scène des adieux.

Il y avait la queue au comptoir d'enregistrement des bagages. Quand vint son tour, Megan posa sa valise sur le tapis. La porte d'embarquement se trouvait à quelques mètres, la porte vers une nouvelle vie…

Soudain, elle sentit une main se poser sur son bras.

— Megan…

Oh non… C'était Jaye.

— Excuse-moi, je suis en train de faire enregistrer mon bagage.

Sans un mot, il saisit la valise puis lui prit le bras pour l'entraîner vers la sortie.

— Lâche-moi ! dit-elle en tentant de se libérer.

Les doigts de Jaye se resserrèrent autour de son bras.

— Arrête, tu me fais mal !

Il la relâcha, non sans lui avoir pris au préalable ses passeport et billet d'avion.

Le monstre. Avec ou sans sa valise, elle aurait pris l'avion. Mais elle ne pouvait rien faire sans billet ni passeport.

— Tu me cherches à me kidnapper, c'est ça ?

— Je voudrais juste que tu m'accordes cinq minutes.

Son expression était étonnamment sereine, comme s'il était délivré d'un poids. Peut-être était-il simplement soulagé de la voir partir et il tenait à le lui dire.

Non. Remuer le couteau dans la plaie ne lui ressemblait pas. Jaye n'était pas un homme cruel.

— D'accord, cinq minutes. Puis tu me rendras mon passeport.

Il hocha la tête.

— Megan, je ne peux pas te laisser partir sans te dire que je t'aime. Je voudrais que tu me laisses une seconde chance.

Il l'aimait.

Seigneur, ne lui avoue pas que tu l'aimes aussi. Sinon, tu es perdue.

— On a épuisé toutes nos chances, Jaye. On a essayé, et ça n'a pas marché.

— Parce que je ne te faisais pas confiance. J'avais du mal à croire que tu puisses m'aimer pour moi-même et j'ai tout gâché. À présent, je me fiche de la discrétion et de ma réputation. Je t'aime et je veux que tout le monde le sache.

Elle le fixa et lut une sincérité totale dans ses yeux.

— Je… Donne-moi mon passeport et mon billet.

Il s'exécuta en poussant du pied la valise vers elle.

— Tiens. Vas-y, prends ton avion.

— Ah bon ? dit-elle en esquissant un pas vers le guichet. Tu ne vas pas essayer de me retenir ?

— Non. Mais je te suivrai. Pour respecter la tradition familiale.

Elle sourit.

— Il va falloir que tu traverses deux continents et cinq pays…

— J'y suis prêt.

— Hum, dit-elle, faisant mine de réfléchir. Allons déjà jusqu'à Londres.

— J'ai une question à te poser. Et j'aimerais que tu y réfléchisses durant le vol.

— Quelle question ?

— Acceptes-tu de devenir ma femme ?

Le cœur de Megan se mit à battre la chamade.

— Et tu crois que j'ai besoin d'une douzaine d'heures pour y réfléchir ? Ma réponse, tu vas l'avoir tout de suite. C'est oui ! Oui à tout. Pour t'épouser et pour voyager de par le monde dans nos dispensaires. Tout ce que je demande, c'est de pouvoir te retrouver de temps en temps dans un bungalow.

— Nous voyagerons ensemble, mon amour… Je suis sûr que John nous arrangera ça. Toi et moi, nous allons former une équipe de choc et déplacer des montagnes.

Quand il lui prit la main, elle le suivit, le cœur en liesse, vers leur nouvelle vie.

FIONA McARTHUR

Amoureuse… à nouveau

Traduction française de
CHARLINE McGREGOR

BLANCHE

HARLEQUIN

Titre original :
A DOCTOR, A FLING & A WEDDING RING

Ce roman a déjà été publié en 2018.

1.

Tara McWilliams s'éloigna de la tente, mais les sanglots du pauvre homme résonnaient encore en elle. Les sanglots d'un être brisé. Il venait de perdre sa jeune épouse et son enfant, et tout cela parce qu'ils habitaient trop loin de la clinique.

Elle chassa d'un geste impatient un minuscule insecte. Si au moins elle parvenait à pleurer. Elle sentit alors la vieille main de Douglas Curlew se poser doucement sur son épaule.

— Ça suffit, Tara. Tu as fait ton temps, dit-il.

Elle repoussa une mèche de son front.

— C'est bon, je vais bien, soupira-t-elle.

— Non, tu ne vas pas bien, répliqua-t-il en jetant un regard vers la tente. Tu es mentalement et physiquement épuisée. Tu as besoin de rentrer, au moins six mois. Peut-être même plus. Deux ans de combat quotidien pour la vie, au fin fond de l'Afrique, c'est largement assez. Vander ne t'aurait jamais demandé d'en faire autant.

— Nous savons tous les deux que si, Doug. Et puis, ce n'est pas moi qui suis en train de pleurer, si ?

Elle regarda autour d'elle : les tentes grises, la misère, le soleil impitoyable. La vie était dure, au campement.

— Eh bien, peut-être que tu devrais. C'était quand, la dernière fois que tu t'es laissée aller ?

Une goutte de sueur lui coula le long du dos. Elle releva la tête, soudain immensément lasse.

— Je n'ai jamais pleuré, depuis qu'il est mort. On n'a pas le temps, ici.

Elle soupira. Pour la première fois, elle devait admettre que Doug avait raison. Elle était épuisée.

— Doug, nous manquons cruellement de personnel, tu le sais aussi bien que moi. C'est pour ça que Vander voulait que je reste.

Doug avait toujours été plus terre à terre qu'elle.

— Cela fait dix-huit mois qu'il est mort, Tara, dit-il avec philosophie. Et puis, on se débrouillait avant votre arrivée, on se débrouillera aussi si tu pars. Regarde-toi, tu n'es plus que l'ombre de toi-même.

Il lui tapota gentiment l'épaule et désigna la mer de tentes qui constituait le camp de réfugiés en transit.

— Tu as fait un travail extraordinaire, ici. On est passés de cinq mille à quatre-vingt-dix mille tentes. Les procédures d'accouchement d'urgence que tu as transmises au personnel sauvent des vies tous les jours. Ils se débrouilleront très bien sans toi. Ils t'adorent, Tara, mais ils s'inquiètent pour ta santé.

— D'accord, d'accord, je vais me reposer.

— Prends de vraies vacances, insista-t-il. Il faut que tu changes radicalement de décor.

— Ah oui, et pour faire quoi ? J'ai vu trop de tragédies, ici. Je ne pense pas que je supporterai de rester sans rien faire. Je ne peux pas oublier la vision de ces femmes qui souffrent…

— C'est exactement ce que je dis.

Il fronça ses épais sourcils blancs.

— Il est temps que tu nous quittes, Tara. Que tu retrouves un peu de légèreté. J'en ai vu beaucoup craquer, tu sais, et crois-en mon expérience, tu n'en es pas loin.

Elle haussa les épaules. Il avait raison, mais que pouvait-elle faire d'autre ? Depuis le décès de ses parents, elle n'avait plus personne d'important dans sa vie.

— Impossible. J'ai loué ma maison, en Australie, et je n'ai pas de travail. Non, vraiment, conclut-elle, il n'y a rien qui m'attende, là-bas.

Doug avait cependant raison sur un point : elle était désormais à des lieues de la jeune femme pleine de fraîcheur qui était arrivée ici deux ans plus tôt. Comment garder son enthousiasme, quand on voyait des femmes condamnées à mourir, simplement parce qu'elles étaient nées au mauvais endroit ?

— Rien ne t'oblige à rentrer chez toi, répondit Doug. D'ailleurs, j'y ai un peu réfléchi : j'ai un ami capitaine de bateau. Il accoste à Rome dans trois jours, et l'un des médecins de bord s'est cassé la jambe. Il cherche un remplaçant en urgence.

Pour la première fois depuis longtemps, une furieuse envie de rire la saisit.

— Alors là, pour un changement..., fit-elle en grimaçant.

Elle avait du mal à s'imaginer sur un bateau de croisière, après les horreurs qu'elle avait vues au Soudan.

— Tu sais combien de femmes meurent en couches ici, Doug. Comment veux-tu que je change de vie de façon aussi radicale ?

— C'est la solution la plus pratique que je voie. La croisière dure moins de deux semaines. Après ça, ils te laisseront à Venise, où ils embarqueront un remplaçant de la compagnie maritime. Tu pourras prendre un vol pour l'Australie, ou ailleurs. Ou même te trouver un travail sur place. Joindre l'utile à l'agréable, quoi.

Elle avait toujours rêvé de voir Venise.

Mais elle secoua la tête. Impossible.

— Et puis de toute façon, insista Doug, tu ne serais

pas chargée des passagers. Le médecin blessé s'occupait de l'équipage.

N'empêche. Un bateau de croisière, après ce qu'elle avait vécu ?

— Non, Doug, vraiment.

— Tu n'as pas bien compris, Tara. Ce n'est pas une suggestion.

— Quoi ? Tu m'ordonnes de partir ? s'exclama-t-elle, d'une voix moins ferme qu'elle ne l'aurait souhaité.

— C'est ça, oui. Et si je le pouvais, je t'ordonnerais aussi de te faire offrir des cocktails par un beau barman et de te laisser draguer un peu.

Elle éclata de rire.

— Et moi qui t'ai toujours considéré comme un père de substitution. Je n'imagine pas vraiment mon père me conseiller de coucher avec le premier venu !

— Je n'ai pas dit ça ! sourit-il. Mais avoir un chevalier servant te ferait le plus grand bien.

— Bon, je vais y réfléchir.

Un joli rêve, certes. Mais rien de plus.

— La Jeep qui doit t'emmener à l'aéroport sera là dans quatre heures. Tu prends un avion pour Rome, où tu auras une journée de battement avant que le bateau n'accoste. Ça te laisse juste le temps de faire tes bagages et tes adieux.

Un frisson la parcourut. Puis un infime soulagement. Elle avait beau le nier, elle n'aurait pas tenu beaucoup plus longtemps.

— Mais je ne peux pas partir comme ça ! protesta-t-elle une dernière fois.

Il lui jeta un regard doux.

— Si je peux me permettre, avec la charge émotionnelle que tu laisses ici, c'est la seule façon de partir. D'un coup, sans se retourner.

2.

Deux jours plus tard, à 11 heures, Tara se tenait sur le quai de Civitavecchia, le port de plaisance de Rome. Si l'on exceptait le bateau qui dominait le quai de son blanc éblouissant, l'endroit n'avait rien de romantique. Et cela tombait bien, puisqu'elle ne se sentait pas d'humeur romantique.

Elle tendit les papiers que Doug lui avait fournis à un officier en uniforme blanc.

— Bienvenue à bord de la *Déesse des mers*, docteur McWilliams. Je vais avertir le Dr Hobson, il viendra vous voir dès votre embarquement. Merci de passer par la sécurité, s'il vous plaît.

— Merci.

Bon sang, qu'était-elle venue faire dans cette galère ?

Tout bien réfléchi, remplacer sa sœur pour cette croisière n'était pas une si mauvaise idée. Nick Fender commençait même à se réjouir d'avoir accepté le poste de responsable au bar principal.

Cela faisait un bail qu'il n'avait pas travaillé sur un bateau. La dernière fois, c'était en tant que médecin de bord. Et la première, en tant que barman, quand il avait pris une année sabbatique, pendant ses études de médecine. Un bon souvenir, d'ailleurs, puisqu'il était rapidement devenu le barman préféré des passagers. Rôle qui lui avait donné les bases du personnage de fêtard invétéré qui lui convenait si bien depuis.

Et voilà qu'il était de retour derrière un bar, à vendre des cocktails pendant que Kiki luttait contre sa pneumonie. Wilhelm, le médecin de bord, avait beaucoup ri de ce rétropédalage dans sa carrière. Il n'avait pas tort.

Cela dit, le boulot ne manquait pas d'attraits. Notamment les rencontres. Il s'était toujours senti à l'aise avec les femmes. Il les aimait. Toutes.

Enfin, jusqu'à ce qu'il aperçoive la grande et jolie brune qui était arrivée en retard à la réunion du personnel. D'après son uniforme, elle était le nouveau médecin adjoint.

Il l'avait longuement observée, persuadé que son visage ne lui était pas inconnu. Mais il n'aurait pas oublié une telle silhouette. Cependant, quelque chose chez elle éveilla un instinct de protection qui l'avait surpris.

Son contact facile avec les femmes lui venait sans doute d'une enfance passée dans l'entourage de ses sœurs. Rien ne lui plaisait plus que de papillonner, sans jamais se fourvoyer dans des rêves d'amour éternel. La mort prématurée de ses parents lui avait appris à ne pas s'attacher inutilement aux autres.

Il traversait la vie avec légèreté, prenant soin de se choisir des amis à son image — et ils étaient légion, sur les bateaux de croisière. L'idée de passer le restant de ses jours avec une seule et même personne lui faisait horreur.

Jusqu'à ce que cette jolie brune fasse son apparition. Mais qu'est-ce qui lui arrivait ? Il se força à détourner le regard et se concentra sur sa montre. Bientôt, les passagers commenceraient à embarquer, le bateau quitterait le port et le bar ouvrirait ses portes.

Tara balaya du regard l'assistance souriante. Elle fut immédiatement attirée par deux yeux noirs qui l'observaient du fond de la pièce. Avec son air canaille, leur propriétaire lui faisait penser à un pirate.

Au milieu de ces gens pleins de vie, elle se prit à regretter ses formes généreuses, qu'elle avait perdues pendant son séjour au Soudan.

L'inconnu au sourire carnassier détourna le regard à l'instant même où elle le croisa. En s'approchant, elle lut sur son badge qu'il était barman, et ne put réprimer un sourire en repensant aux conseils de Doug.

Non qu'elle ait la moindre envie d'avoir une aventure. Jouer les veuves joyeuses, ce n'était pas son style. Mais elle devait réapprendre à parler aux gens. Aux hommes, en particulier.

A son âge, on ne rêvait plus du grand amour. C'était d'ailleurs un concept qui lui avait valu les moqueries de Vander. Mais rien ne l'empêchait de travailler un peu ses techniques de séduction. De redevenir un être humain normal, quoi.

Heureusement, elle avait trouvé le temps d'aller se faire faire une manucure — ce n'était pas du luxe — et d'aller chez le coiffeur. Doug avait sans doute raison, elle devait vraiment essayer de se détendre et de prendre la vie du bon côté. Pour une semaine ou deux, en tout cas. Elle se sentait déjà un peu mieux, après les vingt-quatre heures de sommeil qu'elle s'était accordées.

Son supérieur direct sur le bateau, Wilhelm Hobson, lui avait déjà offert une rapide visite guidée. Ce bateau était vraiment impressionnant, il allait lui falloir quelques jours pour y retrouver son chemin sans aide.

Bien plus grand qu'elle n'imaginait, le cabinet médical de bord paraissait suréquipé, par rapport à ce qu'elle avait connu sur le camp : trois salles d'examen, dix lits, des défibrillateurs, un électrogastrogramme, et même un centre radiologique ! C'en était presque obscène. Elle secoua la tête. Stop ! Elle était là pour oublier l'horreur de ces derniers mois, pas pour y faire référence sans cesse.

Après tout, l'expérience promettait d'être intéressante. Peut-être même qu'elle lui permettrait de se réhabituer à exercer en cabinet. De toute façon, Doug avait bien précisé qu'il ne voulait pas la revoir avant six mois minimum.

Mieux valait se concentrer sur la réunion. Elle résista à l'envie de se retourner vers l'homme au regard sombre et terriblement attirant qui venait de s'asseoir juste derrière elle. Même s'il était bien trop beau pour elle.

Qu'est-ce qui lui arrivait ?

Elle qui n'avait pas regardé un homme depuis l'école de médecine… Et encore, cela ne lui avait pas réussi : elle s'était retrouvée veuve dans un camp de réfugiés, à regretter presque d'avoir survécu.

Jamais elle ne s'était sentie importante aux yeux de ses parents. Vander, lui, disait qu'il avait besoin d'elle. En tant que missionnaire, certes, mais c'était mieux que rien. Alors elle l'avait épousé, avant de s'envoler avec lui au Soudan, réconfortée par l'idée grisante qu'il l'aimait. Evidemment, la réalité l'avait vite rattrapée. Mais avant qu'elle n'ait eu le temps de lui reprocher son manque d'amour et de désir, après ses journées de quinze heures de travail, il était mort du choléra.

C'était donc ça qu'elle recherchait aujourd'hui ? Une histoire de sexe ? Est-ce que ça suffirait à faire d'elle une femme de nouveau, après ces années passées à ne dormir que d'un œil, à être réveillée toutes les dix minutes pour une césarienne en urgence, une hémorragie interne ou des triplés à accoucher ?

Finalement, elle n'avait même pas eu l'occasion de connaître une vraie nuit d'amour. Ni de comprendre pourquoi on en faisait tout un plat. Quoique, à imaginer le corps musclé et les épaules larges de l'inconnu derrière elle, elle se sentait prête à rester éveillée toute une nuit, quitte à boire des litres de café pour y parvenir…

Bon sang ! Voilà qu'elle perdait totalement la raison ! Elle se mordit la lèvre pour s'empêcher de sourire, mais la simple pensée de ces bras robustes autour d'elle lui faisait monter le rouge aux joues. Elle regarda sa montre. Cette réunion était interminable.

Un léger soubresaut du bateau la fit tressaillir. A moins que… L'inconnu venait de s'installer juste à côté d'elle, et subitement elle eut la sensation que la température avait augmenté de quelques degrés. Ils existaient donc, les hommes qui vous donnaient la chair de poule ?

— Bonjour, vous êtes nouvelle ?

La voix était chaude et grave. Et voilà qu'elle rougit de nouveau !

Nick n'avait pas pu se retenir bien longtemps avant de s'asseoir près de la jolie brune. Elle était beaucoup trop mince pour sa taille, mais aussi attirante de près que de loin.

Elle leva les yeux vers lui.

— J'ai vraiment l'air si perdue ? répliqua-t-elle enfin.

— Perdue, et aussi terriblement…

Elle détourna les yeux, et il s'interrompit, laissant sa phrase en suspens.

— Merci, dit-elle.

— Mais de rien.

Elle le regarda de nouveau, et il sourit, pour lui faire comprendre qu'il plaisantait. Mais elle resta de marbre. On pouvait dire qu'il avait réussi son entrée en matière !

— Bon, puisque nous avons si bien commencé, nous pourrions peut-être nous présenter ?

Il tendit la main et elle la saisit brièvement. Ses doigts menus étaient tout froids sous sa paume. Si froids qu'il éprouva soudain l'envie bizarre de les réchauffer.

— Je m'appelle Tara McWilliams.

— Enchanté, Tara.

Règle numéro un avec les femmes : toujours mémoriser leur prénom.

— Je suis Nick Fender, le responsable du bar Casablanca.

— Bien vu.

— Pardon ?

— Humphrey Bogart. Il s'appelait Nick, dans *Casablanca*.

Il sourit.

— En fait, c'était Rick. Désolé, mais j'ai quatre sœurs qui sont folles de comédies romantiques. Cela dit, je penserai à Bogart chaque fois que je verrai mon nom écrit quelque part, dorénavant.

Elle plissa les yeux, mais il avait eu le temps d'en remarquer la couleur. Dorés. Comme sa peau. Comme ses magnifiques jambes, et ses bras aussi. A croquer. Et pourtant si fragiles.

Elle croisa les bras.

— Vous corrigez toujours les gens ?

Bravo, elle était vexée. Ce qui ne lui ôtait pas une once de charme. Au contraire.

Il fit mine de s'offusquer.

— Seulement quand ils se trompent.

Tara ne put s'empêcher de rire. Pourtant, Dieu sait qu'elle détestait qu'on la reprenne ! Mais après tout, ce barman lui permettrait peut-être de réapprendre l'humour. Il semblait en tout cas être le parfait candidat pour cela.

— Ne vous inquiétez pas, vous allez bien vous amuser, ajouta-t-il.

Il lisait dans ses pensées ou quoi ?

S'amuser. Contrairement à elle, il semblait en connaître un rayon sur la question. Et avec un physique pareil, les occasions ne devaient pas manquer pour lui. D'ailleurs, il serait sans doute disposé à la faire profiter de ses talents, si elle en exprimait le désir.

— Je vais essayer, répondit-elle avec une grimace.

Si étrange que cela paraisse, elle était plutôt d'un naturel joyeux, autrefois. Avant de devenir brutalement adulte.

L'alarme d'urgence résonna et elle se redressa. Nick l'observa qui se concentrait sur les instructions de Wilhelm. Bonne élève, donc. Tant mieux. Lui aussi était attentif, avant de se laisser distraire par l'arrivée de la belle.

Faisant un effort, il reporta son attention sur les instructions. Il avait hâte de savoir sur quelle zone Tara officierait. Avec un peu de chance, il pourrait garder un œil sur elle. Son expérience pourrait toujours lui servir : non seulement il avait déjà travaillé sur un bateau, mais en plus il avait effectué un stage en tant que médecin, sur un bateau identique à celui-ci. C'était d'ailleurs un peu grâce à cette expérience que Wilhelm avait embrassé la carrière médicale. Son vieil ami ne l'avait pas oublié, lorsque sa sœur avait attrapé une pneumonie. Mais tout ce qu'ils avaient pu obtenir, c'était que Nick la remplace au bar pendant deux semaines. Heureusement pour Kiki, cela ne le dérangeait pas. Il avait des congés à prendre, de toute façon.

Jasmine, son ex-petite amie, avait pris la nouvelle avec beaucoup moins de philosophie, quand il lui avait annoncé qu'elle devrait rentrer toute seule à New York… Il avait failli regretter leur séparation, mais, finanlement, son tout nouveau statut de célibataire l'arrangeait bien. La famille passait avant tout, il n'avait aucune excuse à présenter à personne. Et de toute façon, Jasmine commençait à prendre leur relation trop au sérieux à son goût.

Wilhelm passait en revue les mesures de sécurité. Fort heureusement, rien n'avait changé dans les consignes, et Nick nota avec plaisir qu'il partagerait la même zone que Tara. Mais avec plus de trois mille passagers et une centaine de membres d'équipage, il allait devoir redoubler de ruse pour tomber sur elle « par hasard ».

En général, il laissait les choses se faire. Mais bizarrement, il avait envie de forcer un peu le destin, avec elle. Ce changement d'attitude était sans doute lié à cette fragilité qui émanait d'elle. Même si elle ne semblait pas du genre à se plaindre ou à demander de l'aide. Peu importait. Il veillerait sur elle quand même.

En tant qu'unique garçon dans une famille de filles, c'était presque devenu une seconde nature, chez lui. Jouer les clowns de service et faire rire ses sœurs. Surtout après la mort de leurs parents.

Il allait donner du bon temps à la jolie Tara.

Tara s'éloigna de Nick Fender. Un véritable nom de rock star. Elle l'imagina aussitôt, dégoulinant de sueur sur sa guitare électrique, des nuées de fans en délire à ses pieds.

Stop ! Assez fantasmé sur cet homme. Elle ferait mieux de se concentrer sur le plan accroché devant elle. Il allait falloir qu'elle soit vigilante : elle était ici pour travailler. Difficile à oublier, quand on gérait urgence sur urgence, comme c'était le cas au campement. Mais ici…

Se fiant aux plans de circulation affichés çà et là, elle parvint à retrouver son chemin jusqu'à la clinique. Marie, l'infirmière en chef, manipulait des cartons.

— Laissez-moi vous aider, dit Tara en prenant l'autre

côté d'un paquet de forme bizarre, que Marie essayait de soulever jusqu'au bureau.

— Merci, Tara, dit Marie en s'essuyant le front. C'est le nouvel électrogastrogramme.

— Je peux vous aider à faire autre chose ?

Marie lui sourit.

— Tu sais, ici, tout le monde se tutoie. Pour ce qui est du travail, ça va aller, je ne fais que déballer. C'est toujours comme ça, le premier jour : on déballe et on range.

Tara sourit. Parfait, un peu d'activité lui ferait du bien.

— Bon, je vais vous aider… t'aider, corrigea-t-elle. C'est le meilleur moyen de savoir où se trouvent les choses. Ça m'évitera de passer mon temps à demander.

Le sourire de Marie s'élargit. Un début d'amitié ?

— Un peu d'aide est toujours la bienvenue. Mais il te faudra aussi jeter un œil aux dossiers du personnel de bord. Ceux qui souffrent de pathologies particulières y sont signalés.

Elle désigna une pièce stérile, remplie d'étagères.

— Je suppose que c'est là que tu auras besoin d'aide pour te repérer.

En observant les manières détendues de l'infirmière, Tara se demanda si elle redeviendrait aussi naturelle un jour. Elle avait perdu l'habitude de faire la conversation, son bref échange avec Nick-la-rock-star le lui avait confirmé. Elle souhaitait plus que tout s'intégrer, abandonner cette tristesse qui ne la quittait plus depuis son mariage, et enfin pouvoir se mêler à des gens normaux.

La journée passa vite, surtout quand l'embarquement commença. La plupart des passagers avaient l'air aussi perdus qu'elle, mais l'ambiance générale était joyeuse. Tellement différente du monde qu'elle venait de quitter !

Sur le pont, aux côtés de Marie, Tara observa les manœuvres et la levée d'ancre. Bientôt, l'immense bâtiment flottant s'éloigna du port avec une aisance déconcertante. Elle se prit à espérer que son adaptation soit aussi facile.

Normalement, la clinique de bord ouvrait matin, midi et soir, pendant deux heures. Mais les membres du personnel avaient pour habitude de passer un coup de fil quand ils étaient libres.

Le jour du départ, la clinique réservée aux passagers n'ouvrait qu'une fois, sauf urgence. Wilhelm s'occuperait de la plupart des patients. Ce qui signifiait qu'elle n'aurait plus qu'à gérer les éventuels petits bobos du personnel, et les visites en cabine que Wilhelm ne pourrait pas faire. Une tranquillité à laquelle elle n'était pas habituée.

Même sa cabine, sur le pont réservé aux membres d'équipage, lui paraissait outrageusement luxueuse, comparée à sa tente sur le camp. Air conditionné, eau chaude et froide, et même un hublot avec vue sur l'océan ! Le paradis.

3.

Quand Tara se réveilla le lendemain matin, elle constata avec surprise qu'ils n'étaient pas au large. Ils avaient dû accoster à l'aube. Par son hublot, elle pouvait ainsi contempler le palais de Monte-Carlo.

Après cette bonne nuit de sommeil, elle se sentait en meilleure forme, et elle se surprit même à sourire des exclamations des passagers, qui découvraient la magnificence de la principauté.

Elle trouva la salle d'attente de la clinique étonnamment remplie, pour une journée à quai, jusqu'à ce qu'elle comprenne que c'étaient les passagers qui venaient faire leurs vaccins avant de pouvoir descendre à terre.

Elle proposa à Marie de lui donner un coup de main, et l'infirmière lui envoya une jeune mère et son enfant. La femme était petite, parfaitement coiffée, et très élégamment vêtue.

— Bonjour docteur, je suis Gwen. Et voici mon fils, Tommy, annonça-t-elle en touchant le front de l'enfant. Je suis très inquiète, car il a des boutons. Vous croyez que c'est contagieux ?

— Bonjour Tommy, dit Tara en s'accroupissant.

Le garçonnet lui tendit la main. Elle n'était ni chaude ni sèche, et ses yeux étaient clairs.

— Vous croyez que c'est les oreillons ? s'enquit sa mère.

— Mon pauvre chéri, ce ne serait pas de chance, pour ton premier jour de vacances. Ne vous inquiétez pas, madame, ça va aller. Vous avez remarqué un changement dans son attitude ?

Tara plaça le thermomètre digital dans l'oreille de l'enfant. Les oreillons, elle connaissait. Et elle aurait juré que ce n'était pas ce qui causait les boutons de Tommy. Qui étaient d'ailleurs trop roses, et à peine visibles. Et puis il n'avait pas de fièvre. Elle énuméra néanmoins d'autres symptômes à la mère, et lui recommanda de ramener son fils s'ils se manifestaient.

— C'est bizarre, tout de même, insista la mère. C'est une vraie petite terreur, d'habitude. Vous êtes sûre que ce n'est rien ?

— Il n'y a pas de quoi s'inquiéter. Mais vous avez bien fait de l'amener, surtout s'il va au centre aéré.

Gwen secoua la tête avec véhémence.

— Oh ! non ! Jamais je ne le laisserais là-bas. On n'est que tous les deux, vous comprenez, son père nous a quittés. On va rendre visite à ma sœur à Mýkonos. Je veux qu'il en profite au maximum, ce sont aussi ses vacances, après tout.

— Tommy a beaucoup de chance de vous avoir, sourit Tara. N'hésitez pas à repasser si vous n'êtes pas tranquille.

Marie lui envoya ensuite une vieille dame qui avait un bouchon dans les oreilles. Pas vraiment une urgence, mais au moins la salle d'attente se vidait peu à peu. Si aucun membre d'équipage ne venait se faire soigner, elles devraient en avoir fini plus tôt que prévu. Ce qui leur laisserait du temps, à Wilhelm et elle, pour se familiariser avec le nouvel électrogastrogramme. Quant à Marie, elle projetait une petite sortie au casino, avait-elle annoncé.

Tout en examinant la vieille dame, Tara ne pouvait s'empêcher de penser à un certain barman. Que faisait-il ? La plupart des bars fermaient, lorsque le bateau était à quai. Alors qu'elle songeait à aller voir par elle-même, des remous firent tanguer le bateau. En moins de temps qu'il n'en fallut pour le dire, la salle d'attente grouillait de patients atteints de mal de mer. La visite au bar devrait attendre. C'était sans doute mieux comme ça, d'ailleurs.

Le deuxième jour, c'est à Livourne qu'elle s'éveilla. Elle n'avait jamais été aussi proche de Florence, de la tour de Pise ou de la Toscane. Autant de merveilles qu'elle n'avait jamais vues, et ne verrait jamais.

En fin de matinée, elle décida de profiter de son après-midi de repos pour explorer tranquillement le bateau. Elle s'aventura sur le pont principal, mais fut surprise d'y trouver de nombreuses adeptes de farniente en maillots de bain colorés. Nick trônait derrière son bar, dans un rayon de soleil, tel un sultan au milieu de son harem.

Tara se dissimula derrière un pilier et l'observa. Alors qu'il maniait son shaker avec dextérité, elle dut admettre que ce T-shirt bleu mettait parfaitement en valeur son torse et ses bras musclés. Et quel sourire !

Sans doute le spectacle qu'il offrait était l'une des raisons pour lesquelles toutes ces femmes avaient renoncé à visiter la ville. Elle réprima un sourire.

Aussi surprise qu'embarrassée par sa propre réaction, elle détourna les yeux, avant de revenir sur sa décision. Non, décidément, le spectacle était trop intéressant, et elle ne s'était pas sentie aussi détendue depuis longtemps. Mais cela n'avait rien à voir avec cet homme. Non, rien du tout.

Elle l'observa verser, d'un geste théâtral, le liquide ambré du shaker dans un verre à cocktail. Il était tellement sûr de lui ! Un véritable don Juan, à n'en pas douter. Jamais de la vie il ne s'intéresserait à un sac d'os comme elle. Mais elle allait tout de même essayer. Après tout, elle s'était promis de s'amuser. Et puis, au moins, elle ne risquait pas de lui briser le cœur !

Pourtant, elle hésitait. Elle regarda une cliente s'éloigner d'une démarche exagérément chaloupée, dans son minuscule Bikini. Heureusement, Nick était concentré sur ses verres. *Heureusement ?* Pourquoi est-ce que cela lui faisait plaisir qu'il ne fricote pas avec les passagères ? Elle haussa les épaules. Il ne voulait certainement pas risquer le renvoi, et apparemment le commandant de bord ne plaisantait pas sur ce point.

Ou peut-être n'était-il pas intéressé. Il n'avait pourtant pas l'air homosexuel. Elle sourit. Comment la regarderait-il si elle allait lui commander un de ses cocktails sans alcool ?

Elle n'avait jamais aimé boire. A l'université déjà, c'était elle qui conduisait lorsque ses amis et elle rentraient de boîte de nuit. Peut-être était-ce ce qui avait plu à Vander. A ce qu'elle savait, sa première femme buvait. Mais il ne lui avait jamais dit précisément ce qui les avait séparés.

A ce moment précis, elle s'aperçut que Nick l'avait vue. Quand il lui fit signe d'approcher, elle sentit les battements de son cœur s'accélérer. Elle essaya de ne pas afficher le même sourire niais que la cliente de tout à l'heure.

— Bonjour, docteur Tara, fit-il en désignant un tabouret de bar. Je vous sers un verre ?

— D'accord, mais sans alcool.

— Pas de problème. Je prépare tous mes cocktails avec le même amour, sachez-le.

— Vous êtes assez fier de vos réalisations, on dirait ?

— Je suis le meilleur.

— Mon Dieu, ce doit être terrible, ce manque de confiance en soi.

— En effet, c'est dur. Et si je vous concoctais un petit *No*-jito ?

Il lui offrit un large sourire, et elle ne put que lui répondre. Le monde autour d'eux disparut. Il avait un charme fou.

Rien d'étonnant à ce que toutes les naïades de la piscine soient dingues de lui.

— Menthe écrasée, citron vert, sucre de canne et soda, expliqua-t-il, la tirant de sa rêverie.

— Ça m'a l'air délicieux ! Alors, ça se passe bien, au bar ?

Il sourit en désignant du menton les femmes en maillot de bain allongées autour d'eux.

— La vue est plutôt sympa.

— Les hommes…, fit-elle en levant les yeux au ciel.

Il se pencha vers elle.

— Les femmes, je dirais plutôt. Mais bon, je ne leur en veux pas, je les adore. J'adore mes sœurs et je change de petite amie tous les mois.

Etait-ce une mise en garde ? Du genre : « Ne te fais pas d'illusions, je ne me laisse pas passer la corde au cou » ? Eh bien, tant mieux, car elle n'en avait nullement l'intention.

Qu'est-ce qui lui avait pris de dire une chose pareille ? Il n'était pas pour les relations de longue durée, mais le coup de la petite amie mensuelle, c'était carrément exagéré. Nick savait par expérience que même les couples les mieux assortis traversaient des crises, pourtant ce n'était pas dans ses habitudes de mettre les filles en garde d'emblée.

Cela dit, cette Tara était différente, sans qu'il sache vraiment expliquer pourquoi. Depuis leur départ, il passait son temps à la guetter. Même si le bar ne désemplissait pas, le Dr Tara faisait constamment irruption dans ses pensées. Comme la veille, quand le bateau avait méchamment tangué.

— Vous n'avez pas trop souffert du roulis, hier soir ?

— Non, j'ai un estomac en béton. Mais certains nouveaux membres de l'équipage étaient un peu nauséeux. Et vous, vos clients ?

— C'était plutôt calme, pour une deuxième soirée, dit-il en poussant une coupelle de fraises devant elle.

Il venait déjà de lui présenter des cacahuètes, mais elle n'y avait pas touché. A son grand plaisir, elle croqua dans un fruit. Il ne put s'empêcher de remarquer ses jolies dents blanches. Et ses magnifiques lèvres.

— Euh, vous êtes de repos ? fit-il pour se redonner une contenance.

— Oui, jusqu'au déjeuner, et puis de nouveau après 20 heures. Pourquoi ? ajouta-t-elle en s'essuyant les lèvres.

Il hésita… Son intuition ne l'avait jamais trompé avant, alors pourquoi était-il si tendu ?

— Ça vous dirait qu'on dîne ensemble ? Vers 20 h 30 ?

Elle plissa les yeux, avant de détourner son regard.

— Pourquoi pas ?

Pas très enthousiaste, la demoiselle. S'était-il montré trop empressé ? Il n'avait pas apprécié les regards que certains membres d'équipage posaient sur elle. Encore une réaction à laquelle il n'était pas habitué. Il avait besoin de la démystifier, et peut-être alors comprendrait-il ce qui l'attirait tant chez elle.

4.

A 20 h 30, ils s'installèrent dans un coin tranquille de la salle à manger du personnel de bord. L'heure habituelle du dîner étant dépassée, personne ne risquait de les déranger.

Discrètement, Nick observa les veines saillantes sur les mains menues de Tara. Et ce besoin ridicule de la protéger refit surface. C'était à n'y rien comprendre.

— Alors, qu'est-ce qui t'a donné envie d'aller au Soudan ? Euh… Ça ne t'ennuie pas si on se tutoie ?

L'air de rien, il poussa la corbeille de pain dans sa direction. Il n'en revenait pas qu'elle soit restée deux ans dans ce qui avait dû être un enfer. Pas étonnant qu'elle ait l'air si frêle. Il connaissait un grand costaud qui avait tenu trois mois, avant de revenir en charpie. Il mourait d'envie de la prendre dans ses bras. Incroyable ! Hormis ses sœurs, il n'avait jamais ressenti ce genre d'élan pour personne.

— J'y suis allée avec mon mari. Il voulait qu'on se rende utiles, qu'on mette nos connaissances au service d'une cause. Et puis quand il est mort, c'était trop dur de partir.

Elle était donc veuve ? Il n'aurait pas parié là-dessus.

— Je suis désolé. De quoi ton mari est-il mort ?

— Du choléra, dit-elle en détournant les yeux.

— C'est terrible.

— En effet, répliqua-t-elle en le regardant de nouveau.

— Et pourquoi le Soudan ?

Elle haussa les épaules.

— A la fin de notre internat, il a rencontré une sage-femme qui avait travaillé dans un camp de réfugiés. Elle lui avait parlé d'une pénurie de médecins et d'obstétriciens. Alors, il a postulé, et avant que j'aie le temps de prendre la mesure de ce qui nous arrivait, on était sur place. Je n'ai sorti la tête de l'eau que la semaine dernière, quand mon chef m'a sommée de prendre des vacances.

— Au bout de deux ans, tu m'étonnes ! s'exclama-t-il en jetant un nouveau coup d'œil à ses mains — pas d'alliance. Ils attendaient que tu tombes malade, ou quoi ?

La question lui avait échappé, et quand il la vit cligner des yeux, il craignit un instant qu'elle se mette à pleurer. Quel imbécile il faisait ! Elle était à bout de nerfs, et il ne trouvait rien de mieux que de lui faire revivre cet enfer. Bon, c'était décidé, il allait veiller sur elle. Peut-être même qu'il toucherait deux mots à Wilhelm sur ses horaires de travail.

— Désolé, je comprends que tu n'aies pas envie d'en parler.

— Pas trop en effet, fit-elle en avalant une fraise.

Tant mieux. Lui non plus, ne tenait pas à parler de cela. Et encore moins de son mari.

Elle baissa les yeux, mais il n'aurait su dire si elle était émue. Quand elle reprit la parole, sa voix était redevenue ferme et enjouée. Quelle force elle semblait dégager soudain !

— Je suis moins fragile que j'en ai l'air ! dit-elle avec un sourire qui lui parut forcé. Aujourd'hui je suis là, ajouta-t-elle en ouvrant les bras, à dîner sur un bateau de luxe avec un gérant de bar, et je suis très heureuse. Je ne veux pas penser à quoi que ce soit d'horrible. Si j'ai accepté ton invitation, c'est pour me changer les idées, alors raconte-moi des choses légères. Et au fait, oui, on peut se tutoyer…

Voilà un début prometteur. La légèreté, c'était un peu sa spécialité.

Ce n'était sans doute pas le moment de lui avouer qu'il était médecin, lui aussi. Pas assez léger. Même s'il ne s'était jamais trop impliqué dans la vie de ses patients, puisqu'il ne faisait que des remplacements. Une semaine, un mois maximum. Et ça lui convenait parfaitement.

— Eh bien, tu as devant toi le véritable maître du cocktail, dit-il en bombant exagérément le torse. Avec un copain, j'ai même remporté une médaille aux derniers championnats.

Ce n'était pas quelque chose qu'il racontait volontiers. Cela datait de plusieurs années, mais ça amuserait sans doute Tara. Et il voulait revoir un sourire sur ses si jolies lèvres.

— Et ça fait quoi, un maître du cocktail ?

— Eh bien, ça fait des mélanges quand les employés du bar sont en pause, ça vérifie que les étagères sont remplies, qu'on ne va pas tomber en panne de tequila, ça remplace les barmen quand ils sont malades, et surtout, ça fait plaisir aux gens. Apparemment, je suis assez doué pour ça.

— Je vois, oui.

Elle souriait. Ça valait la peine de se ridiculiser. Cette femme lui faisait du bien, très étrangement.

— Tu as eu le temps de piquer une tête, depuis que tu es parmi nous ? demanda-t-il.

L'image du corps de Tara dans un Bikini lui procura un délicieux frisson.

— Non. Je prends mes marques, je m'habitue à mon environnement. Je parie que toi, tu profites de tout.

— Tout ! J'aime bien le tennis de table, par exemple.

— Ah oui ? J'étais plutôt bonne, avant.

— Mais dis donc, ça ressemble à un défi, ou je ne m'y connais pas.

Elle éclata de rire.

Mais qu'est-ce qui lui arrivait ? Finalement, elle était peut-être plus douée pour le flirt qu'elle ne le croyait.

— On verra, répondit-elle.

Elle se sentait de plus en plus détendue, au fur et à mesure que la soirée avançait. Nick continua de bonne grâce à lui faire l'inventaire des activités à bord.

— Tu as aussi les soirées *Toiles sous les étoiles*, où tu peux voir des films, allongée sur un transat, au chaud sous une couverture à carreaux, avec un sachet de pop-corn.

— Des couvertures à carreaux ? Tu es bien observateur, pour un homme.

Il haussa les épaules.

— Je n'ai aucun mérite, mes sœurs ont toujours eu un faible pour les plaids à carreaux, les pique-niques sous les arbres, tu vois le genre ?

— Je vois.

Mais tout ce qu'elle voyait, pour l'instant, c'était elle et Nick, blottis l'un contre l'autre sous les étoiles.

— On devrait profiter de l'escale à Naples pour visiter la ville. On louerait une décapotable, et on pourrait aller à Amalfi, à Priano et à Positano.

Il se rendit compte qu'il retenait son souffle. Pas possible ! Il adora la douceur de son regard chocolat, quand il s'attarda sur son visage. En même temps, une petite voix lui murmurait de se méfier.

— Bonne idée, j'ai toujours rêvé de longer la côte italienne depuis ces petites routes sinueuses, dit-elle enfin.

Etait-ce une ouverture ? Un frisson le traversa.

— C'est magnifique, tu verras. Et puis en Ferrari, c'est quelque chose.

— En Ferrari ? Dis donc, tu as un patron généreux.

Il sourit de son air faussement outré. Bien sûr, il pourrait louer une Ferrari, mais il aurait trop peur de l'accrocher.

— Bon, peut-être pas une Ferrari, mais il nous faudra quand même quelques chevaux sous le capot, pour qu'on sente le vent dans nos cheveux en grimpant la colline.

Il vit son regard s'illuminer. L'image semblait lui plaire.

— Oui, je vois, fit-elle. Quelques sensations fortes, le

danger en moins, ça me rappellera que la vie vaut d'être vécue.

Encore cette envie de la serrer dans ses bras. Oui, décidément, la vie valait d'être vécue.

Tara n'en revenait pas de flirter aussi outrageusement. Il devait la trouver bizarre de s'enthousiasmer à la simple idée de sentir le vent dans ses cheveux. Il était sans doute loin d'imaginer à quel point cela lui faisait du bien de vivre normalement. Et elle ne pouvait nier que la présence facétieuse et légèrement excitante de Nick ne gâchait rien.

— Alors, reprit-il, parle-moi de ta matinée. Des cas passionnants ?

Elle doutait qu'il soit vraiment intéressé.

— Tout s'est bien passé. Quelques nausées, et un avant-bras fracturé.

— Vous avez un cabinet radiologique, non ?

Mais si, il semblait vraiment intéressé.

— Oui, ce qui me change d'avant. Ça me fait tout drôle de voir combien un diagnostic peut être facilité grâce à une radio ! Elles sont directement envoyées par mail à un grand centre hospitalier, qui nous renvoie les résultats. En deux heures, c'est réglé. Encore plus rapide que lorsque je travaillais à Sydney.

— C'était quel hôpital ?.

— Dans le sud, répondit-elle de façon évasive.

Elle aimait bien l'idée qu'il ne sache pas d'où elle venait.

— C'était bien loin d'ici. Et puis, il y a eu le camp de réfugiés, où pour diagnostiquer une fracture, on devait se contenter de nos mains.

Il n'insista pas. Ouf ! Elle ne savait pas très bien pourquoi, mais elle éprouvait le besoin de garder une certaine distance avec lui.

Après tout, elle ne cherchait qu'une aventure, pas question de se lancer dans quoi que ce soit de sérieux. Avec quiconque. Elle frissonna. Non, elle n'était pas prête.

— Tu penses que ces deux années auront une influence permanente sur ton travail ?

Pas seulement sur son travail.

— Bien sûr, répondit-elle, alors qu'une foule d'images lui revenaient soudain à la mémoire, des moments de joie, mais surtout de peine. Mais je préfère ne pas en parler. Raconte-moi plutôt ce championnat de cocktails. Ça m'a l'air génial.

Il l'observa un moment, puis hocha la tête, comme s'il comprenait. Pourtant, il était sans doute bien loin d'imaginer ce qu'elle avait traversé.

— Vegas, dit-il. Imagine-toi un truc immense, des lumières partout. Mes sœurs nous avaient fait des costumes noirs à paillettes, et notre boisson fétiche, c'était la margarita marocaine.

— Waouh ! fit-elle, sans pouvoir réprimer un sourire.

Cet homme était vraiment séduisant. Et il s'intéressait à elle !

— Oui, c'est un cocktail destiné à être dégusté lentement, devant un coucher de soleil.

Immédiatement, elle se vit à ses côtés sur une plage, un verre à la main.

— Bon, eh bien, il faudra que tu me fasses goûter, un soir où je n'aurai pas à me lever tôt le lendemain.

Il porta un doigt à ses lèvres.

— Si tu me promets de ne révéler la recette à personne.

— Mes lèvres resteront closes.

Comme elle aurait dû s'en douter, le regard de Nick se porta à son tour sur sa bouche. Et une intense chaleur l'envahit. Soudain, les cocktails semblaient bien loin. Les yeux de Nick s'assombrirent, l'atmosphère s'électrisa. Il avait envie de l'embrasser, elle l'aurait juré.

Stop ! Son imagination lui jouait des tours. Heureusement, il baissa les yeux vers leurs amuse-gueules, et elle put respirer de nouveau. Quelle idiote !

— Tu veux qu'on aille faire un tour ? C'est agréable, sur le pont, à cette heure-là. Je continuerai à te raconter en chemin.

Elle sentit une boule se former dans son estomac. Pourvu qu'il n'ait pas lu dans ses pensées comme l'autre fois ! Sans lui laisser le temps de répondre, il se leva et lui prit la main. Cet homme avait le chic pour obtenir d'elle ce qu'il voulait. Le cœur battant la chamade, elle le suivit sans protester.

Sur le pont, il passa son bras sous le sien. D'abord surprise, elle se laissa vite aller au plaisir de son contact. Comme une écolière, elle sentit ses joues s'empourprer, ce qui la fit sourire. Sa hanche frôlant la cuisse musclée de Nick, elle nota non sans une pointe de fierté le regard envieux que leur jetèrent deux femmes qu'ils croisèrent.

Elle serra son bras un peu plus fort, et sa chaleur lui réchauffa les doigts. Il dut sentir sa réaction, car il baissa les yeux vers elle et lui sourit. Zut !

— Quand on est embarqué pour une croisière de douze jours, c'est plus facile d'oublier la réalité, fit-elle pour se redonner une contenance. Tout n'est qu'illusion, ici.

Il pencha légèrement la tête vers elle.

— Pas tout, non.

— Ah bon ? Et qu'est-ce qui ne l'est pas ?

Il réfléchit. Pas étonnant qu'il ne trouve rien à dire, sa vie tout entière n'était qu'illusion. C'était d'ailleurs ce qui lui plaisait chez cet homme.

— Prends ton patient qui s'est cassé le bras, finit-il par dire. A mon avis, il est en pleine réalité, en ce moment.

Bien joué. Mais ça ne changeait rien au fait qu'ils n'avaient aucun avenir ensemble. Légèreté et frivolité, tels devaient être ses deux maîtres mots.

— Je lui ai prescrit des analgésiques, et son plâtre résiste à l'eau, alors je ne crois pas que ça va beaucoup lui gâcher la vie.

Elle sentit son regard se poser sur elle. Pas besoin de lever les yeux pour s'en assurer, le frisson qui la parcourut suffisait.

— Tu allais me raconter comment tu es devenu champion de cocktails, dit-elle pour détourner son attention.

— En fait, j'ai un peu exagéré l'étendue de mon talent. On était deux. Et notre idée, c'était de servir une boisson au goût des îles, dans un récipient en forme de bateau. A déguster, comme je te l'ai dit, devant un coucher de soleil, dit-il en souriant.

Il s'arrêta près d'une avancée dans le pont, qui formait une sorte d'alcôve. Les vagues léchaient la coque, claquant contre le bateau qui fendait leur écume. L'air était frais, chargé de sel. En se penchant, elle aperçut les silhouettes des membres de l'équipage à leur poste.

Il se pencha aussi, se rapprochant d'elle, ce qui la fit se raidir involontairement. Mais, très vite, elle se détendit et admira avec lui le paysage.

— C'est magnifique, tu ne trouves pas ?

— Tu sais de quelle ville il s'agit ? demanda-t-elle.

Il haussa les épaules.

— Il y a tant de villages accrochés aux collines, sur la côte italienne, que je ne pourrais pas te répondre.

Il se rapprocha encore d'elle, collant sa hanche à la sienne, et la chaleur qu'elle ressentit alors lui fit oublier toutes les lumières. Irrésistible. Elle se serra à son tour contre lui. Il lui prit la main et, lentement mais fermement, l'attira dans ses bras. Il pencha la tête, s'arrêtant à quelques millimètres de son oreille.

— J'ai très envie de t'embrasser, murmura-t-il.

Ce n'était ni une question ni une demande. Juste un constat, avec lequel elle ne pouvait qu'être d'accord.

Oui, elle en était capable. Capable de dire tout haut ce qu'elle ressentait.

— Je pense que ce serait agréable.

La réponse était maladroite — elle le vit d'ailleurs sourire — mais le résultat ne se fit pas attendre. Il approcha sa bouche, jusqu'à effleurer la sienne, et s'immobilisa au dernier moment. Elle fit le chemin restant jusqu'à ses lèvres. Leur contact fut encore plus doux que ce qu'elle avait imaginé.

Elle avait pensé que ce serait compliqué de réapprendre à embrasser — non qu'elle ait jamais été très douée pour cela avant — mais en cet instant, toutes ses craintes s'envolèrent. Et elle se laissa aller au plaisir de ce baiser. La bouche de Nick, son souffle mêlé au sien, le bruit des vagues contre la coque, toutes les sensations semblaient décuplées.

Il chercha sa main libre et noua ses doigts aux siens. Elle aimait ce lien qui les unissait, et le contact de son torse robuste contre sa poitrine. Quand il toucha sa langue du bout de la sienne, elle retint son souffle et se pressa aussitôt tout contre lui. Le temps, le lieu, tout disparut au profit de cette sensation unique.

Jamais elle ne s'était abandonnée ainsi. Ou plutôt, jamais elle n'avait partagé un tel moment. Complètement. Entièrement.

Cet homme allumait en elle une flamme qu'elle ne croyait même pas recéler. Alors qu'elle s'abandonnait à son baiser, elle le sentit s'éloigner. Il lui pressa les doigts, comme pour la ramener à la réalité.

Elle fit un pas en arrière et lui lâcha lentement la main, portant machinalement les doigts à ses lèvres gonflées. Il l'attira contre son torse et lui embrassa les cheveux.

Elle perçut alors les battements sourds du cœur de Nick. Visiblement, ce baiser ne l'avait pas laissé de marbre, lui non plus.

— Je pense que tu ferais mieux d'aller te coucher, chuchota-t-il au bout d'un moment.

Elle s'écarta pour découvrir son visage grave. Il avait raison, bien sûr. Elle s'éloigna en se tenant à la rampe de sécurité. Bon sang ! Un seul baiser avait suffi à lui tourner la tête. Au sens propre comme au figuré. Quand la légère brise lui rabattit les cheveux sur le visage, elle ne put s'empêcher de porter les doigts à ses lèvres encore en feu. Son cœur aussi battait la chamade. De deux choses l'une : soit cet homme était irrésistible, soit elle était une vraie midinette. Dans tous les cas, ce n'était pas du tout ce qu'elle avait prévu.

Nick regarda Tara s'éloigner en prenant une profonde inspiration. Se calmer. S'il n'avait pas mis fin à ce baiser, Dieu seul sait ce qui serait arrivé. Or il ne voulait pas aller trop vite.

Depuis quand se souciait-il de cela ? Etait-ce parce qu'elle semblait si innocente ? Et pourquoi ce baiser maladroit lui avait-il fait plus d'effet que celui de la plus belle femme du monde ? Il se passa les mains sur les bras, espérant estomper la brûlure que le contact de Tara avait provoquée.

Il sentait encore son parfum à la violette. Tara était comme cette fleur : fragile, poussant à l'ombre des roses majestueuses, mais étonnamment belle quand on prenait le temps de l'observer. Il adorait sa beauté sans artifice.

Assez ! Ce n'était pas pour rien qu'il veillait à n'avoir que des relations superficielles. Et il ne souhaitait pas être sur la liste des hommes qui avaient brisé le cœur de Tara. Elle n'avait fait qu'évoquer son ex-mari, mais il avait compris que leur mariage n'avait pas été parfait. Elle méritait un homme sérieux, pas un rigolo comme lui.

D'un pas décidé, il se dirigea vers le réfectoire. Avec un peu de chance, il y trouverait de quoi se distraire. Par exemple une femme avec qui discuter ou danser. Quelqu'un qui était là pour s'amuser et qui lui ôterait de la tête celle qu'il mourait d'envie de rejoindre.

5.

Deux jours plus tard, le bateau jetait l'ancre à Naples. Tara commençait à apprécier de s'endormir dans une ville pour se réveiller dans une autre.

La journée de liberté dont elle disposait, elle allait l'occuper à s'amuser — encore ce mot — vraiment. Pour la première fois depuis longtemps. Son cœur s'emballa à la simple idée de passer la journée avec le savoureux cocktail qu'était Nick. D'autant qu'elle ne l'avait pas vu une seule fois au cours des dernières vingt-quatre heures. Elle s'était pourtant arrangée pour se retrouver plusieurs fois à proximité du Casablanca, l'air de rien.

Elle ne se reconnaissait plus. Depuis quand était-elle devenue frivole ? Et dire qu'il y avait quelques jours encore, elle s'occupait de quatre-vingt mille réfugiés, dans des conditions pour le moins sommaires !

Immédiatement, elle se retrouva plongée dans les souvenirs. Mais non, pas question de gâcher ce qui promettait d'être une merveilleuse journée.

Son travail sur le bateau n'avait rien à voir avec ce qu'elle avait connu au Soudan. Ici au moins, elle ne risquait pas de perdre un nouveau-né ou sa mère, tout simplement parce que les femmes enceintes de plus de vingt semaines et les bébés de moins de six mois étaient interdits sur le bateau.

Ici, tout semblait facile. Deux membres du personnel de bord s'étaient présentés avec une température anormalement élevée. Tara les avait isolés et ils allaient débarquer aujourd'hui. Hormis des douleurs musculaires et quelques maux de tête, le reste des employés semblait en pleine forme.

Wilhelm avait été un peu plus occupé avec deux petits asthmatiques. Gwen avait eu un jeune Tommy qui présentait une légère fièvre, rapidement traitée avec du paracétamol. Leur sujet le plus sérieux avait été un cas de déshydratation chez une femme présentant par ailleurs une thrombose veineuse aiguë, et à qui on avait dû administrer de l'héparine, avant de la débarquer.

Tara avait acquis l'expérience des perfusions difficiles, et trouver la veine de cette femme avait été une formalité, lorsqu'on l'avait appelée en renfort. Pour elle, le plus difficile, c'était d'arrêter de comparer ses nouveaux patients à tous ceux qu'elle avait traités ces deux dernières années.

Mais assez pensé au travail, aujourd'hui, c'était repos !

La plupart des passagers descendaient visiter la ville, et Wilhelm lui avait assuré qu'elle pouvait prendre toute la journée. Seule obligation, être de retour à 18 h 30, pour le départ du bateau.

Tout en descendant les escaliers menant au pont inférieur, elle sentit l'excitation l'envahir. Soudain, elle aperçut Nick, très décontracté dans son T-shirt blanc et le bermuda qui montrait des mollets musclés et bronzés. Il l'attendait devant la passerelle, et ils descendirent ensemble.

En posant le pied sur la terre ferme, Tara sentit le sol se dérober et elle vacilla légèrement. Nick lui prit la taille en riant.

— C'est normal, il faut se réhabituer.

En effet, elle retrouva vite son équilibre. Il la lâcha alors, pour récupérer les clés de la voiture de location. Tara avança lentement vers lui, encore un peu hésitante. Le passage sur la terre ferme n'était peut-être pour rien dans sa perte d'équilibre, tant l'idée de se retrouver seule avec ce quasi-inconnu si séduisant dans un cabriolet rouge vif suffisait à lui faire tourner la tête.

Nick dut remarquer son hésitation.

— Ça va ? demanda-t-il en lui ouvrant la portière de la voiture.

Elle ne répondit pas — elle en était bien incapable, trop occupée qu'elle était à gérer ce léger accès de panique. Qu'est-ce qui pouvait bien donner envie à cet homme de passer du temps avec elle ? Lui qui était si extraverti et si beau, quand elle était timide, voire ennuyeuse, et n'avait que la peau sur les os ?

Il se pencha vers elle en souriant, tandis qu'elle s'asseyait.

— On va bien s'amuser, promis. Et puis, même si je n'ai pas de lettre de recommandation, je te rappelle qu'on travaille ensemble sur le bateau. Tu sais que j'ai des sœurs que j'adore, et je peux te promettre que jamais de ma vie je n'ai fait peur à une femme.

Le problème n'était pas qu'elle avait peur… Mais assez réfléchi. Quoi qu'il arrive, il resterait les paysages magnifiques à admirer. Et Nick ne manquait pas de sujets de conversation. Elle ne savait même pas pourquoi elle hésitait, tout d'un coup. Peut-être parce que au fond, elle redoutait qu'ils s'entendent trop bien…

Voilà qui était ridicule.

Nick avait remarqué la tension sur le beau visage de Tara. Ainsi donc, il n'était pas le seul à craindre de jouer avec le feu ?

— Désolée, j'ai perdu l'habitude, fit-elle enfin en secouant la tête, comme il s'asseyait au volant.

Quel imbécile ! Il savait pourtant qu'elle était fragile, ce n'était pas le genre de fille avec laquelle il fallait s'emballer.

— Non, c'est moi qui m'excuse. Je t'ai forcé la main.

S'il était trop tard pour revenir en arrière, il pouvait au moins se montrer conciliant, pour la rassurer.

— Si tu veux, on peut se contenter d'aller faire un tour en ville, prendre un café et rentrer. Je me doutais bien que la visite de Pompéi ne t'emballerait pas, de toute façon. Mais on peut aussi monter au sommet du Vésuve, et admirer la vue sur la baie. C'est magnifique de là-haut. On n'est pas obligés de rester à terre toute la journée, j'oublie toujours que tu dois être fatiguée.

Elle releva son joli menton.

— Non, ça va. Allons-y.

Le soulagement qu'il ressentit en cet instant le prit au dépourvu. Il était aussi heureux que s'il venait de gagner au loto, ce qui était totalement disproportionné. Mais c'était sans doute l'idée de conduire ce petit bolide qui le réjouissait à ce point.

Une heure plus tard, sur la route qui menait à Amalfi, Tara se demandait encore si elle était faite pour ce genre de sortie.

— Comment arrives-tu à conduire dans ces conditions ? lâcha-t-elle, cramponnée à son siège, en évitant soigneusement de regarder en bas du précipice.

Quand Nick se détourna de la route pour lui jeter un regard amusé, elle se crispa un peu plus.

— Regarde la route !

Il s'exécuta en riant.

— J'ai une tante qui tient un hôtel à Priano, un village accroché à la falaise, entre Amalfi et Positano. Quand j'étais jeune, on y passait toutes nos vacances. J'ai appris à conduire un scooter sur ces routes, et plus tard je suis passé aux voitures.

Bizarre, il n'avait pas du tout l'accent italien.

— Alors comme ça, tu as grandi en Italie ?

— Entre ici et Sydney. Ma mère était italienne, elle a emménagé en Australie quand elle a épousé mon père.

Il lui sourit, sans quitter la route des yeux, cette fois. Cependant, quelque chose disait à Tara que la transition n'avait pas été aussi facile qu'il voulait le lui faire croire.

Un autre scooter kamikaze se glissa entre le cabriolet et un bus qui arrivait en face, obligeant Nick à longer le précipice. Elle laissa échapper un cri.

— Ils sont fous !

Il lui fit un sourire étincelant, du genre qui vous faisait oublier tout le reste. Sa joie de vivre était communicative, et Tara se détendit un peu. Au diable l'inquiétude ! Elle lui rendit son sourire, bien décidée à profiter de la journée.

Le reste du parcours se fit sur le même mode, entre les conducteurs fous et le bleu toujours plus proche de l'océan en contrebas. Enfin, ils arrivèrent à Amalfi.

— C'est adorable ! Et regarde toutes ces boutiques ! s'exclama-t-elle en voyant les vitrines joliment décorées. Si tu savais depuis combien de temps je n'ai pas vu un endroit pareil !

Devant les échoppes, de jolies robes voletaient dans la légère brise marine. Elle se sentait comme aimantée. Hormis le T-shirt neuf qu'elle portait, cela faisait des années qu'elle ne s'était rien acheté. Vander considérait la mode comme l'un des pires aspects de la société de consommation.

— Voilà, je me sens coupable, ajouta-t-elle. Quand on sait combien de gens meurent de faim…

— Comme dirait ma sœur Kiki : arrête tes sornettes !

Cela dit, il se gara sur un emplacement de parking pas plus grand qu'un mouchoir de poche. Elle n'en croyait pas ses yeux.

— Comment tu as réussi une prouesse pareille ? demanda-t-elle, incrédule.

— En Italie, se garer c'est tout un art, dit-il en haussant négligemment les épaules. Les places sont rares, alors il faut optimiser l'espace. Et pour ce qui est du shopping, qui est une autre forme d'art, je dirais que la culpabilité est une sorte d'hédonisme. Alors autant s'y adonner vraiment en allant se faire plaisir !

Même en se répétant sa phrase, elle n'était pas sûre de bien comprendre. Est-ce qu'il sous-entendait qu'elle se complaisait dans la culpabilité ? Après tout, il avait peut-être raison. Un peu de shopping ne pouvait pas lui faire de mal.

— Tu vas regretter tes propos. Je me sens prête à faire les boutiques toute la journée !

— Parfait, tu ne trouveras pas meilleur porteur de sacs dans tout le pays, répondit-il en levant les sourcils d'un air satisfait.

Etrange. Le shopping faisait plutôt fuir les hommes d'ordinaire. Et lui, non seulement il ne fuyait pas, mais il souriait !

— J'adore regarder les femmes passer de rayons en cabines d'essayage, avec l'air aussi sérieux que si elles s'apprêtaient à choisir le nouveau code de la bombe atomique. Je sais, c'est bizarre, mais ça m'amuse.

— Bon, d'accord. Mais c'est bien pour te faire plaisir, mentit-elle.

Il désigna une échoppe en haut de la rue.

— Essaie celle-là, mes sœurs y viennent régulièrement. Et ils ont des chaises pour les spectateurs.

Elle haussa les épaules, ravie de se laisser guider. Ayant choisi quelques tenues, elle s'enferma dans la cabine d'essayage. De l'intérieur, elle entendit Nick converser en italien avec la vendeuse.

Au bout de dix minutes, elle ressortit bredouille. Il se leva et lui tendit d'autres articles.

— La vendeuse te suggère ça, elle dit que ça t'ira parfaitement au teint.

Il venait de choisir des vêtements pour qu'elle les essaie ? Il n'avait donc pas menti, il aimait vraiment ça.

— Et cette fois, j'aimerais bien que tu viennes me montrer les modèles qui te plaisent, dit-il en se rasseyant tranquillement. Allez, l'encouragea-t-il, alors qu'elle hésitait encore à lui infliger une autre séance.

Elle commençait à y prendre goût, et suivit ses instructions, venant le consulter après chaque nouvel essayage. Elle obtempéra même lorsqu'il lui demanda de tourner sur elle-même, pour qu'il la voie mieux. A chaque apparition, elle se sentait plus en confiance.

Une heure plus tard, ils ressortaient avec trois robes, trois ensembles short et T-shirt, plus deux maillots de bain — qu'elle ne lui avait pas montrés.

— On va déposer tout ça dans le coffre, dit-il, et puis je t'emmène à Priano. On va déjeuner chez ma tante, Angelica. Tu verras, elle a une vue incroyable de là-haut.

En montant dans le petit bolide, Tara aperçut le regard envieux d'une passante. Si un jour on lui avait dit… Mais c'est vrai qu'elle appéciait de plus en plus sa nouvelle vie, il fallait juste qu'elle apprenne à ne plus s'excuser d'être heureuse.

Elle inspira profondément en s'installant sur le siège, bien décidée à profiter de la caresse du vent sur son visage. De toute façon, elle ne risquait rien, Nick était un excellent conducteur.

Quinze minutes plus tard, ils se garaient devant la façade blanche de l'hôtel Tramonto d'Oro. Dès son entrée, elle aperçut la vue fantastique que la salle de restaurant offrait sur la mer bleu turquoise, en contrebas. Avant qu'elle ne puisse aller coller son nez à la vitre, une femme très élégante se précipita vers Nick et l'embrassa avec effusion.

— Nico ! s'écria-t-elle en regardant vers Tara. Enfin mon neveu me présente une jeune femme ! Enfin, il est amoureux, ajouta-t-elle en levant les bras au ciel.

Tara se sentit rougir.

— Non, madame. Nous sommes juste amis.

Dieu merci.

Nick lui jeta un regard embarrassé, mais sa gêne n'était sans doute rien comparée à celle de Tara ; bon sang, elle aurait payé cher pour se transformer en petite souris ! Il expliqua la situation à sa tante en italien, avec force gestes, et celle-ci éclata de rire.

— *Sì, sì.* Juste amis. Vous devez avoir faim.

Tara sentit son ventre gargouiller. Là, elle pouvait répondre.

— *Sì.*

— Je vous réserve la meilleure table. On voit très loin aujourd'hui, le ciel est dégagé.

Angelica les conduisit à une table en fer forgé sous la véranda. Tara n'arrivait pas à détacher les yeux du paysage. Au loin, un petit village s'accrochait à la falaise, comme suspendu au-dessus de l'immensité bleue.

— Quand je pense que j'ai oublié mon appareil photo ! se lamenta-t-elle.

— Et moi donc ! fit Nick.

Mais en tournant la tête, elle constata qu'il ne regardait pas la vue.

— Donc ça, là-bas, c'est Positano ? demanda-t-elle pour masquer son trouble.

— Oui, c'est un endroit charmant, avec plein de boutiques, dit-il en continuant à la dévisager.

— Arrête, fit-elle.

Il cligna des yeux et se concentra enfin sur le paysage.

— Désolé, j'étais ailleurs.

Pas très flatteur. Exactement le genre de chose que

Vander aurait dite. Elle se surprit à regretter que Nick ait détourné les yeux.

Il n'avait pas menti. Il était en effet ailleurs. Dans une chambre, par exemple. Avec Tara. Un rapide échantillon des activités qu'ils pourraient y partager lui traversa l'esprit. Il baissa les yeux vers le menu, et tenta de se concentrer.

— Après déjeuner, on peut aller à Positano et prendre un ferry jusqu'à Capri, si tu veux. La traversée est très agréable. Si on est en retard, on pourra toujours regarder les bateaux.

Voyant son visage s'assombrir, il devina à quoi elle pensait. Toujours cette crainte. Elle y avait déjà fait allusion dans la voiture. Il n'aurait jamais dû prononcer le mot « retard ».

— A quelle heure doit-on repartir ? demanda-t-elle.

Bingo.

— Essaie de te détendre, essaya-t-il en lui serrant la main.

Il la sentit se crisper. Tentative ratée.

— Je suis un homme responsable, ajouta-t-il, toujours en souriant. Je voudrais rentrer à Amalfi vers 15 heures, pour avoir de la marge. J'ai la vague impression que tu ne tiens pas à rater le départ, pour ta première excursion à terre.

Il la vit se décomposer. Zut ! Encore une allusion maladroite ! Il les accumulait.

— Il n'y a pas de risque, si ? demanda-t-elle, visiblement inquiète.

Il fallait regagner sa confiance. Jamais il n'avait été aussi touché par les changements d'humeur d'une femme. Il détestait jusqu'à l'idée qu'elle soit inquiète.

— Aucun risque, on va compter large.

Elle regarda de nouveau sa montre, et il lui reprit la main.

— Ça va aller. Il faut profiter de la vue, la vie est si courte.

— Proverbe familial ?

— Proverbe personnel.

Elle sourit. Enfin.

Ils dégustèrent des calamars, elle adora la salade Capri, et ils terminèrent par un limoncello, la liqueur de citron traditionnelle que son oncle faisait avec les fruits de son verger. Quand ils remontèrent en voiture, après avoir embrassé Angelica, Tara semblait beaucoup plus détendue. Elle oublia même de se cramponner au siège sur la route sinueuse.

Ils arrivèrent enfin à Positano. Elle s'extasia sur les bâtiments colorés et montra du doigt la plage couverte de transats. Elle souriait.

Quand il suggéra quelques boutiques, elle dit préférer se baigner. Bonne idée ! Pour sa part, il avait hâte de l'admirer dans le nouveau maillot de bain qu'il n'avait pas eu l'autorisation de voir. Evidemment, il n'allait pas le lui dire. Au contraire, il lui loua une cabine, pour qu'elle puisse se changer en toute intimité.

Le souffle court, il attendit qu'elle réapparaisse.

6.

Nick lâcha un long sifflement. Ça valait la peine d'avoir attendu.

— J'ai dû me tromper de taille. Tu ne trouves pas qu'il est un peu petit ? demanda Tara en sortant de sa cabine, tirant vainement sur le haut de son maillot de bain.

Elle ignorait sans doute que son geste, loin de la cacher, produisait au contraire un effet assez époustouflant. Mais pas question de l'en avertir, au risque de mettre en péril la beauté du moment.

— Non, il te va très bien, affirma-t-il avant de détourner le regard pour se concentrer sur le bleu de la Méditerranée.

Il allait avoir besoin d'une bonne douche froide, s'ils ne se baignaient pas au plus vite.

— Tu es prête ?

Il risqua un nouveau regard sur la silhouette parfaite de Tara. Elle n'avait pas l'air très convaincue. Lui, il la trouvait splendide. Peut-être même un peu trop. Sa minceur lui donnait encore plus envie de la prendre dans ses bras.

— Je t'assure, insista-t-il en la voyant froncer les sourcils. Tu es superbe. Maintenant, viens, sinon je te porte moi-même dans l'eau. Ça me donnerait l'occasion idéale de mettre les mains sur ce corps de rêve.

Elle se raidit. Puis contre toute attente, elle leva finalement les yeux et éclata d'un rire charmant.

— Je devrais pouvoir me débrouiller seule.

Il l'admira quelques secondes de plus, avant de décider qu'il était plus que temps de se plonger dans l'eau fraîche.

En effet, cela lui fit le plus grand bien. D'autant qu'il pouvait à loisir observer les pas maladroits de Tara sur les galets.

— Ils n'ont pas de sable, sur leurs plages, en Italie ?

— C'est à cause des volcans, sourit-il.

Elle s'immergea enfin et s'allongea sur le dos, se laissant porter par la mer. Il vit ses jolies lèvres lâcher un soupir de bien-être, et fit un effort surhumain pour ne pas garder les yeux rivés sur ses seins qui dépassaient de l'eau. Bon sang !

Il s'approcha un peu plus près. Ses pieds flottaient à la surface, elle était comme suspendue entre sable et ciel, les yeux clos.

— Ce que c'est bon ! soupira-t-elle de nouveau. Et dire que ça fait des jours que je vois la mer, sans pouvoir la toucher !

Il se glissa près d'elle, jusqu'à lui effleurer la main.

— Oui, c'est bon. Tu as raison.

Elle ouvrit lentement les yeux et fit quelques mouvements de mains, qui l'amenèrent tout contre son torse.

— Oh ! désolée.

— Il n'y a pas de quoi, fit-il en la prenant par les épaules, pour l'attirer contre lui, comme une petite embarcation qu'il viendrait amarrer à son torse. Je suis un dieu des mers. Tu dois payer une taxe, chaque fois que tu me touches.

— Et moi, je suis une sirène. Méfie-toi, je suis dangereuse.

Ça oui, elle était dangereuse. Et pourtant, il la fit pivoter vers lui.

— Même pas peur.

Elle s'esclaffa. Et il l'embrassa. Il en avait envie depuis qu'ils s'étaient retrouvés ce matin.

Le temps parut s'arrêter. Elle lui noua les bras autour du cou. Sa peau était douce comme la soie. Quand elle lui rendit son baiser, avec une ardeur proche de l'innocence, il sentit son cœur se serrer. Il ne se souvenait pas avoir jamais ressenti cela. Tenir Tara dans ses bras était comme un cadeau. Magnifique et terrifiant à la fois.

La crainte de s'attacher refit immédiatement surface. Il refusait de prendre ce risque. Ses amis seraient morts de rire, s'ils le voyaient réagir comme une midinette.

Elle se lova contre lui et, sans qu'il comprenne vraiment pourquoi, il se jura de gagner sa confiance. Il y avait là une sorte de mystère qui le fit frémir.

Il lui massa doucement les épaules et le cou. Le contact de sa peau confinait à la torture, mais il sentait les tensions accumulées se dénouer sous ses caresses.

— Hum, fit-il en fermant les yeux à son tour. Ta peau…

Alors qu'il lui prenait les lèvres, une famille arriva près d'eux. Ils sursautèrent et rouvrirent les yeux de concert, comme éveillés d'un rêve. Le père tenait son bébé dans ses bras. Immédiatement, Tara se raidit de nouveau et s'éloigna. Quand elle lui fit face, il lut les sombres souvenirs qui avaient afflué à sa mémoire, et que son sourire ne parvenait à cacher. Et il eut encore plus envie de la prendre dans ses bras.

Mais elle ne lui en laissa pas l'occasion.

— Je vais sortir. Et si on allait se promener sur le quai ? On pourrait regarder les bateaux. Et puis, il y a ce petit magasin que j'ai repéré tout à l'heure…

Le ton était un peu trop enjoué pour être sincère. Elle venait de reconstruire le rempart dont elle s'entourait, et quelque chose lui disait qu'il n'était pas près de le franchir de nouveau.

— Allons-y, alors. Et peut-être bien qu'il nous restera assez de temps pour repiquer une tête, avant de partir.

Il la regarda regagner précautionneusement les serviettes.

Pendant tout l'après-midi, il fut assailli d'une suite de

clichés, ceux d'une femme superbe dans un décor de rêve. Ce furent des moments pleins de promesses, et il n'avait pas envie que la journée prenne fin.

Tara ne cessait de repenser au divin massage de Nick. Comme par magie, il avait réussi à apaiser des mois de tensions accumulées. Entre ses mains expertes, elle s'était sentie aussi légère qu'une bulle d'air.

Jusqu'à ce qu'elle voie ce bébé. La scène aurait dû la faire sourire, mais elle l'avait replongée dans les ténèbres. Tout lui était revenu en bloc, et elle en venait à se demander si les souvenirs s'effaceraient jamais. Si un jour elle deviendrait enfin le genre de femme dont un homme voudrait.

Elle leva les yeux sur l'horizon parsemé de petites îles. Elle avait passé presque toute la journée sans penser aux fantômes qui la hantaient. Presque.

La réalité refit surface alors qu'ils étaient allongés sur des transats, profitant des rayons déjà plus doux du soleil.

— Tu es sûr qu'on ne va pas être en retard ?

— Certain.

Elle pouvait se détendre encore un peu.

Deux heures plus tard, ils étaient bloqués dans un embouteillage incroyable. Nick ne comprenait pas ce qui se passait, cette route n'était jamais aussi encombrée ! Et à cause des virages, impossible de voir si le problème se situait à dix kilomètres ou à cent mètres. Même si elle ne disait rien, Tara ne cessait de regarder sa montre, et il s'en voulait de lui causer ce stress. Serrant le frein à main, il se tourna vers elle.

— Je descends parler aux autres conducteurs. Ils ont peut-être eu des explications par téléphone portable.

Elle hocha la tête sans un mot. Pourvu qu'ils arrivent au bateau à temps ! Autrement, elle ne lui ferait plus jamais confiance.

— Un motard et sa passagère sont tombés un peu plus loin, l'informa-t-il en revenant à la voiture. Viens, ils ont besoin de nous.

Il la vit déglutir.

— Une jeune femme ?

Elle paniquait.

— Ecoute, tu n'as pas besoin de venir. Ils ont sûrement déjà appelé les secours, de toute façon.

— Ne sois pas ridicule. Ils auront toujours besoin d'un médecin. Et puis, j'ai l'habitude de me débrouiller sans matériel.

Il avait voulu la déculpabiliser, c'était lamentablement raté.

En posant les yeux sur le chemisier maculé de sang de la jeune femme, Tara se retrouva instantanément au Soudan. L'odeur âcre du sang, la peur, la bousculade. Elle était comme dans un film projeté au ralenti.

La passagère était allongée sur une planche. Son ventre proéminent arrondissait la couverture de survie.

Non !

La jeune femme fixait des yeux terrifiés sur l'ambulancière qui essayait de lui poser une intraveineuse.

Tara se dirigea vers elle d'un pas assuré, Nick à ses côtés.

— Elle est enceinte. Inclinez l'utérus, dirent-ils d'une même voix.

Nick répéta l'ordre en italien tandis qu'elle se penchait. Dès que l'ambulancière eut compris, elle les aida à faire basculer la jeune femme, de façon à ce que son utérus, trop lourd, n'appuie pas sur les artères majeures. Si elle restait sur le dos, le sang aurait du mal à alimenter son cœur et son cerveau. Alors que Nick plaçait le sac à dos de la motarde derrière elle, la jeune femme haleta et son regard se voila.

Tara écarquilla les yeux. Elle avait trop souvent vu des patientes dont le cœur s'arrêtait de battre pour ne pas reconnaître ces symptômes. Malgré le massage cardiaque entamé par les infirmiers, et à moins de lui administrer une transfusion d'urgence, cette femme allait mourir, et son bébé aussi. Trente pour cent du volume sanguin de la mère était absorbé par le placenta. Sans une réserve de sang suffisante, ils n'avaient aucune chance. Le bébé avait quatre minutes de survie sans l'aide de sa mère.

— Trouve un scalpel, ordonna-t-elle à Nick. Et des éponges, au cas où ils ne parviendraient pas à remettre son cœur en route assez vite. Et demande aux gens de se mettre de dos pour former un barrage humain.

Alors que les infirmiers continuaient leur massage, elle défit les boutons du chemisier, priant pour ne pas avoir à faire ce qui risquait de devenir le dernier espoir de cette patiente. Elle n'avait pas d'anesthésiant, mais vu que le cœur ne battait pas, la patiente était techniquement morte. Ironiquement, ce manque d'afflux sanguin était plutôt un avantage, en cas de césarienne.

Le chemin le plus court jusqu'au bébé se situait juste au-dessous de la ligne médiane du ventre. Il faudrait donc inciser profondément, retirer le bébé avant que lui aussi ne meure, remplir l'utérus d'éponges pour arrêter l'hémorragie et reprendre le massage cardiaque, rendu plus efficace par la position allongée de nouveau sur le dos.

Ça, c'était la théorie. Restait à la mettre en pratique. Courage.

Nick lui tendit des gants stériles. Elle les enfila rapidement et saisit le scalpel.

Nick la vit fermer les yeux pendant une fraction de seconde. Puis il assista, médusé, à la délivrance la plus rapide qu'il ait jamais vue. Tara faisait preuve d'une détermination qu'il n'avait pas soupçonnée jusque-là.

— On y est presque. Tu vas t'en sortir avec le bébé ?

Il le faudrait, il n'allait pas la laisser tomber. Elle posa les clampes et coupa le cordon d'un geste sûr. Les bras couverts d'une petite couverture trouvée dans l'ambulance, il tendit les mains. Il frotta doucement le petit torse, le visage, et la petite forme blanche prit vie sous ses yeux. La fillette gémit faiblement d'abord, puis agita les jambes. Il plaça le masque à oxygène sur sa bouche et son nez, pressa trois fois dessus et regarda la minuscule poitrine se soulever.

Et puis le miracle se produisit : le bébé se mit à crier. Il sentit des larmes lui brûler les joues. Lui qui n'avait même pas pleuré à la mort de ses parents !

Il croisa le regard de Tara, et ils partagèrent un instant de bonheur inouï. Il eut le temps de remarquer qu'elle avait les yeux secs, avant qu'elle ne se reconcentre sur la mère.

— Donnez-le-moi, s'exclama une vieille femme qui venait de fendre la foule. Je suis infirmière.

Après avoir confié le bébé à des bras compétents, Nick se retourna vers Tara. Puis il remplaça l'infirmier qui n'avait pas cessé le massage cardiaque.

— J'ai trouvé l'artère fémorale déchirée, annonça Tara. Je la noue, ils la sutureront plus tard.

La minute suivante, alors que le sang affluait de nouveau dans le corps de la mère, sans plus être détourné par l'utérus, le cœur recommença à être drainé, et le massage acheva son œuvre : le cœur se remit à battre.

Une veine du cou se gonfla, et l'infirmière saisit le stéthoscope.

— J'ai un pouls ! s'écria-t-elle.

— Bon, fit Tara en calant la dernière éponge. On peut

l'emmener, ils la recoudront à l'hôpital, si elle y arrive. Je l'accompagne, tu nous suis ? ajouta-t-elle à l'intention de Nick.

Il opina du chef. Bien sûr, elle devait rester au chevet de la patiente. Mais il l'attendrait à la porte de l'hôpital.

Durant tout le trajet, il garda l'ambulance en ligne de mire. La réactivité de Tara l'avait stupéfié. Elle avait été incroyable. Phénoménale. Et jamais il n'oublierait l'image de son corps mince, penché sur cette patiente. Une question l'obnubilait : aurait-il été capable d'en faire autant ? Peut-être devrait-il reprendre l'internat, au lieu de perdre son temps à faire le joli cœur sur des bateaux de luxe. Eviter les décisions difficiles n'empêchait pas qu'il faudrait les prendre, un jour.

Au début de sa carrière, peu après la mort de ses parents, la seule fois où il s'était trouvé confronté à une décision d'urgence, il avait failli perdre le patient, un enfant, à force de repousser le moment fatidique. Il s'était d'abord persuadé que ses craintes étaient infondées, préférant occulter une vérité trop dérangeante. Depuis lors, il n'avait fait que fuir les responsabilités. Il ne s'était jamais pardonné son erreur de jeunesse. Parce qu'il ne méritait pas le pardon.

Mais Tara lui donnait envie de se hisser à son niveau. Pour la première fois depuis longtemps, il voulait progresser.

Une heure plus tard, il la retrouva à l'entrée des urgences. Il l'aida à grimper dans le cabriolet et referma la porte derrière elle. Une fois assis, il la dévisagea. Ses longs cils baissés, les cernes sombres au-dessous de ses yeux, tout en elle respirait la lassitude.

— Ça va ?

Elle ouvrit les yeux.

— Quelle journée ! grimaça-t-elle. Enfin, la routine, par rapport à la semaine dernière.

— J'ai parlé à l'infirmière, dit-il en tournant la clé dans

le contact. Le bébé va bien, mais la mère est encore dans un état critique.

Le regard perdu dans le vide, elle semblait incapable de bouger. Il se pencha pour lui boucler sa ceinture de sécurité.

— Tu as été merveilleuse, Tara. On sera bientôt de retour au bateau.

Elle cilla, comme il l'avait déjà vue faire souvent quand elle réfléchissait. Il commençait à la connaître.

— Toi aussi, répondit-elle enfin. Tu as été incroyable, même, ajouta-t-elle en fronçant les sourcils.

Ce n'était pas le moment de lui avouer la vérité.

— Ce n'est tout de même pas moi qui ai pratiqué une césarienne sur le bord d'une route !

— Je vais pouvoir ajouter ça à mon CV, mais je dois dire que les césariennes, j'en ai quelques-unes à mon actif. Cela dit, maintenant que l'adrénaline est retombée, j'ai juste envie de dormir.

— Ne te gêne pas. On en a pour au moins une heure avant d'arriver au port.

— Ce ne serait pas très poli, fit-elle avec un sourire las. J'ai rêvé, ou est-ce qu'on était partis pour un rendez-vous ?

— J'autorise toujours mes rencards à faire une sieste, quand elles ont sauvé une vie. Ferme les yeux.

Quand elle s'éveilla, Tara avait la bouche sèche et le cou raide. Bon sang, pourvu qu'elle n'ait pas ronflé ! Ou bavé !

Nick se gara sur le quai. A son grand soulagement, elle aperçut le bateau, encore amarré. Ils ne l'avaient pas raté. Quoique soudain, cela semblait moins important.

Il vint lui ouvrir la portière et l'aider à descendre. Il remit les clés à un jeune homme qui avait accouru. Au pied de la passerelle, l'un des officiers leur faisait signe de se dépêcher.

— Tu crois qu'on va se faire remonter les bretelles ? demanda-t-elle à Nick alors qu'ils s'approchaient à la hâte.

Il sourit.

— Je crois qu'on a une bonne excuse.

— N'empêche, je vais tout de suite aller voir Wilhelm, pour lui dire que je suis revenue.

Il éclata de rire.

— Je prendrais d'abord une douche, si j'étais toi.

Suivant son regard, elle comprit : avec son short maculé de sang, elle avait l'air tout droit sortie d'un film d'horreur. Nick n'avait rien à lui envier en la matière. Il venait de passer une journée particulièrement éprouvante, pour un serveur de cocktails. Jamais elle n'oublierait les larmes qu'elle avait vues dans ses yeux, quand il avait tenu le bébé dans ses bras. Mais le plus impressionnant, c'était la façon dont il avait pris le relais pour le massage cardiaque. Et ressuscité ce bébé. Etrange, tout de même. Mais les explications attendraient.

— On se voit plus tard, lui dit-il alors qu'ils arrivaient à la passerelle. Je dois aller me débarbouiller et briefer mes employés.

Elle le regarda s'éloigner. Il lui cachait quelque chose, elle en avait l'intuition. Croisant le regard stupéfait d'un passager, elle accéléra le pas. Il lui fallait vraiment une bonne douche, et peut-être même un bon verre d'eau glacée. Pour repenser calmement à ces huit dernières heures, et à l'homme avec qui elle les avait partagées.

7.

Quand Tara entra dans le réfectoire, le soir même, elle fut accueillie par un vacarme de chaises. Tous les convives s'étaient levés. Et ils applaudissaient !

Elle se retourna pour voir à qui était destiné pareil accueil. Mais le capitaine s'avançait vers elle, les bras chargés d'un énorme bouquet de fleurs.

— Ces applaudissements sont pour vous, dit-il en lui serrant vivement la main. Pour votre incroyable sauvetage de cet après-midi.

Elle mit un moment à réaliser. Elle allait tuer ce bavard de Nick ! Elle regarda autour d'elle et le repéra qui secouait lentement la tête.

Le capitaine dut lire dans ses pensées.

— Ce n'est pas la faute de M. Fender, plaida-t-il. J'ai eu les parents de la jeune femme au téléphone. C'est eux qui ont fait livrer ces fleurs. Ils voulaient vous témoigner leur reconnaissance d'avoir sauvé leur fille et leur petite-fille.

— Euh… merci, balbutia-t-elle.

Cela signifiait donc que ses deux patientes allaient bien. Un immense soulagement l'envahit et elle se détendit.

— Donc vous ne m'en voulez pas d'être rentrée en retard ?

Le capitaine secoua la tête avec une grandiloquence feinte.

— Pour cette fois, nous vous pardonnons tous les deux.

Elle croisa de nouveau le regard de Nick, debout près de Wilhelm, et comprit que ces deux-là étaient amis. Bons amis, même, au vu de l'accolade qu'ils échangeaient.

Les événements de la journée, ainsi que l'assurance de Nick lui revinrent à la mémoire. Et ce qui n'était que de vagues soupçons lui apparut soudain comme une évidence.

Elle s'apprêtait à questionner le capitaine, quand Nick apparut à ses côtés.

— Puis-je vous emprunter notre docteur, monsieur ?

— Faites donc, répondit le capitaine en souriant.

Avant qu'elle n'ait eu le temps de réagir, Nick l'avait entraînée dans un coin de la pièce.

— Tu as deviné mon secret…

Une vague de colère l'envahit, sans qu'elle comprenne vraiment pourquoi. Mais l'endroit était bien mal choisi pour une scène.

— Je sais que tu as des tas de questions à me poser, poursuivit-il. Je t'expliquerai tout, mais n'oublie pas que je ne suis pas médecin, sur cette croisière.

Hochant la tête, elle se dirigea vers la porte. Un peu de discrétion s'imposait.

— Allons-y, je n'ai plus faim, de toute façon.

Elle apprécia la fraîcheur de la brise qui lui fouetta les joues lorsqu'elle atteignit le pont. Mais elle continua à avancer, Nick sur ses talons.

— Je suis désolé.

— Alors tout va bien, lâcha-t-elle sans ralentir le pas.

Elle lui échappait.

— Je ne voulais pas te mentir, Tara.

Elle fit volte-face, et planta ses grands yeux bruns dans les siens.

— Je me doutais bien que tu étais faux ! siffla-t-elle.

Aïe ! Le coup était rude, et il faisait mal. Evidemment, elle avait dû s'endurcir, autrement elle n'aurait jamais survécu à toutes ces horreurs. Sans trop savoir pourquoi, l'idée lui plut, et il dut retenir un sourire. Ce n'était pas le moment de faire le malin.

— Tu es dure, avec moi, se contenta-t-il de remarquer.

Voyant qu'elle s'apprêtait à répliquer, il leva les mains en signe de reddition.

— Pause, s'il te plaît. Accorde-moi une minute, ensuite tu pourras partir si tu veux, et je ne te suivrai pas.

Elle croisa les bras. Ça n'allait pas être facile.

— Je suis là pour remplacer ma sœur cadette, qui est tombée malade juste avant le départ. Le bar, c'est son travail. Elle fait une césure, après son école de médecine. Et moi, j'ai fait des cocktails, avant…

Elle leva un sourcil.

— Avant ton école de médecine ? demanda-t-elle.

— Oui. Après la mort de mes parents, j'ai voulu faire une pause, m'éloigner de la médecine. J'ai suggéré à Kiki de faire pareil, je trouvais qu'elle avait perdu son sourire.

— Et elle a quoi ? C'est grave ?

— Une pneumonie, répondit-il, espérant qu'elle ne croie pas qu'il lui mentait encore. Elle l'a cachée jusqu'au dernier moment, ce qui fait qu'il a fallu la remplacer en urgence.

Encore ce regard dur.

— Et tu n'es pas inquiet pour elle ?

— Ma sœur aînée est pneumologue, elle veille sur elle.

— Une famille bien soudée, je vois. Rien que des docteurs.

Malgré sa colère, Tara se sentait s'adoucir. Elle aurait adoré avoir des frères et sœurs aussi attentionnés. Mais elle ne devait pas se laisser amadouer aussi facilement. Il lui avait menti ! Elle se remit à marcher, mais moins vite.

— Ça n'excuse en rien ton mensonge. Tu m'as prise pour une idiote.

Il s'arrêta, et elle ralentit encore le pas.

— Je ne voulais pas te donner cette impression, dit-il.

Elle se retourna.

— Eh bien, c'est raté, alors.

— Je suis désolé, répéta-t-il en la rejoignant. Tu étais sur place, tu avais plus d'expérience que moi pour les césariennes, alors je t'ai laissée prendre les choses en main. Et je savais que je pouvais me rendre utile, qu'il serait toujours temps de t'expliquer plus tard.

Il plongea son regard dans le sien. Bon sang, voilà qu'il recommençait à jouer les jolis cœurs ! Et le pire, c'était que ça marchait !

— Tu m'as dit que tu aimais bien le côté frivole du serveur de cocktails. Je me suis dit que ce serait plus difficile de rester léger, si je devenais médecin à tes yeux.

Il y avait peut-être une pointe de vérité là-dedans.

— Tu reconnais donc avoir été malhonnête à dessein.

— J'ai bien compris que tu voulais tout, sauf quelqu'un qui te rappelle constamment ce que tu avais vécu ces deux dernières années.

Imparable. Il haussa les épaules, mais elle perçut un éclat rieur dans ses yeux.

— Et je suis ravi de t'avoir aidée à te détendre, ajouta-t-il.

— Me détendre ? C'était donc ça qu'on faisait ?

— *Sì.*

— Bon, mais je ne t'ai pas encore pardonné.

— Je ne m'avoue pas vaincu. L'important, c'est que tu acceptes mes excuses.

Pourquoi était-elle si fâchée, après tout ? Parce qu'il était docteur, ou parce qu'il n'était pas serveur ?

C'était peut-être plutôt parce qu'elle avait peur qu'ils aient plus en commun que ce qu'elle s'était imaginé. L'homme qui avait travaillé à ses côtés aujourd'hui était en train de prendre trop de place dans ses pensées. Si elle avait accepté cette croisière, c'était pour se refaire une santé, pas pour se trouver d'autres raisons de souffrir.

— Tu es toujours fatiguée, ou est-ce que tu veux remonter chercher des transats pour regarder le film ?

Pas besoin de trop réfléchir. L'idée était séduisante. Après tout, elle n'était pas pressée de se retrouver seule dans sa cabine, pour se repasser les événements de cette journée. Et Nick devait bien s'en douter. Pourquoi ne pouvait-elle pas simplement se laisser aller, sans penser à tout moment aux conséquences de ses actes ? Il fallait que cela cesse.

— Des transats sous les étoiles, et nous enveloppés dans de magnifiques couvertures à carreaux ?

— Une par personne.

La vertu faite homme ! Elle ne put réprimer un sourire.

— Tu sais quel film ils passent ?

— *Titanic* ? Pour entraîner les passagers ?

— Très drôle.

— Bon d'accord. Je pense qu'il s'agit d'une comédie romantique, fit-il en lui tendant la main avec emphase.

Elle ignora son geste et commença à énumérer ses conditions.

— Je veux ma propre couverture, et ta promesse qu'il n'y aura ni sang, ni morts.

Le film n'avait pas encore commencé lorsqu'ils arrivèrent. Des passagers emmitouflés sur leurs transats avalaient du pop-corn en bavardant. Dix-sept étages plus bas, l'océan battait la mesure sur la coque, tandis que les étoiles scintillaient dans le ciel, et que des rangées de lanternes donnaient à l'ensemble un air de fête.

Nick alla jusqu'au bar leur chercher des cappuccinos et un sachet de pop-corn. Encore ce besoin de la voir manger. Il posa les tasses sur une table basse et approcha son siège de celui de Tara, tout en prenant bien soin d'éviter son regard. Il était sûr qu'elle avait très envie de se distraire. Le stress de la journée commençait enfin à se dissiper.

Il s'installa et lui tendit le pop-corn, juste assez loin pour qu'elle soit obligée de se pencher contre lui. Mais dès qu'elle approcha, il retira le sachet et la vit froncer les sourcils.

— Tu as payé ce pop-corn ? demanda-t-elle.

— Je ne vais quand même pas payer à mon propre bar !

— Dans ce cas, pourquoi n'en as-tu pas pris deux sachets ?

Elle était furieuse, et il dut réprimer le sourire qui lui montait aux lèvres.

— Parce que j'aime bien tout contrôler. Je ne te l'avais pas dit ? Et puis, ajouta-t-il sans plus pouvoir cacher son sourire, ça t'oblige à te pencher vers moi pour te servir.

— Je vais m'en chercher un, dit-elle en se levant.

Il tendit la main pour la retenir, mais elle lui échappa. Zut, il n'aurait pas dû la taquiner ainsi.

— Je plaisantais, Tara. Tiens, il est pour toi. Je ne mange pas de pop-corn, dit-il en lui tendant le sachet.

Enfin, elle souriait. Voyant qu'elle allait répliquer quelque chose, il lui tendit un index autoritaire.

— Chut ! Le film commence.

Tara soupira, mais elle devait bien admettre que Nick était très drôle. Agaçant, mais drôle. Peu à peu, elle apprenait à ne pas le prendre au sérieux, chose qu'elle n'avait pas eu l'occasion de pratiquer avec Vander. Tout était toujours si sérieux, avec lui. Comment avait-elle pu ne pas s'en rendre compte avant de l'épouser ?

A la troisième bouchée de pop-corn, elle avait retrouvé sa bonne humeur. Et le fait que Nick soit assis tout près lui rendait le film plus agréable encore. Cet homme avait le don de la détendre. Avec lui, elle ne se sentait pas obligée de jouer un rôle. Et elle adorait ça.

A chaque retournement de situation dans l'intrigue, il tournait la tête vers elle, comme pour s'assurer qu'elle appréciait. Elle lui répondait d'un sourire. Et ils se replongeaient dans le film, tous deux satisfaits.

Quand elle riait, il avait l'air ravi. Elle ne comprenait pas vraiment pourquoi, mais ça lui faisait chaud au cœur. Il y avait longtemps qu'elle ne s'était pas sentie aussi bien. Et c'était sans doute la première fois qu'elle regardait un film avec quelqu'un qui partageait son plaisir. Ses parents étaient farouchement contre la télévision, et l'avaient toujours encouragée à la lecture.

Elle aurait voulu que la séance ne se termine jamais. Que cette bulle de légèreté la protège des horreurs qui finissaient toujours par la rattraper. Mais bientôt, ils devraient quitter leur transat, replier leurs couvertures et retourner dans leurs cabines respectives.

Sa bonne humeur se dissipait à vue d'œil, et l'éternelle question refit surface : pourquoi un type comme Nick avait-il envie de passer du temps avec elle ?

Sur l'écran, le héros embrassa l'héroïne, une vie pleine de bonheur les attendait. Tara entendit sa voisine renifler, et quelqu'un se moucha. Pour sa part, elle avait à présent hâte de partir se coucher, avant qu'elle ne recommence à se demander pourquoi elle n'arrivait jamais à pleurer, elle.

Une machine de guerre, voilà ce qu'elle était. Encore six mois, et elle retournerait dans cet enfer, pour recommencer à faire ce qu'elle faisait de mieux. Comme Vander l'aurait souhaité. Comme ses parents l'auraient aussi voulu. Elle essaya de se remémorer le visage de son mari, mais ses traits semblaient s'effacer peu à peu. En revanche, elle se souvenait parfaitement de la promesse qu'elle lui avait faite, à sa mort. Et elle réprima un soupir. Elle savait déjà que ce serait dur.

Si seulement elle pouvait pleurer !

— Désolée, Nick, fit-elle en feignant un bâillement, je vais rentrer. Je tombe de fatigue.

Nick ne dormit pas bien. Toute la nuit, il ressassa les images de cette folle journée. Il s'en voulait d'avoir caché à Tara son passé médical. Sa colère était bien compréhensible. Il s'étonnait d'ailleurs de constater à quel point son pardon lui importait.

Pourquoi diable lui avait-il menti ? Pour s'attirer ses bonnes grâces ? Peut-être finalement qu'il n'était pas si intègre qu'il le pensait, quand il voulait quelque chose comme il voulait cette femme.

Toute la soirée, il avait eu envie de lui prendre la main. S'il n'avait pas tout gâché, il aurait pu la raccompagner jusqu'à sa cabine, et qui sait ce qui se serait passé ensuite ? Au contraire de cela, elle avait disparu avant qu'il ait eu le temps de se lever, le laissant avec le souvenir brûlant de sa main dans la sienne, plus tôt dans la journée. Un détail aussi banal n'aurait pas dû l'occuper toute la nuit.

Il se rendait bien compte qu'il n'avait jamais ressenti cela avant. Mais ça n'allait pas sans risques. Il ne devait surtout pas oublier que passer du bon temps ne voulait pas dire s'engager pour la vie. Surtout pas.

Mais le visage las de Tara continuait de le hanter. Il se sentait coupable de l'avoir embarquée dans cette intervention, cet après-midi, d'avoir fait resurgir tous ces souvenirs. Il aurait mieux fait d'écouter son instinct et de se contenter d'une petite excursion d'une demi-journée, au lieu de chercher à l'épater avec sa balade en cabriolet. Au moins, ils n'auraient pas été présents sur le lieu de l'accident.

Mais alors la mère et son bébé seraient morts, sans aucun doute. Et puis, il y avait aussi eu cet éclat dans les yeux mordorés de Tara, son rire dans les vagues, sa main dans la sienne… Non, décidément, il n'échangerait ces moments pour rien au monde.

Une autre question le taraudait : pourquoi s'était-il à ce point empressé de la présenter à sa tante ? De lui montrer ces endroits très spéciaux pour lui ? Il n'avait jamais ressenti le besoin de partager cela avec personne, hormis ses sœurs. Alors pour un premier rendez-vous… Bon sang, mais à quoi pensait-il ? C'était comme s'il envisageait une vraie relation. Avec une femme qu'il connaissait à peine, et qui de surcroît ne cherchait qu'une aventure pour lui faire oublier les horreurs du Soudan, avant d'y retourner.

Peut-être au fond se mentait-il depuis le début. Peut-être qu'au fond il cherchait son âme sœur. Il éclata de rire. Quelle idée ridicule ! Et pourquoi pas un bébé et une maison avec un jardin ! Non, décidément, ce n'était pas son style. Donc la meilleure attitude à adopter, c'était de fuir toute relation intense comme la peste.

Il lui fallait être raisonnable. C'était décidé : demain serait son premier jour de sevrage. Retour au flirt sans conséquence, sans objet spécifique. Règle numéro un : éviter un certain centre médical.

La vie était trop courte pour qu'il la gâche par le souvenir d'une hypothétique histoire. Il se contenterait de profiter de la vue. Règle numéro deux : ne jamais toucher Tara.

Il se retourna dans son lit, essayant d'ignorer la toute petite voix qui lui murmurait que c'était mission impossible.

Le lendemain matin, Tara décida qu'il valait mieux éviter Nick. Une aventure n'était pas une simple aventure si, chaque fois que vous découvriez une facette de votre flirt, vous ressentiez cette pointe d'excitation incontrôlable. Ça ressemblait plus à une obsession, dans ce cas.

Bien sûr, la manœuvre serait moins compliquée si cet homme cessait de hanter ses rêves.

Une petite voix lui souffla qu'il valait mieux rêver d'un beau serveur, bronzé et musclé, que faire ses habituels cauchemars. Ce qui expliquait peut-être pourquoi elle s'était éveillée avec le sourire.

Mais il ne restait qu'une semaine de croisière, alors pas question de rouvrir des plaies mal refermées. Avoir des sentiments, c'était bien trop risqué.

Heureusement, elle était là pour travailler, ce qui lui occuperait agréablement l'esprit. Ici, elle n'avait pas besoin de s'impliquer émotionnellement vis-à-vis de ses patients, elle pouvait garder ses distances avec ses collègues, qui ne posaient pas de questions sur son passé ou sur la césarienne de la veille.

Et elle éviterait la piscine et ses environs. Et Nick, par la même occasion.

Ce matin, elle commençait plus tard. Au petit déjeuner, elle se retrouva un peu malgré elle enrôlée par les filles du salon de beauté, qui recherchaient des participants à la grande soirée de clôture. Pourtant, elle devait avoir une tête à faire peur, vu que l'une des esthéticiennes, qu'elle avait soignée pour une intoxication alimentaire, lui avait offert un soin complet. Chaque fois qu'elle passait devant une glace, elle se demandait qui était cette étrangère. Même si ses joues commençaient à se remplir et si ses cernes disparaissaient peu à peu.

Se donner en spectacle, ce n'était pas son style, mais après tout, il ne s'agissait là que de quelques pas de danse. Elle avait été bonne danseuse, autrefois. Mais Vander n'avait pas de temps à consacrer à des frivolités pareilles. Elle commençait à se dire que s'ils s'étaient accordé un peu de légèreté, au milieu du désastre, ils auraient mieux tenu le coup.

Et dire que c'était un serveur de cocktails qui lui en avait fait prendre conscience.

8.

George, l'un de ses employés au Casablanca, s'était brûlé à la main en manipulant la machine à cappuccinos. Et même si Nick n'avait pas encore pris son service, il l'accompagna au cabinet médical. C'était la moindre des choses, en tant que manager.

L'air de rien, il jeta un œil dans la salle d'attente, puis derrière le bureau pour voir qui était de garde. Il se rassit discrètement lorsque Marie arriva pour prendre en charge le nouveau patient. Au même moment, la porte de la salle d'examen s'ouvrit sur Wilhelm, qui les accueillit d'un air circonspect, avant de lever la main en un geste moqueur.

— Elle n'est pas là, dit-il en haussant les épaules. Elle ne prend pas son service avant une heure ou deux. Tu es sûr que c'est une fille pour toi ? ajouta-t-il en baissant la voix. Elle me semble un peu trop sérieuse pour ton goût. Et je n'aimerais pas que tu la fasses souffrir.

Depuis quand Wilhelm était-il devenu le protecteur de Tara ? Il n'allait certainement pas l'avouer, mais Nick avait déjà remarqué en effet que Tara n'était pas le genre de femmes inconséquentes qu'il fréquentait habituellement. N'empêche, il avait réussi à la faire rire et même monter dans une voiture de sport !

— Tu as raison, elle a un lourd passé, et je ne souhaite pas me rajouter à la liste de ses soucis. Je voulais juste passer voir comment elle allait, depuis hier.

— Elle m'a paru en forme quand je l'ai croisée ce matin.

— Et elle est repartie ?

Wilhelm se frappa le front, comme s'il se remémorait soudain un détail important.

— Elle a parlé du spectacle de clôture, je crois.

— Ah oui ? Et ça vient justement de te revenir ?

— Apparemment, c'est le seul moyen pour que tu me laisses continuer mon travail, conclut Wilhelm en levant les sourcils.

Nick se sentait soudain plein d'énergie. A petites foulées, il monta les marches jusqu'au pont supérieur. Il allait passer devant la scène où l'on répétait, juste pour voir. D'ailleurs cela faisait des jours que les organisateurs le harcelaient pour qu'il vienne chanter un morceau au spectacle. Le capitaine ayant laissé entendre qu'un manager se devait de donner l'exemple à ses employés, il avait fini par accepter. Cela lui offrait une excellente excuse pour traîner dans les parages.

A sa grande joie, la première personne qu'il aperçut fut Tara. Il fut cependant un peu moins ravi de la voir danser avec Miko, le responsable du restaurant principal, un dragueur notoire. Ils s'exerçaient sur le rythme sexy d'une salsa.

Tara poussa soudain un petit cri et la musique s'arrêta. Miko venait de lui marcher sur le pied. Bonne nouvelle ! Et mieux encore, un employé vint signaler à Miko qu'on le demandait au téléphone. Il allait devoir s'absenter.

— Je vais le remplacer, dit Nick en montant sur scène.

Le chef opérateur remit la musique en route.

Nick adorait la salsa. Et il adora la danser avec Tara. Même si elle était encore un peu raide dans ses bras, elle cachait mal son soulagement d'avoir trouvé un bon cavalier.

— Miko danse plutôt bien, en général, dit-il pour engager la conversation.

Elle haussa un sourcil. Ses yeux semblaient plus grands, plus sombres. Elle avait quelque chose de changé.

— Oui, c'est ce qu'on dit. Ça doit venir de moi, ajouta-t-elle en haussant les épaules. Il est un peu macho, et moi je n'aime pas qu'on me dirige trop. Du coup, je n'arrêtais pas de me tromper dans les pas. On n'était pas en rythme, voilà.

Tant mieux. Il dut mal cacher son sourire satisfait, car il vit les sourcils de Tara se hausser de nouveau. Elle avait visiblement pris le temps de s'occuper un peu d'elle. Les femmes avaient vraiment le chic pour se transformer, et là, c'était particulièrement réussi.

Ils balançaient les hanches en parfaite harmonie. Avec lui, apparemment, elle se laissait diriger. C'était sans doute parce qu'elle savait, comme lui, qu'ils s'accordaient à la perfection.

— Alors, c'est mieux comme ça ? demanda-t-il en la faisant virevolter d'un geste sûr.

— Je ne réponds pas, cela ne serait pas bon pour ton orgueil déjà démesuré, répondit-elle en souriant.

La chanson s'acheva et il se sépara d'elle à contrecœur. L'organisatrice vint les rejoindre sur scène, un large sourire aux lèvres.

— Génial ! Nick, tu es venu répéter ta chanson ?

Tara n'en revenait pas.

— Tu chantes aussi ? Alors là, je veux être au premier rang, dit-elle en descendant de la scène.

Ou plutôt, il fallait qu'elle mette un maximum d'espace entre cet homme et elle. Elle avait encore les mains tremblantes d'avoir dansé avec lui. Cela lui avait rappelé leur étreinte dans l'eau, véritable voyage sensoriel durant lequel elle s'était sentie en parfaite osmose avec lui. Avec chaque centimètre de son corps qui réclamait le sien.

Et dire qu'elle voulait l'éviter ! Pourvu au moins qu'il chante mal, autrement il allait devenir difficile de se tenir loin de ses trop nombreux charmes.

Car elle n'était pas prête à se laisser piéger dans une histoire d'amour. Une aventure, c'était largement suffisant pour réchauffer le bloc de glace qu'était devenu son cœur. Mais Nick risquait d'allumer une flamme bien trop forte, et la vitesse à laquelle il la faisait fondre était particulièrement angoissante.

Or elle ne pouvait pas se permettre de laisser quelqu'un s'approcher d'elle ou, encore pire, l'aider. Car cela signifiait risquer de s'engager émotionnellement, et elle ne supporterait pas une nouvelle déception.

Avec l'amour viendraient immanquablement la souffrance, puis les regrets. Elle fut soudain submergée par la culpabilité qui la hantait, si tenace qu'elle l'empêchait de verser la moindre larme.

Si elle ne pouvait pas être honnête et ouverte avec elle-même, comment pourrait-elle l'être avec quelqu'un d'autre ? Aucun homme ne méritait cela. Surtout pas Nick.

Il s'approcha du bord de la scène, et ses pensées se figèrent instantanément. Il commença à chanter, tout doucement. Peu à peu, la pièce s'emplit des notes chaudes de sa voix. Tara se frotta les bras en se rendant compte qu'elle avait la chair de poule. Autour de la scène, les gens s'interrompirent dans leurs activités, et s'approchèrent pour écouter.

D'un pas mal assuré, elle se dirigea vers la sortie, ignorant son corps qui lui intimait de répondre à cet appel vibrant. Quand les portes de l'auditorium se refermèrent derrière elle, ses épaules s'affaissèrent. Elle était comme vidée de ses forces. Alors elle fit ce qu'elle avait appris au Soudan. Elle se concentra pour recouvrer son calme.

Nick termina sa chanson. Il avait chanté pour Tara, mais quand il l'avait vue quitter l'auditorium, il avait compris qu'il ne servait à rien de courir après elle. Soudain, les applaudissements retentirent, le ramenant à l'instant présent. Il était temps de remettre son masque de joli cœur.

— C'était superbe, Nick.

L'organisatrice du spectacle venait de lui tapoter le bras. Très sympathique, cette femme. Il lui fit son plus beau sourire.

— J'espère que tu pourras chanter plusieurs chansons, et je pense que je vais te mettre en dernier, juste avant le grand final.

Il n'avait qu'une envie : sortir de là.

— Je ne chanterai qu'une chanson, Delores, et je te fais confiance pour la placer au meilleur moment possible. Maintenant, je dois retourner au travail.

De nouveau, elle lui toucha le bras. Un petit groupe de femmes s'approchaient, mais contrairement à d'habitude, il s'en fichait pas mal.

— Je vais voir ça, roucoula-t-elle.

Il retira ostensiblement son bras, feignant de chercher son portable dans sa poche.

— Une seule, répéta-t-il. J'y vais. Bonne journée, tout le monde.

Un chœur de « au revoir, Nick » le suivit, mais il était déjà loin. Avec Tara.

Se réveiller le lendemain matin avec Santorin en ligne de mire par le hublot, c'était comme regarder la brochure d'une agence de voyages. Tara n'en croyait toujours pas ses yeux.

Les falaises plongeaient à pic dans le bleu de la mer Egée, dans un dégradé de sédiments déposés là par les éruptions volcaniques successives, jusqu'à la ville blanche, tout en haut.

Vingt minutes plus tard, après un passage par la salle de petit déjeuner, elle n'arrivait toujours pas à détacher les yeux de ce fabuleux spectacle. Elle avait pris l'habitude de manger sur le pont arrière du bateau, ce qui lui permettait de passer au moins quelques instants à l'extérieur, au soleil.

Aujourd'hui, elle avait face à elle des îlots issus d'un même volcan. Une quantité phénoménale de bateaux de croisière étaient alignés le long de la côte, livrant le passage à des hordes de touristes qui, juchés sur des mules ou à pied, entamaient la longue ascension vers Fira.

Elle prenait son service tard aujourd'hui, elle aurait eu le temps de sortir faire un tour à terre. Mais après sa dernière excursion, elle ne parvenait pas à en trouver le courage. Le problème, c'était qu'elle détestait ne rien faire.

Voilà qui ferait bien rire Nick. Elle sourit à cette idée. La journée promettait d'être radieuse. C'était bon de se sentir optimiste de nouveau. Elle se promit de revenir, un jour, pour explorer cette magnifique côte. Rien que le fait d'envisager l'avenir était un grand pas en avant, pour elle.

Elle était redevable à Doug de l'avoir extirpée de l'enfer. Et pendant qu'elle y était, elle pouvait aussi remercier Nick de lui avoir montré le chemin vers l'abandon. Il fallait juste se souvenir que le séjour au paradis prendrait fin dans une semaine.

Au bout d'une demi-heure de rêveries, elle se dirigea vers le cabinet médical. Assez traîné, le travail l'appelait. Même si elle n'était pas censée prendre son poste tout de suite, elle trouverait bien à se rendre utile.

Quelle ne fut pas sa surprise en poussant la porte ! La salle d'attente était bondée. Elle se fraya un chemin jusqu'au bureau d'accueil, où Marie parut manifestement soulagée de la voir arriver.

— Bon sang, je suis contente que tu sois là. On allait te biper. Will est submergé de boulot, à cause d'un virus.

Tout le dixième étage est touché, et ça se répand comme une traînée de poudre.

— Une gastro ? Oh la la ! Ils ont envoyé une équipe de nettoyage pour désinfecter les cabines ?

— Oui, et ils ont isolé les passagers infectés. Ça ne fait que deux heures, et on a déjà douze cas, ajouta-t-elle en désignant la salle d'attente.

— Ça arrive souvent ?

Marie s'essuya le front.

— Non, Dieu merci. Mais on est briefés pour ce genre de chose. Sauf que là, c'est pour de vrai. Le capitaine exige d'être tenu au courant toutes les heures.

Pas étonnant. Un virus dans un espace aussi confiné qu'un bateau, cela pouvait tourner très mal.

— Bon, je vais demander à Will ce qu'il veut que je fasse.

A cet instant, la porte de la salle d'examen s'ouvrit. Tara suivit Wilhelm dans son bureau.

— On a un gros problème, commença-t-il en s'éventant. Ce virus se développe de manière exponentielle. Et là, ce n'est que la bonne nouvelle.

— Quelle est la mauvaise ?

Wilhelm se plaqua une main sur la bouche, avant de se précipiter vers une cuvette, qu'il atteignit juste à temps. Elle fut remplie en un clin d'œil.

Tara lui tendit une éponge dont il s'humecta les lèvres.

— Je suppose que c'est ça, la mauvaise nouvelle ?

On frappa à la porte, et Marie entra, refermant précipitamment la porte. Elle était encore plus pâle que tout à l'heure.

— Je suis désolée, mais je vais devoir quitter mon poste, marmonna-t-elle en se précipitant vers la salle de soins, où elle imita Wilhelm.

Visiblement découragé, Wilhelm s'assit sur le lit. Tara chercha des yeux les masques hygiéniques. Elle se lava les mains et enfila une paire de gants, un masque et une blouse jetable.

— Donc si je comprends bien, c'est extrêmement contagieux ?

— On ne s'en est pas rendu compte tout de suite, grommela Wilhelm entre ses dents. Le virus agit vite, pourtant j'ai pris mes précautions.

Il jeta un regard désemparé vers Tara, avant de rejoindre Marie dans la pièce adjacente.

Il fallait agir, et vite ! Tara décrocha le téléphone et composa le numéro du capitaine. Il promit d'envoyer les infirmières de repos et lui suggéra d'interdire l'accès à la salle d'examen de Wilhelm, et d'utiliser l'autre en attendant la deuxième désinfection.

— Je vais vous envoyer un autre docteur en renfort, ajouta-t-il.

— Mais il n'y en a pas d'autre à bord, si ?

— Il y a M. Fender.

Que dire ?

— Merci, monsieur.

Nick entra dans la cabine de pilotage.

— Le cabinet médical est en pleine crise, lui expliqua le capitaine sans préambule. Je sais que vous souhaitiez rester incognito, mais je n'ai plus que deux infirmières et un médecin disponibles, elles ne s'en sortiront pas. Avec un peu de chance, d'ici douze heures on sera débarrassés de ce virus.

Nick avait déjà connu ce genre de problème sur une croisière, et en effet, le mieux c'était la mise en quarantaine des personnes infectées. Mais ça allait devenir un peu difficile d'éviter Tara. Enfin, il n'avait pas le choix.

— Très bien, monsieur.

Quand il pénétra dans la clinique, il ne regretta pas sa décision. Tara était parfaitement maîtresse de la situation, mais le regard qu'elle lui jeta trahissait son soulagement.

Elle avait séparé le cabinet en deux zones indépendantes : l'une pour les symptômes gastro-intestinaux, et l'autre pour tout le reste. Comme elle avait elle-même été en contact avec le virus, elle traiterait les premiers et lui enverrait les autres patients. Une fois ces indications données de loin, elle désigna la petite salle d'examen.

Gina, l'infirmière remplaçante, commença le tri dans la salle d'attente, et les heures qui suivirent ressemblèrent un peu à du chaos organisé. Les cas les moins sévères étaient renvoyés dans leur cabine et visités toutes les heures par une infirmière itinérante, tandis que les plus graves étaient envoyés à Tara. Elle changeait de gants et de masque, et se lavait méticuleusement les mains après chaque patient. Entre les médicaments et les intraveineuses, ils se stabilisaient assez rapidement et pouvaient retourner à leurs cabines.

En début de soirée, quand le haut-parleur annonça qu'ils quittaient le port, la salle d'attente était quasi vide. L'infirmière qui faisait le tour des cabines revint avec de bonnes nouvelles des premiers patients, et même Wilhelm téléphona pour annoncer qu'il n'avait plus de spasmes.

Vers 22 heures, ils en avaient enfin terminé. Nick regarda Tara, puis frappa dans ses mains. Il la vit froncer les sourcils, avant de sourire.

— Fin de la garde, dit-il. Repos !

Elle mima un salut militaire, malgré sa fatigue. Les infirmières les rejoignirent, et tous deux les applaudirent de concert.

— Vous avez tous été formidables, dit Tara. Belle équipe. On a bien mérité une douche.

— Je vais terminer de nettoyer, proposa Nick. Allez-y, mesdames.

Les infirmières tournèrent les talons sans se faire prier, mais Tara ne bougea pas. En tant que médecin de garde, elle allait vouloir rester.

— C'est bon, Tara, je m'occupe de tout.

Voilà qu'il recommençait à lui donner des ordres, c'était une manie chez lui ! Elle détestait ça, mais là, elle était tellement épuisée qu'elle ne rechigna pas.

— Bon, merci, dit-elle simplement avant de sortir.

Les trois étages jusqu'à sa cabine lui parurent interminables, et ses jambes lui rappelèrent qu'elle ne s'était pas assise depuis douze heures.

Dix minutes plus tard, l'eau chaude lui coulant en cascade sur la tête, Tara posa le front contre le mur carrelé de sa douche. La tension de la journée commença enfin à s'estomper.

Nick avait été héroïque, aujourd'hui encore. Et sa proposition de rester pour qu'elle puisse rentrer se reposer était vraiment délicate, tout bien réfléchi. Quand certains passagers mécontents avaient évoqué la responsabilité de la compagnie, il avait su les calmer, leur expliquant que le virus avait été propagé à bord par une famille.

Comme par magie, ses pensées dérivèrent. Elle revit leur danse, à l'auditorium, et la façon dont elle avait oublié tout ce qui les entourait. Ils étaient tellement synchronisés... Elle sentit le rouge lui monter aux joues en repensant à leurs hanches collées, leurs jambes entremêlées. Et puis il y avait eu sa chanson, dans la pénombre. Sa voix profonde, qui lui avait enveloppé le cœur de sa chaleur, faisant naître en elle une émotion tellement puissante qu'elle avait dû s'enfuir.

Même après ces douze heures épuisantes, sa bonne humeur sans faille et ses délicates attentions lui faisaient du bien. Et c'était exactement ce qu'elle était venue chercher, non ? Du bien-être, pour changer un peu.

Sa rencontre avec Nick était une véritable aubaine. Il la faisait sourire. Il lui donnait envie de le faire sourire. Sa compassion envers les patients, les enfants en particulier, la façon dont il était parvenu à redonner le moral aux infirmières, et les quelques clins d'œil qu'il lui avait adressés, tout lui plaisait chez cet homme.

Elle releva la tête et laissa l'eau lui ruisseler sur le visage, comme si cela suffisait à effacer cette prise de conscience de plus en plus évidente. Inutile de le nier plus longtemps.

Rien que de penser à lui, à son dos musclé, ou à ses hanches étroites, provoquait une drôle de sensation au creux de son ventre.

— Sors de ma tête !

Les mots résonnèrent dans la petite salle de bains. Voilà qu'elle devenait folle, il ne manquait plus que ça ! Même ses jambes flageolaient. Et quand elle repensa au massage qu'il lui avait fait, dans l'eau claire de la mer Egée, ce fut au tour de ses épaules de se mettre à trembler. La pointe de ses seins se durcit, à la pensée de ses longs doigts sur elle.

Assez ! Elle tourna le robinet d'eau froide, puis coupa complètement l'eau. C'est alors qu'elle entendit la sonnette. Elle s'enroula les cheveux dans une serviette et enfila un peignoir. En traversant sa chambre, elle remarqua que le répondeur clignotait. On avait essayé de l'appeler.

Elle accéléra le pas. A cette heure-là, c'était forcément une urgence.

Nick fit un pas en arrière quand elle ouvrit la porte. Ouf ! Elle avait l'air d'aller bien. Mieux que bien, s'il en jugeait par son apparence. Avec ses cheveux relevés dans la serviette, il apercevait pour la première fois son cou gracile.

Elle devait être nue sous son peignoir… Et sans doute encore humide après sa douche. Il ne put s'empêcher de suivre les gouttes qui coulaient sur ses jambes fines, mais parvint à ne pas se pencher en avant pour respirer son parfum de violette.

En tout cas, cela confirmait qu'il avait eu une bonne intuition. Un élan, plutôt. Il avait essayé de l'appeler en sortant de la douche, pour lui dire qu'il prendrait la première garde, qu'elle pourrait dormir un peu plus longtemps. Comme elle n'avait pas répondu, il s'était imaginé qu'elle avait, elle aussi, succombé au virus, qu'elle était malade, sans personne pour la soigner.

Il leva les yeux, préférant se concentrer sur son visage plutôt que de continuer à imaginer ce qu'il y avait sous le peignoir qu'elle resserrait maladroitement.

— Ah ! Tu vas bien !

Il adorait la façon dont son front se plissait, quand elle fronçait les sourcils.

— Bien sûr que je vais bien, pourquoi j'irais mal ?

Quel imbécile ! Il venait la déranger, au moment où tout ce dont elle avait envie, c'était de se reposer.

— Je m'excuse, je… je te dérange, bafouilla-t-il avant de tourner les talons.

Tellement précipitamment qu'il faillit ne pas l'entendre.

— Nick ?

Il fit volte-face et découvrit un petit sourire amusé qui lui redonna le moral. Un pied coincé dans la porte, elle se pencha vers lui.

Il fit un pas en avant et fut immédiatement envoûté par l'odeur de sa peau. Sans crier gare, elle lui déposa un baiser sur la joue. Léger et doux comme la caresse d'une plume. Mais qui lui fit l'effet d'une bombe.

— Merci, pour aujourd'hui. Tu as été merveilleux, dit-elle doucement.

Voilà bien la dernière chose à laquelle il s'attendait. D'autant que c'était elle, qui avait été incroyable. Il enfonça les mains au fond de ses poches pour se donner une contenance. Et surtout pour éviter de la prendre dans ses bras et de lui rendre son baiser au centuple.

— Tu n'étais pas mal non plus, dit-il, à court d'idées.

— Grâce à toi, répondit-elle en s'adossant au chambranle. Bon, à demain.

Demain. Il retira maladroitement les mains de ses poches, sans trop savoir qu'en faire.

— C'est justement ce que j'étais venu te dire. Le capitaine m'a affecté à la clinique un jour de plus. Je vais prendre la garde du matin, comme ça, tu pourras venir plus tard.

— O.K., je viendrai après le petit déjeuner.

— L'après-midi, ça suffira. Je le sens bien.

Sitôt les mots prononcés, il se rendit compte qu'une phrase innocente pouvait soudain prendre un sens tout autre.

— Je verrai si j'arrive à dormir.

Encore un double sens ? Si seulement…

— Reste au lit, quoi qu'il en soit.

Non, ne pas imaginer Tara allongée sur ses draps blancs, les cheveux étalés sur l'oreiller, sa peau de miel douce et nue sous ses doigts.

— Bon, eh bien tu ferais mieux d'aller te coucher, alors, dit-elle après un instant d'hésitation.

Alors, sans qu'il sache ni pourquoi ni comment, les barrières qu'il s'était imposées tombèrent brutalement.

— Tu ne voudrais pas m'inviter à entrer, par hasard ?

Elle vit le regard de Nick s'assombrir. Tout était de sa faute, elle n'aurait jamais dû l'embrasser. Ce n'était qu'un chaste baiser, mais il l'avait secouée, elle aussi. Comme sous la douche, quand elle avait imaginé les mains de Nick sur sa peau nue. Ses jambes se remirent à trembler.

Et maintenant, en plus, elle sentait son après-rasage, un parfum qu'elle associerait désormais toujours à Nick. Elle se passa la langue sur les lèvres.

Ce fantasme vivant était devant sa porte, avec ses cheveux encore humides, sa chemise entrouverte sur un torse puissant. Elle eut une envie quasi irrépressible d'y poser la tête. Bon sang, depuis quand avait-elle des fantasmes ?

Comme son regard restait aimanté à sa gorge, elle le vit déglutir. En épousant Vander, elle avait envisagé avec plaisir les moments d'intimité qu'ils partageraient. Mais le sexe avait finalement occupé une place si infime dans leur relation qu'elle avait peu à peu oublié ses désirs.

Jamais elle n'avait eu envie d'un homme comme elle avait envie de celui qui se tenait devant elle.

Si elle le lui demandait, il resterait, il n'en avait pas fait mystère. Etait-ce ce qu'elle voulait ? Elle devrait avoir honte d'envisager une aventure d'une nuit, mais l'idée de quitter ce bateau avec la tête pleine de souvenirs lui paraissait plus agréable que de repartir avec ses fantasmes. Et ses regrets.

L'air était chargé en électricité. Tout tourbillonnait dans sa tête, si bien qu'elle ne savait plus ce qu'elle était censée répondre, ni même si c'était à son tour de parler.

— Euh, pardon, fit-elle enfin. Tu disais ?

— Je disais : voudrais-tu me laisser entrer ?

— Bien sûr que oui, mais ce ne serait pas raisonnable.

Elle vit son regard s'éclairer, puis s'assombrir de nouveau. Pas surpris, mais déçu.

— Or tu es une femme raisonnable.

Elle sourit faiblement. Si seulement il avait insisté lourdement, ça aurait été plus facile de refuser. Mais non, il se comportait encore et toujours en parfait gentleman.

— Bonne nuit, Nick.

Nouvelle lueur dans ses yeux.

— J'espère.

Ils se dévisagèrent, immobiles. Un seul geste suffirait pour lui faire perdre la raison. Après tout, elle n'était plus adolescente, elle n'avait pas besoin de s'illusionner sur les sentiments pour apprécier de bons moments avec un homme. Peut-être même qu'elle avait besoin de cela pour guérir. Pour retrouver la femme qu'elle était avant le Soudan. Avant de devenir celle que Vander voulait qu'elle soit. Et d'échouer.

Nick, lui, n'attendait pas d'elle la perfection. La preuve, il s'était rapproché d'elle alors qu'elle n'était plus qu'une ombre.

Peut-être que si elle l'embrassait de nouveau, pour de vrai cette fois, elle saurait enfin ce qu'elle voulait.

9.

Nick avait compris son refus. Il s'y attendait, même s'il avait espéré autre chose. Alors, quand il vit les pupilles de Tara se dilater, et quand elle se pencha vers lui pour la deuxième fois…

Sans qu'ils aient le temps de comprendre ce qui leur arrivait, ils se retrouvèrent scellés l'un à l'autre. Sans cesser de l'embrasser, elle l'entraîna à l'intérieur de la cabine. Il oublia que le reste du monde existait.

D'une main, il lui prit la nuque et approfondit son baiser. De l'autre, il se glissa sous son peignoir, avide de prendre dans sa paume ses seins dressés.

Elle frémit et sa bouche s'arrondit. Prenant une longue inspiration, il lui effleura la joue, aussi douce qu'un pétale de rose, avant de retrouver sa bouche délicieuse.

— Je pourrais t'embrasser toute ma vie.

— Nick ? souffla-t-elle.

Il ouvrit les yeux et la libéra suffisamment pour qu'elle ne soit plus collée au mur. Il lui glissa une main dans le dos en guise d'excuse. Mais son peignoir ouvert offrait une vue telle qu'il perdit le peu de contrôle qu'il avait recouvré. Il se pencha de nouveau vers elle.

— Nick, répéta-t-elle.

— Oui ?

Elle souriait. Et quel sourire ! Mais empreint de vulnérabilité, aussi. Une vague d'émotion inconnue déferla en lui.

— Je ne suis pas très douée.

Quoi ? Il secoua vivement la tête. Elle ne savait donc pas à quel point elle était incroyable ?

— Il faut être deux pour bien danser, et tu es parfaite, affirma-t-il en l'attirant à lui.

— Ce n'est pas ce que pensait mon mari.

Incroyable ! Quelle sorte d'homme était donc ce Vander pour ne pas apprécier un trésor pareil ?

— Eh bien, c'était un idiot, qui ne connaissait pas sa chance.

Mais dans ses grands yeux, il lut la peur de mal faire, cette façon qu'elle avait toujours de se sous-estimer. Pour la première fois, il songea que c'était sans doute ce mari qui l'avait rendue si fragile, plus que ce qu'elle avait vécu en Afrique.

— Pourquoi l'as-tu épousé ?

Ce n'était pas le moment idéal pour poser cette question, mais il fallait qu'il sache. Il n'était pourtant pas du genre à s'inquiéter de ce genre de détails, d'habitude. Surtout face à une femme à demi nue.

— C'était un ami de mes parents. Et mon petit ami de l'époque, que je croyais aimer et qui était en fait marié, venait de me quitter, expliqua-t-elle en haussant les épaules. Je me suis dit que Vander, au moins, ne me mentirait pas. Je ne savais pas à quel point j'avais raison.

— Ma pauvre, dit-il en lui soulevant le menton.

Il lui donna un baiser et la sentit immédiatement se détendre entre ses bras.

— Tu es folle, reprit-il. Tu ne vois donc pas la séductrice qui se cache en toi ? Une véritable femme fatale, qui a attiré mon attention dès que je l'ai vue.

Elle détourna les yeux en secouant la tête.

— N'importe quoi. Je ne ressemblais à rien, je…

— Tu étais magnifique, la coupa-t-il d'un baiser.

Il plongea son regard dans le sien.

— Tu es la femme la plus belle et la plus sexy que j'aie jamais vue.

Elle ne parut pas très convaincue.

— On peut aller au lit ?

Parfait, il pourrait lui prouver qu'il pensait chacun de ses mots. Il la souleva délicatement, comme une enfant fragile. Enfin, une enfant avec tous les attributs d'une femme. Elle rougit sous son regard appuyé et il ne put s'empêcher de l'embrasser avant de l'emmener dans sa chambre.

— Je pourrais te regarder pendant des heures, murmura-t-il. Mais tes désirs sont des ordres.

Il la déposa, légère comme une plume, sur les draps blancs de son lit. Une fois encore, il ne parvenait pas à détacher les yeux de ce corps à demi dévoilé.

— Tu es incroyablement belle.

Cette fois, elle le crut presque. Sa mère lui avait toujours dit qu'elle était banale. Vander lui avait dit qu'il la trouvait jolie, une fois. Mais la façon dont Nick la regardait était un cadeau que jamais elle n'aurait espéré recevoir. Elle l'attira à lui et l'embrassa avec passion. Elle allait se faire des souvenirs pour la vie, alors pas question de gâcher l'instant à songer au passé.

— J'ai envie de profiter de ce moment avec toi, chuchota-t-il en lui caressant la joue.

Elle non plus n'était pas pressée. Elle se laissa embrasser, et sentit tout son corps se détendre, comme par magie. Allongée sous lui, elle se perdit dans la langueur de leurs baisers interminables. Jamais on ne l'avait embrassée ainsi. Et jamais elle n'aurait pensé en avoir autant besoin.

— Tu embrasses comme une déesse, murmura-t-il contre ses lèvres.

Elle rouvrit les yeux. Sa raison lui hurlait de ne pas le

croire, mais la courbe de sa bouche lui disait le contraire. Elle sentit ses yeux la brûler, mais aucune larme ne coula.

Il la regardait comme si elle était la huitième merveille du monde, alors comment ne pas le croire ? Personne ne l'avait regardée ainsi avant.

Doucement, il se mit à la caresser, l'encourageant à l'imiter. Quand il gémit, elle crut qu'elle devait s'arrêter, mais il lui sourit et elle continua, ravie et émerveillée de voir l'effet qu'elle lui faisait.

Ils continuèrent à se découvrir ainsi toute la nuit, s'embrassant, susurrant, se dévorant tour à tour, s'endormant même dans les bras l'un de l'autre. Bien plus tard, lovée contre lui, elle poussa un long soupir.

— C'est donc ça qu'on appelle être bien ? murmura-t-elle.

Nick sourit et la serra un peu plus fort contre lui. Lui aussi, il était bien. Alors, pourquoi avait-il envie de pleurer ?

Parce que ce genre de relation n'était pas dans ses habitudes. Passer toute une nuit à embrasser une femme, à la caresser, à lui faire l'amour. Normalement, il s'amusait et puis il repartait, aussi léger qu'en arrivant.

Il l'embrassa sur le front. Avec Tara, c'était différent. Dans une semaine, ils partiraient chacun de son côté, mais il était en territoire dangereux. S'il avait survécu sans encombre jusque-là, c'était parce qu'il s'était fixé des règles et qu'il les respectait. Il fallait donc qu'il s'en aille. Tout de suite.

Juste un dernier baiser. Qui mena à un autre, puis un autre. Il ferma les yeux.

Une heure avant l'aube, il se leva.

— Tu es merveilleuse, murmura-t-il en se dégageant, prenant bien soin de détourner le regard, pour ne pas voir l'expression qui devait s'être peinte sur son visage, quand elle avait compris qu'il s'en allait.

Le pire, c'était qu'il n'en avait pas la moindre envie. Bien au contraire, il voulait rester, écouter son souffle, ses gémissements. Mais s'il ne partait pas maintenant, quelque chose allait se passer. Il le savait.

Après un regard furtif sur son adorable corps, à demi caché sous les draps, il sortit.

Il ne retourna pas se coucher. Comme un automate, il erra sur les ponts, sans prêter la moindre attention aux quelques couche-tard qu'il croisa dans la brume matinale. Il ne voyait que Tara. Ce n'était qu'une aventure, mais la façon dont elle l'avait regardé pendant qu'ils faisaient l'amour resterait à jamais gravée dans sa mémoire. Elle lui avait fait un cadeau immense : sa confiance. Elle s'était laissé guider jusque dans les moindres recoins de sa sensualité, sans rien lui cacher de ses failles, de ses blessures.

Maintenant, il avait le poids de cette responsabilité sur les épaules. Et s'il trahissait sa confiance ? En partant, c'était forcément ce qui arriverait… Pourvu qu'elle ne tombe pas amoureuse de lui ! Il se sentait bien assez coupable comme ça. Il n'avait pas l'étoffe d'un héros, et c'était au minimum ce qu'elle méritait de rencontrer : un héros, un vrai.

Mais si elle voulait de la légèreté et du plaisir, alors il était là. Ni plus, ni moins que cela.

En tant que seul garçon de la fratrie, il avait dû en grandissant se débarrasser de toutes ces émotions typiquement féminines : les pleurs, les sentiments. Sa virilité, il l'avait protégée en comprenant qu'il était seul responsable de son bonheur. Quand la trahison de sa mère avait éclaté au grand jour, il avait décidé qu'il ne serait jamais le rocher auquel une femme s'accrocherait. Il avait beau aimer les femmes, il ne faisait pas confiance à l'amour. Pour être à l'abri, il suffisait donc de ne jamais devenir dépendant d'une femme, et de ne pas les laisser s'attacher à lui.

La seule exception qu'il s'accordait concernait Kiki, sa plus jeune sœur. Et en retour, elle l'acceptait comme il était.

Alors, était-il en train de tomber dans un piège ? Voulait-il plus de sa relation avec Tara ? Non ! Et s'il sentait qu'il risquait d'enfreindre sa règle, il y mettrait fin sur-le-champ.

Ils avaient jeté l'ancre au port du Pirée, à Athènes, quand Tara entra dans la clinique, à 10 heures pile. Nick faisait entrer une patiente et son bébé.

Parfait. Cela lui laissait un instant pour se donner une contenance avant de l'affronter. Et de refouler tout au fond d'elle les pensées sensuelles qui avaient peuplé son sommeil, après qu'il était parti.

Une fois que ses joues eurent repris une teinte normale, elle le rejoignit dans la salle d'examen. Mais il lui jeta un regard canaille qui lui fit immédiatement baisser les yeux.

Bon sang ! Elle se secoua et se concentra sur l'enfant, dont les yeux brillaient de fièvre. Les images de la nuit précédente s'éloignèrent quand elle commença son auscultation.

— Je suis le Dr Fender, expliqua Nick, et voici le Dr McWilliams, ma collègue. Elle a une grande expérience des enfants.

Tara sourit à la mère, visiblement très tendue.

— Joey a huit mois. Il tousse et il pleure beaucoup.

Nick se pencha vers l'enfant et le fit jouer avec la pointe de sa cravate, tout en plaçant le stéthoscope sur sa poitrine. Il avait vraiment un don, avec les petits. Puis il passa la main sur le crâne de Joey, et même si elle savait qu'il vérifiait que la fontanelle n'était pas enfoncée, Tara ne put s'empêcher de sourire de sa délicatesse. Il dégageait quelque chose de spécial, qui faisait qu'un bébé se sentait naturellement en sécurité entre ses mains. Comme elle, en fait.

Puis Nick glissa un thermomètre sous le bras de Joey.

— J'entends des ronflements dans sa poitrine, commenta-t-il, l'oreille toujours soudée au stéthoscope.

Le thermomètre bipa.

— Trente-neuf, annonça-t-il en regardant la mère. Quand vous êtes-vous rendu compte qu'il n'était pas bien, Aimee ?

— Hier soir. Il a pris beaucoup moins de lait que d'habitude, et il était chaud.

Joey se mit à tousser, et Tara croisa le regard inquiet de Nick. Elle saisit un oxymètre qu'elle fixa au poignet de l'enfant, et saisit un masque à oxygène. Il fallait d'abord attendre que la machine indique un pouls.

Nick posa doucement la main sur celle de Joey, qui cessa de s'agiter. Le résultat s'afficha enfin. La saturation était descendue à quatre-vingt dix pour cent, quand la normale était à cent..

— Il a besoin d'un peu d'oxygène pour mieux respirer, dit Tara à la mère. Vous voulez bien que je lui mette ce masque ?

Aimee hocha la tête, les larmes aux yeux, et Tara s'exécuta. Cette fois, l'enfant ne bougea pas. Il devait être trop faible.

— J'aurais dû l'amener plus tôt, gémit Aimee.

— Non, vous avez fait ce qu'il fallait. Chez les enfants, tout va très vite, dit Nick avant même que Tara n'ait eu le temps de répondre à la mère affolée.

Toujours ce désir de réconforter l'autre, quelle que soit la situation. Elle adorait cela, chez lui. Vander n'aurait jamais dit ce genre de choses.

— Joey a une infection pulmonaire, poursuivit-il. Je crains qu'il ne faille le faire admettre à l'hôpital.

Aimee se tourna vers Tara.

— Vous ne pouvez pas le garder ici ?

— Non, je suis désolée. On le ferait si on était en pleine mer, mais là, on est amarrés dans une ville importante. Et puis, comme Nick vous l'a dit, l'état des enfants peut se dégrader très rapidement. Il sera plus en sécurité à l'hôpital d'Athènes. Il a besoin de recevoir des antibiotiques en intraveineuse, d'un nébuliseur pour désintégrer le magma qui s'est formé dans ses poumons, et de radios régulières.

— Mais je ne parle pas grec, sanglota Aimee.

Tara hocha la tête. Elle se souvenait combien la communication avait été compliquée, l'autre fois, alors que la plupart des médecins à qui elle avait eu affaire parlaient anglais.

— Ne vous inquiétez pas, ils parleront anglais à l'hôpital, répondit-elle néanmoins, pour rassurer la jeune mère.

Nick regarda sa montre.

— Tara, tu peux prendre le relais ici ?

Elle opina du chef.

— Je vais vous accompagner, Aimee. Je me débrouille en grec. On va appeler une ambulance, Joey a besoin de rester sous oxygène. Ça vous va, comme ça ? demanda-t-il en prenant gentiment le bras de la maman affolée.

Il chercha Tara du regard, et elle lui offrit un sourire. La générosité de cet homme n'avait décidément pas de limites.

— Je ne vous laisserai pas tant que je ne serai pas certain que vous soyez bien installés, et avec un bon interprète.

Tara ne put s'empêcher d'être fière de travailler avec lui. Il était génial, et Aimee semblait du même avis.

— Vous feriez ça ? Merci beaucoup, docteur.

Tara installa Joey dans un berceau, vérifiant que son masque était correctement attaché. Elle nota les résultats dans un carnet qu'elle tendit à Aimee et reprit le pouls de l'enfant.

— Je vais appeler l'hôpital, pour savoir quel antibiotique ils suggèrent, et s'ils veulent qu'on lui en administre une première dose avant de partir, dit Nick en lui effleurant l'épaule.

— Et moi je lui pose une canule, pour qu'on puisse le lui passer en intraveineuse.

— Bonne idée. Je t'envoie Gina en renfort.

Nick et Aimee montèrent dans l'ambulance une heure plus tard. Gina rangea le matériel pendant que Tara finissait de compléter le dossier médical pour pouvoir l'envoyer par mail à l'hôpital qui attendait Joey.

Puis elle ferma le cabinet. Elle avait deux heures de repos devant elle, et la perspective d'une petite sieste dans sa cabine l'attirait plus qu'un déjeuner. Une nuit d'amour, c'était sacrément fatigant.

10.

Tara s'endormit, le sourire aux lèvres, dès qu'elle posa la tête sur l'oreiller. Une heure et demie plus tard, elle fut réveillée par les rayons du soleil qui traversaient son hublot. Elle s'étira. Hormis quelques courbatures qui la firent sourire de plus belle, elle se sentait merveilleusement bien.

Le téléphone sonna.

— Tu as déjeuné ?

— Nick, répondit-elle, encore à demi endormie. Je pensais justement à toi. Non, je n'ai pas déjeuné et je n'aurai probablement pas le temps. Je dois reprendre du service d'ici vingt minutes.

— J'arrive.

Et il raccrocha. Elle mit quelques secondes à comprendre, puis elle sauta du lit et se précipita dans la salle de bains. Juste à temps, car à peine s'était-elle brossé les dents et les cheveux que la sonnette retentit.

Elle ouvrit la porte sur Nick, les bras chargés d'un plateau.

— Toi, tu essaies de me faire grossir.

Il la gratifia d'un clin d'œil complice.

— Veinarde, va !

Elle lui prit le plateau des mains, et il la suivit à l'intérieur.

— Sandwich poulet-crudités, je t'aie vu en manger un, l'autre jour.

— Super ! Un repas rapide, juste ce qu'il me fallait. Quand est-ce que tu m'as vue manger ? s'enquit-elle après réflexion.

— La veille de notre sortie à Amalfi. Tu ne m'as pas vu.

— Et tu ne m'as pas dit bonjour ?

— Je t'épiais, sourit-il.

Tara prit une bouchée de son sandwich, et désigna la barquette de fraises qui, chaque jour, apparaissait comme par magie dans sa cabine. Depuis qu'elle lui avait avoué adorer ces fruits.

— Comment se fait-il que tu cherches sans cesse à me nourrir ? Attention, ce n'est pas un reproche, ajouta-t-elle comme il ne répondait pas.

Il détourna les yeux.

— Tu aimes les fraises, et ça te fait du bien.

Ce qui ne répondait pas à la question.

— D'accord, mais *pourquoi* toujours insister pour que je mange ?

Elle ne tarda pas à regretter sa question, car un silence embarrassé s'installa.

— Peut-être tout simplement que j'aime regarder ta bouche, et ça me donne une bonne excuse, finit-il par lâcher.

Elle se sentit rougir.

— Mais tu dois retourner travailler, et cette conversation pourrait finir par te mettre en retard, dit-il en se levant. Or je sais combien tu détestes ça.

Voilà qui lui apprendrait à poser des questions idiotes ! Elle remarqua qu'il avait troqué sa tenue blanche de la clinique contre l'habituel ensemble noir.

— Je vois que tu reprends du c- midi. Enfin, si tu es débordée, le capitaine me laissera bien revenir t'aider une heure ou deux. Mais c'est moi qui prends la première garde, demain matin. Toi, tu feras la fin de matinée, et Will devrait être de retour dans l'après-midi.

Autant dire qu'ils ne travailleraient plus ensemble. Bizarrement, il avait suffi de deux jours pour qu'elle s'y habitue. Son sourire lui manquerait.

— Ah bon, mais alors quand est-ce qu'on va se voir ?

Là encore, elle regretta immédiatement sa question. Trop empressée. Implicitement, ils étaient tous les deux d'accord : leur histoire n'était qu'une aventure sans lendemain. Et même si Nick avait plaisanté sur le vieil adage : « Il ne faut jamais dire fontaine », c'était bien clair depuis le début.

Heureusement, il trouva la réponse pour éviter que la gêne s'installe.

— On pourrait dîner ensemble, comme ça, j'aurai toute latitude pour observer ta bouche à ma guise.

Il avait le don de la faire sourire. Bon sang, elle n'avait pas envie que cette croisière prenne fin !

— Même heure, même endroit ?

— Parfait, dit-il en se dirigeant vers la porte.

Puis il se retourna vers elle et lui déposa un baiser sur les lèvres.

— Hum. Parfois, j'aime bien faire un peu plus que les regarder, sourit-il.

Sur ces mots, il sortit. Et elle était en retard.

Tara ne vit pas passer le dîner, trop occupée qu'elle était à songer au moment où ils sortiraient de table. A en juger par la lueur dans les yeux de Nick, lui non plus n'était pas très concentré sur la nourriture, pour une fois.

Il lui tint la main pour la raccompagner jusqu'à sa cabine où, nerveuse comme elle l'était, elle ne parvint pas à insérer la clé dans sa porte. Il la lui prit des mains, et s'écarta pour la laisser entrer, la suivant de si près qu'elle sentait sa chaleur.

Sans un mot, ils se déshabillèrent, lèvres contre lèvres. Puis Nick la souleva comme si elle ne pesait pas plus lourd qu'une plume, et elle enroula les jambes autour de sa taille, profitant pleinement de la vue qui s'offrait à elle.

Son visage si expressif, levé vers elle. Ses yeux emplis de désir, son torse musclé, tout lui plaisait. D'une main, elle se cramponnait à lui, et de l'autre elle repoussait le mur dans son dos.

— Tu as un problème avec ce mur, mon amour ?

Mon amour ? Elle aurait bien voulu, mais… Enfin, pour ce soir, oui, elle était son amour.

Elle enfonça les doigts dans les muscles durcis de ses épaules et se pencha pour lui mordiller le cou.

— Non, je l'adore, ce mur.

Il lâcha un grognement, et elle sentit l'animal qui sommeillait en elle répondre à cet appel.

Un peu plus tard, ils étaient enlacés sur le lit où Nick l'avait déposée, essoufflés et souriants.

— Il n'y a pas que pour les baisers que tu sois douée, dit-il en laissant glisser un doigt entre ses seins.

— J'ai un bon professeur. Le meilleur, même. On reprend la leçon ? dit-elle en lui caressant le torse à son tour.

— Je suis de garde.

Deuxième fois qu'il lui mentait. Mais c'était trop pour lui. Trop bien, trop bon. Tout ce qu'il ne voulait pas. Comme si la terre se mettait à trembler sous ses pieds. Il n'était pas prêt.

— Je dois y aller.

Elle fronça les sourcils.

— Tu ne m'en avais pas parlé.

— J'avais d'autres choses en tête, répondit-il en évitant son regard.

Il l'embrassa et se leva. A son grand soulagement, elle éclata de rire. Quoique. Ça rendait le mensonge encore plus douloureux. Lui tournant le dos, il ramassa ses vêtements éparpillés au sol et disparut dans la salle de bains. Il détestait l'homme qui le regardait dans le miroir. Un froussard.

Il était en train de tomber amoureux d'elle, mais c'était impossible. Il refusait cette éventualité.

Tara bondit hors de son lit, pleine d'énergie. Encore une nuit merveilleuse. Elle passa au réfectoire prendre son yaourt quotidien et se dirigea vers la clinique.

Quand elle arriva, Nick raccompagnait Gwen et le petit Tommy. Tara leur fit un petit signe. Gwen avait l'air ravie, ce qui n'était pas fréquent.

— Des clients satisfaits, murmura-t-elle en suivant Nick.

Elle ne savait pas trop si elle parlait de la patiente ou d'elle-même. Cet homme aurait charmé les poissons dans la mer, alors une mère surprotectrice… Ce qui lui fit prendre conscience qu'elle avait vu Gwen la veille, et l'avant-veille aussi. L'enfant avait le bras en écharpe, et sa mère souriait encore à Nick, comme s'il venait d'illuminer sa journée.

— Qu'est-ce qu'elle voulait ? C'était encore Tommy ? demanda-t-elle, vaguement crispée. Les pauvres, ils n'ont pas de chance.

— Pardon ? fit-il en se retournant vers elle.

Il ne souriait pas. Mais elle crut voir ses yeux s'adoucir un peu. Elle résista à l'envie de l'embrasser, d'autant qu'il fronçait à présent les sourcils.

— Qu'est-ce que tu entends par là ? insista-t-il.

Heureusement qu'elle s'était contrôlée, il n'avait pas l'air d'humeur.

— Gwen, avec Tommy, elle vient presque tous les jours, non ?

Mais elle voyait bien que Nick était totalement ailleurs. Elle tâcha de masquer sa déception en concluant :

— Tommy ne doit pas avoir le pied marin.

Sans paraître l'écouter, il alluma l'ordinateur.

— Tous les jours, en fait, fit-il d'une voix froide et

distante qu'elle ne reconnaissait pas. Elle est venue tous les jours. Il y a longtemps, quand j'ai commencé dans le métier, j'ai rencontré une femme effrayante. Gwen me fait penser à elle.

— Comment ça ?

— C'était la femme d'un de mes amis, et j'ai fait semblant de ne rien voir. Mais chaque fois qu'elle venait en consultation avec sa fillette, je trouvais ça de plus en plus suspect. Une magnifique petite fille, que j'ai abandonnée.

Elle avait un mauvais pressentiment, et elle aurait voulu lui demander de se taire, mais il avait besoin de s'épancher. Et elle de l'entendre.

— Elle a failli la tuer, et moi, je l'ai presque laissée faire. Je suis parti effectuer un remplacement sur un bateau, alors qu'elle continuait à faire souffrir cette enfant. Je suis peut-être trop soupçonneux, mais je préfère éviter de prendre le risque une nouvelle fois.

— Tu crois que cette femme invente les problèmes de son enfant ?

— Regarde, dit-il en affichant à l'écran la liste des visites. Regarde combien de fois elle est venue. Une consultation par jour depuis notre départ. Chaque fois, pour des raisons différentes. Et chaque fois, on la plaint un peu plus pour tous les problèmes qu'elle doit gérer avec son enfant.

Il se passa la main dans les cheveux.

— Aujourd'hui, il avait une rougeur au bras. Elle m'a donné une liste d'allergies longue comme le bras, dont certaines sont différentes de celles qu'elle avait énumérées à Wilhelm.

Tara ne comprenait pas où il voulait en venir.

— Et alors ? Elle est trop protectrice ?

Il soupira.

— Ça avait l'air de l'exciter, d'une certaine façon, de me décrire comme ça avait l'air douloureux. C'est ça qui m'a mis la puce à l'oreille. Jamais je n'oublierai, lâcha-t-il en levant les yeux vers Tara. Ça va te paraître tiré par les cheveux, mais tu as déjà entendu parler du syndrome de Münchhausen ?

— C'est une sorte d'addiction à la médecine, c'est ça ? On simule la maladie, dans le but d'attirer l'attention.

Difficile à imaginer, après l'expérience qu'elle avait vécue au Soudan.

— Oui, confirma-t-il. Et il y a aussi Münchhausen par procuration. Ce qui est encore pire.

Elle eut un mouvement de recul.

— Tu crois qu'elle ferait du mal à son enfant pour attirer l'attention ? Non, c'est impossible ! Je n'ai jamais rien vu de pareil.

Mais elle sentait bien que Nick était extrêmement préoccupé. Elle essaya de se remémorer ce que Wilhelm avait dit, après le départ de Gwen, la veille.

— Moi si, dit Nick. Et crois-moi, ce n'est pas beau à voir. La fillette dont je t'ai parlé tout à l'heure, elle a bien failli mourir, avant que les autorités n'interviennent et ne la retirent à la garde de sa mère. Quand je suis rentré de croisière, j'ai vu les résultats. La mère a été internée pour psychose ; son mari — mon ami — a tenté de se suicider. Et moi qui avais des soupçons avant même de partir, je fais partie de la longue liste des gens qui n'ont pas voulu voir les signaux d'alarme.

Il baissa les épaules, comme si le poids de la culpabilité était devenu trop lourd à porter. Et elle comprit que Nick le frivole avait lui aussi ses cauchemars.

— Je me demande si Gwen a volontairement appliqué quelque chose d'irritant sur le bras du petit Tommy.

Tara sentit son estomac se serrer. Elle revit le visage blême du pauvre enfant.

— Mais c'est ignoble ! Il n'a que trois ans !

Elle secoua la tête. Le Soudan n'avait apparemment pas l'exclusivité du sordide.

Nick plongea ses yeux noirs dans les siens. Elle n'y vit aucune chaleur, pour une fois. Aujourd'hui, ils étaient aussi froids que le ton de sa voix. Un frisson la parcourut, et elle songea qu'elle ne voulait jamais plus affronter un tel regard.

— Qu'est-ce qu'on peut faire ? demanda-t-elle alors.

— On peut essayer de la confondre.

Il serrait et desserrait les poings. Elle ne voulait qu'une chose : le soulager du poids de la culpabilité qui le rongeait, quelle qu'elle soit.

— D'accord, dit-elle en lui effleurant la main. Mais comment ?

Il dégagea sa main et se la passa dans les cheveux.

— Je lui ai demandé de le ramener dans une demi-heure, pour voir si la pommade faisait effet. Je me suis montré compatissant à souhait.

Il prononça ces derniers mots avec une pointe de dégoût.

— Je pourrais aller frapper à sa cabine d'ici quinze minutes, et essayer de la prendre en flagrant délit ?

Elle ne le reconnaissait pas.

— Tu crois que c'est possible ?

Elle ne savait pas si elle aurait été capable de prendre une telle décision aussi rapidement. Cela dit, jamais elle n'aurait soupçonné une mère de pareils actes.

Nick regarda sa montre.

— Et si je demandais à un steward d'aller frapper à sa porte ? J'en profiterais pour entrer, je la surprendrais peut-être sur le fait ? Dans ce cas, j'invoquerais la santé de son fils pour le mettre ici en observation, en prétextant qu'il est sans doute contagieux.

La situation appelait peut-être un tel plan, si osé soit-il.

— Le mieux serait que tu y ailles peu avant son rendez-vous. C'est là qu'elle aura à cœur d'exacerber les symptômes de Tommy, fit-elle remarquer en frissonnant à l'idée de la scène. Tu veux que j'y aille à ta place ?

— Tu ferais ça ? Ce serait peut-être mieux, dit-il après un instant de réflexion. Si on ne la prend pas cette fois, je ne veux pas qu'elle se doute de quoi que ce soit. Tu pourrais lui dire que je t'ai demandé de l'avertir d'un changement d'horaire pour le rendez-vous, car j'ai trop de patients pour l'instant et que je ne veux pas la faire attendre. Ça ne te gênerait pas, tu es sûre ?

Elle songea au petit garçon.

— Non, ça devrait aller. Bien sûr que ça va aller, se reprit-elle en relevant le menton. Et en plus, ça paraîtra moins déplacé, si c'est une femme qui fait irruption dans sa cabine.

Il lui posa la main sur l'épaule.

— Merci, Tara. Tu dois penser que j'en fais trop, mais je n'ai surtout pas envie de réitérer ma première erreur.

— Je comprends.

C'était le moins qu'elle puisse dire. La culpabilité était le pire des sentiments.

— Je n'aurais jamais imaginé ça, tu sais, ajouta-t-elle. Je n'aurais rien vu, moi. Et Wilhelm l'a reçue hier.

— C'est le genre d'image qu'on n'oublie pas, quand on l'a eue sous les yeux une fois, répondit-il sobrement.

Dix minutes plus tard, le steward insérait le passe dans la serrure. Tara prit une profonde inspiration et ouvrit la porte.

Tommy geignait et sa mère lui tenait le bras. Sitôt qu'elle aperçut le flacon, Tara sentit sa colère monter. L'air de rien, elle se força à sourire.

— Bonjour, Gwen. Vous vous souvenez de moi ? C'est le Dr Fender qui m'envoie, dit-elle en la regardant droit dans les yeux.

Gwen détourna le regard.

— Il est débordé de patients, poursuivit Tara sans ciller, et il m'a demandé de passer vous voir d'urgence.

Elle s'avança d'un pas décidé et prit délicatement le bras violemment enflammé du petit garçon.

— Il a repensé à l'inflammation de Tommy, et je vois que ça empire. Nous craignons une réaction anaphylactique, qui pourrait toucher ses voix aériennes. Je vais l'emmener immédiatement à la clinique.

La mère sembla reprendre ses esprits.

— Non, je vous l'amènerai moi-même.

Tara tenta un sourire — plutôt une grimace.

— Vous pourriez peut-être aller chercher son pyjama et ses médicaments ? Et puis vous nous rejoindrez à la clinique. Je suis assez inquiète, et je suis sûre que vous aussi.

Gwen ouvrit de grands yeux quand Tara souleva l'enfant, mais elle n'osa pas riposter. Ou du moins, Tara ne lui laissa pas le temps de le faire. Elle sortit avec le petit, suivie de près par le steward, qu'elle envoya appeler l'ascenseur.

Nick les attendait avec impatience. Dès qu'elle entra, Tara se précipita vers l'évier et passa le bras de l'enfant sous l'eau fraîche.

— Du décapant.

Nick se frappa la paume du poing. Bon sang ! S'il ne pouvait pas revenir sur le passé, il s'était bien juré qu'un drame pareil ne se reproduirait pas.

Il ouvrit le réfrigérateur et en sortit la crème anti-brûlures. Il s'approcha de l'enfant, et son cœur se serra en le voyant se mettre à pleurer. Le pauvre s'attendait à ce qu'il lui fasse mal.

— D'où vient cette maladie ? Je n'arrive pas à croire qu'on puisse faire subir ça à son propre enfant, s'insurgea Tara, qui l'avait remarqué aussi.

— C'est une maladie mentale, répondit-il sans élever

la voix, pour ne pas effrayer Tommy encore plus. De la famille des comportements psychotiques. Cela peut atteindre des gens qui ont subi la même chose enfants, ou qui ont manqué d'attention et chez qui cela s'est transformé en besoin irrationnel. Mais là, je t'avoue que je me fiche bien de savoir pourquoi. Pour moi, c'est une mère indigne. Faire ça à un enfant…

— Elle va arriver d'une minute à l'autre.

— Il faut qu'on le garde ici pour la nuit. Demain on accoste à Mýkonos, on le fera transférer à l'hôpital. Je vais les appeler.

Quand Gwen entra, Tara eut du mal à réaliser que la mère inquiète qu'elle voyait était la même qui avait volontairement pulvérisé du décapant sur le bras de son enfant. Et l'attitude de Nick était tout aussi incroyable.

— Asseyez-vous, Gwen, lui dit-il avec douceur.

— Qu'est-ce qu'il a ? s'écria-t-elle en se précipitant vers Tommy qui, Tara n'en crut pas ses yeux, tendit les bras vers sa mère. Il va guérir, n'est-ce pas ? Il est toute ma vie.

— Bien sûr.

Nick avait réussi à la rassurer. Quel sang-froid ! Elle avait bien du mal à ne pas se jeter sur cette folle. Aussi discrètement que possible, elle prit une longue inspiration. Qui ne dut pas échapper à la sagacité de Nick.

— Tara, pourrais-tu aller chercher un verre d'eau pour Gwen, s'il te plaît ? Et envoie-moi Gina, par la même occasion.

Elle hocha la tête, soulagée qu'il lui donne une excuse pour s'éloigner. Mais elle eut le temps de le voir reprendre son manège.

— Je vois que vous êtes très anxieuse. On ne peut pas se permettre que vous soyez malade, Tommy a besoin de vous.

— Merci, docteur, vous êtes gentil, souffla Gwen.

— En fait, Gwen, poursuivit-il alors que Tara s'éloignait, nous souhaitons garder Tommy en observation pour la nuit. Je sais que c'est dur pour vous, mais je préfère le surveiller.

— Ça va ? demanda Gina en la voyant arriver.

La clinique était fermée pour les deux prochaines heures, et l'infirmière en second faisait du rangement, pendant que Marie surveillait leur seul patient.

— On a un nouveau pour la nuit, annonça Tara.

— Le petit avec les rougeurs ?

— Oui, c'est une longue histoire. Nick te racontera, dit-elle en remplissant un verre d'eau du robinet. Tu peux aller apporter ça à la mère, s'il te plaît ? Nick a besoin de toi, pendant que je regarde quelque chose sur l'ordinateur.

— Bien sûr, pas de problème.

Enfin seule. Bon sang, Gwen était une sacrée menteuse ! Nick aussi, cela dit. Mieux valait ne pas s'appesantir sur le sujet, mais peut-être ferait-elle mieux d'y penser, la prochaine fois qu'elle le regarderait.

En parlant de ça, il avait soigneusement évité son regard, ce matin. Et quelque chose lui disait que ce n'était pas uniquement à cause de Gwen. Pourtant, ce qu'ils avaient partagé la nuit dernière était tellement fantastique ! Il lui suffisait de s'approcher à moins d'un mètre de lui pour en avoir encore la chair de poule.

Elle entendit la clé tourner dans la porte du fond. Wilhelm passa la tête, et elle ne put lui offrir qu'un faible sourire.

— Salut, chef. Tu ne devrais pas être au lit ?

Il haussa les épaules.

— C'est moi le docteur, je me suis autorisé à sortir. Ça va, toi ? fit-il en plissant les yeux.

Elle opina du chef, mais visiblement, elle n'était pas aussi bonne actrice que Nick.

— Mieux que toi, en tout cas, monsieur Pâlichon.

— Je suis peut-être pâle, mais je me sens parfaitement bien. J'ai mangé un âne, et maintenant ça va mieux !

— Pauvre bête.

Elle n'avait pas le cœur à sourire. Wilhelm s'approcha, l'air inquiet.

— Tu n'es pas végétarienne, au moins ?

Il n'allait pas s'y mettre !

— Seulement si je n'ai pas le choix, répondit-elle en songeant aux mois de disette qu'elle avait vécus au camp. Mais j'adore la viande rouge, rassure-toi.

— Ça te va bien. Tu as pris des couleurs, et même un peu de chair.

— Il vaut mieux que je fasse attention, alors, répliqua-t-elle en souriant malgré elle. Nick est avec une mère et son enfant. Il va garder le petit en observation.

— Nick ?

— C'est lui qui t'a remplacé pendant vingt-quatre heures.

— Quel champion, ce Nick ! Le roi du remplacement !

Elle n'était pas très sûre de vouloir entendre des louanges sur Nick, juste au moment où elle se demandait d'où il tenait ses talents d'acteur. Mais c'était plus fort qu'elle.

— Vous vous connaissez bien, tous les deux ?

— Depuis dix ans. Et même si on ne se voit pas beaucoup, on s'arrange toujours pour se croiser tous les deux mois. En fonction de nos emplois du temps respectifs.

— Il a la bougeotte ?

Wilhelm détourna les yeux.

— Un peu, oui.

Assez ! Elle ne voulait pas savoir.

— Si tu tiens absolument à rester, je vais en profiter pour aller prendre l'air. Et autant que tu le saches, voici ce que redoute Nick, ajouta-t-elle en désignant l'écran.

Elle l'entendit inspirer violemment en lisant la page par-dessus son épaule.

— Pas joli joli. Il en est sûr ?

— Je pense l'avoir surprise en train de pulvériser du décapant sur le bras de son fils, soupira-t-elle, frémissant à ce souvenir. Ça me donne envie de vomir. Je reviens pour la garde de cet après-midi. Ça va aller ?

— Ne t'inquiète pas. Et merci d'avoir tenu la maison, Tara. Ça a été un peu rude, comme débuts. En tout cas, j'en connais peu qui s'en seraient sortis comme toi.

— Merci, Wilhelm. A plus tard.

Il était déjà plongé dans la lecture de l'article.

— Ne te presse pas, je peux toujours te biper en cas de besoin.

11.

Tara arpenta longtemps le pont, essayant d'analyser la maladie de Gwen, songeant que si Nick n'avait pas agi, le petit Tommy souffrirait encore. Le plus incompréhensible, c'était que l'enfant ne semblait pas en vouloir à sa mère. Malgré tout ce qu'elle lui avait fait subir, il serait malheureux d'être séparé d'elle.

Avec un peu de chance, Gwen suivrait un traitement, une psychanalyse, et un jour elle redeviendrait une mère normale. Qui sait ce qu'elle-même avait vécu par le passé ? Mais l'image du petit Tommy pleurant dans sa cabine la hantait. Difficile d'éprouver la moindre compassion pour sa mère.

Toujours plongée dans ses pensées, Tara arriva près du restaurant, où de nombreux passagers prenaient leur petit déjeuner. De là, elle emprunta les escaliers vers son lieu favori, la proue du bateau. Même si la plupart des activités extérieures y étaient organisées, l'endroit était souvent désert. L'idéal pour réfléchir, malgré le minigolf, le court de tennis et le terrain de basket-ball. Elle passa devant les tables de ping-pong, repensant évidemment à la façon dont Nick lui avait proposé une partie. Elle regrettait de n'avoir pas plus profité de ces plaisirs simples, avant que les sentiments n'entrent en jeu pour tout compliquer.

Au moins, elle n'avait pas eu le temps de beaucoup repenser à la nuit dernière, à cause de cette histoire avec

Gwen. Les événements de la matinée avaient relégué ses problèmes au second plan.

Par la vitre du centre aéré, elle aperçut les visages rieurs des enfants à qui le moniteur montrait un livre d'images. C'est là que le pauvre petit Tommy aurait dû être, au lieu de pleurer à la clinique.

Elle se demanda comment Wilhelm et Nick s'en sortaient avec Gwen, avant de décider qu'elle ne voulait plus y penser.

Elle redescendit donc au réfectoire de l'équipage. Miko lui fit un geste amical.

— Tu honores ma table de ta présence ?

La distraction idéale. Bon sang, pourquoi ce n'était pas cet homme qui lui plaisait ? Ça aurait été bien moins compliqué.

— Salut, Miko. Alors, quoi de neuf ?

Après le petit déjeuner, elle retourna à la clinique. Mais quand elle inséra la clé dans la serrure, son esprit était toujours fixé sur Nick.

Le spectacle qui l'attendait lui coupa le souffle.

Elle crut d'abord que Gina avait eu un étourdissement. Mais elle s'accroupit près d'elle et, en la retournant, aperçut un filet de sang. Puis elle entendit la voix de Wilhelm.

— Prenez-le, il est dans la salle de repos. Et laissez-moi secourir mon infirmière.

Il fut interrompu par un bruit sourd et un gémissement qui ne présageaient rien de bon. Il fallait trouver de l'aide.

Nick. Fouillant dans sa poche, Tara en sortit son portable et tapa deux mots : « sécurité, clinique ». Elle eut le temps d'envoyer le texto, mais déjà des pas se rapprochaient. Elle chercha une cachette. Trop tard !

Les yeux exorbités, Gwen fit irruption dans la salle d'attente, traînant derrière elle un pied à perfusion. Elle la vit immédiatement et parut d'abord déstabilisée. Puis elle se jeta sur Tara, qui se releva d'un bond. Au même moment, la porte s'ouvrit sur Nick. En une seconde, il avait désarmé et plaqué Gwen au sol, face contre terre. Quelques secondes plus tard, quatre adjoints de sécurité et l'officier de service arrivèrent. Tout alla ensuite très vite. On administra des sédatifs à Gwen, et Tara put retourner vers Gina, qui saignait toujours de la tête. Après l'avoir serrée dans ses bras et s'être assurée qu'elle n'avait rien, Nick se précipita dans le bureau de Wilhelm.

Une heure plus tard, Tara et Nick, côte à côte, regardaient par la vitre de la chambre où Gwen, profondément endormie, avait été placée sous contrôle médical et policier. Elle paraissait si calme… Rien à voir avec la créature au regard démoniaque que Tara avait croisée plus tôt !

— Ça va ? lui demanda Nick.

Elle sentait bien qu'il s'en voulait de l'avoir mise en danger, et elle ne savait pas trop comment réagir. Au fond, même si elle en avait un peu honte, elle aimait l'idée qu'il soit inquiet pour elle. Mais elle ne voulait surtout pas qu'il s'affole, comme c'était le cas maintenant.

— Je vais bien, le rassura-t-elle. Grâce à toi.

On pouvait dire qu'il était arrivé à point nommé. Une seconde plus tard, et elle finissait avec une barre métallique plantée entre les deux yeux.

— Je n'en reviens pas de la force qu'elle avait, commenta-t-il en secouant la tête. J'aurais dû voir qu'elle était dangereusement instable. J'ai naïvement cru qu'on avait trouvé une solution en attendant l'arrivée au port. Encore une erreur qui a failli s'avérer fatale !

Tara essaya de lui prendre le bras, mais il arpentait la pièce d'un pas vif, trop préoccupé pour s'arrêter.

— Wilhelm était de ton avis.

— Il en a payé le prix fort, et Gina aussi.

Elle se planta devant lui et posa les mains sur ses épaules, qu'elle sentit crispées. Elle l'empêcha de bouger, jusqu'à ce qu'il fixe son regard sur elle.

— Pas d'autoflagellation, tu sais que ça n'avance à rien. Tu t'es assez culpabilisé, Nick. Tu aurais préféré être à la place de Wilhelm, avec une grosse bosse sur la tête, c'est ça ?

— Exactement, lâcha-t-il en recommençant à arpenter le couloir.

Contrairement à elle, qui remerciait le ciel que ce ne soit pas lui qui soit allongé en salle deux.

— Ah, les hommes ! s'exclama-t-elle. Je suis désolée pour Gina, mais ce n'est pas pour autant que je lui envie son œil au beurre noir.

— Si tu avais été blessée…, commença-t-il, avant de hausser les épaules. Pauvre Gina !

— On va devoir reprendre du collier ensemble.

Autre danger. Mais il lui suffisait de se souvenir que c'était pour quelques jours seulement, et tout irait bien.

Depuis ce matin, elle ne pouvait ignorer les réactions de son corps à la présence de Nick. Et voilà qu'ils allaient être confinés dans cet espace relativement restreint, avec les patients en guise de gardes-chiourmes, et elle se demandait comment elle supporterait de ne pas pouvoir le toucher.

Elle se sentait particulièrement vulnérable. Elle n'avait qu'une envie, en fait : se blottir dans les bras de Nick, pour oublier les événements de la journée. Alors s'il venait frapper à sa porte ce soir, elle l'accueillerait dans sa cabine et dans son lit sans hésiter. L'idée lui apparaissait même de plus en plus attrayante. Allait-elle parvenir à le cacher ? Allait-elle seulement essayer ?

Nick était bouleversé. Il se repassait en boucle l'agression, cette barre de fer qui était passée à quelques centimètres du beau visage de Tara. Il mourait d'envie de la prendre dans ses bras et de s'enfuir avec elle sur une île déserte. Loin des fous. Il donnerait sa vie pour la protéger. Sa vie.

Mais cela ne se passait pas comme ça. Il ne savait pas protéger les êtres qui comptaient pour lui. Autrement dit, Tara n'était pas en sécurité avec lui. Ce qui le rendait malade.

Il ne se rappelait pas avoir jamais été aussi terrifié. Pas depuis la mort de sa mère, à l'hôpital, quand le jeune chirurgien qu'il était n'avait rien pu faire pour la sauver. Et plus tard, en triant les affaires de ses parents, lorsqu'il avait découvert le secret de sa mère, le mensonge de ses parents. Evidemment, il n'en avait rien dit aux filles, mais il se demandait parfois si Kiki n'avait pas deviné.

Quel désarroi ! Quelle amertume ! Et le fait de ne pouvoir en parler à personne n'avait fait qu'empirer la situation. Il avait perdu plus que ses parents, ce jour-là.

Aujourd'hui, ironiquement, il avait réalisé qu'il se contentait de reproduire les erreurs de ses parents. Avec Tara.

Pas question qu'il laisse cela se reproduire. Retour à la règle de base : pas de sentiments, juste du bon temps.

Il fallait qu'il sorte de là avant de craquer.

— Tu m'appelles si tu es débordée, lança-t-il.

Il vit une ombre passer sur le beau visage de Tara, et son cœur se serra. Il s'efforça de se reprendre. Non, il ne devait pas mollir. C'était aussi pour son bien à elle.

— Je prendrai la garde de nuit, ajouta-t-il en s'approchant de la porte. Tu n'as rien à craindre, avec l'agent de sécurité. J'en envoie un autre en renfort, au cas où. Tu me bipes si tu as besoin de quelque chose, d'accord ? Il faut que j'aille vérifier que tout se passe bien au bar.

Il se précipita dehors, avant de changer d'avis et de la serrer dans ses bras.

Marche après marche, étage après étage, son souffle reprit un peu de sa régularité. A partir du neuvième, il commença cependant à haleter, et dut ralentir le pas. Inutile de feindre la joie de vivre, personne ne serait dupe. Il s'approcha du bord et prit une profonde inspiration, plongeant le regard dans le bleu des vagues. Mais il avait beau faire, ce sentiment de solitude qu'il avait tant refoulé revenait à la surface.

Cruel dilemme. La nuit dernière avait été incroyable. Tara l'avait émerveillé, envoûté, touché d'une façon inédite. Mais il n'y croyait plus : ni en lui, ni en la vie, ni en l'amour.

Il n'avait pas le droit de la laisser espérer. Il le savait, et pourtant, il ne pouvait s'en empêcher. Il mourait d'envie de retourner à sa cabine, et pas plus tard que ce soir.

Mais la fin de la croisière approchait. Bientôt, Tara repartirait, et lui aussi. Chacun de son côté, seul et malheureux. Et tout cela par sa faute.

Il suffisait de garder ses distances pour éviter cela. Faire diversion, remettre la nuit dernière en perspective. Voilà qu'il recommençait à se mentir. Cette fameuse nuit avait redéfini les contours de sa vie. C'était ce qu'il avait prévu de lui dire, en arrivant à la clinique, ce matin. Mais l'agression de Gwen avait empêché toute discussion, et l'idée que Tara puisse être en danger avait tout chamboulé. Non, cela ne serait pas facile de la quitter. Et non, il ne savait plus quoi faire.

A la clinique, malgré la demi-douzaine de patients, les agents de sécurité et la tonne de paperasse qui l'attendait, Tara se sentait terriblement seule.

Elle avait décidé de garder ses distances, et puis tout cela était arrivé… et elle avait succombé de nouveau. Et maintenant c'était Nick qui la fuyait, la laissant seule et malheureuse.

Il avait donc le pouvoir de la blesser. Très profondément. Son pire cauchemar refaisait surface. Où était passée la jeune femme qui cherchait à passer du temps avec un barman pour se guérir de son passé ? Leur nuit ensemble en était-elle la cause ou la conséquence ?

Elle essaya de se concentrer sur l'écran de l'ordinateur. Quelle idiote ! Et encore, elle l'avait échappé belle, elle aurait pu passer les six prochaines nuits dans son lit, et tomber folle amoureuse de lui ! Pas étonnant qu'il se soit enfui. Il avait dû lire cela dans ses yeux. Et découvrir qu'elle n'avait pas grand-chose à offrir, si ce n'est une coquille vide et cabossée.

Elle commença à taper le rapport d'incident. Se concentrer sur le travail. C'était ce qui l'avait sauvée, la dernière fois. Jusqu'à ce que le remède ne devienne pire que la maladie. Mais elle devait avoir appris de ses erreurs. Elle revit le moment où Nick parlait à Gwen, le moment où elle avait découvert ses talents d'acteur.

Une petite voix lui chuchotait que Nick lui avait peut-être menti de nouveau. Ce qui expliquerait pourquoi il était parti si vite. Autrement, cela n'avait pas de sens.

Pourtant, quand il l'avait sauvée, il l'avait serrée dans ses bras et regardée d'une façon qui ne pouvait pas mentir. Il avait vraiment eu peur pour elle. Et si ce n'était que cela, de la peur ?

Le bateau tangua légèrement, juste assez pour la tirer de ses pensées. Wilhelm était réveillé, et furieux de s'être laissé surprendre. Quant à Gina, elle voulait une tasse de thé. La réalité reprenait le dessus, et c'était tant mieux.

Puis ce fut au tour de Miko, qui arriva avec une blessure au bras.

— Tu viens en boîte, ce soir, jolie Tara ? susurra-t-il, une lueur coquine dans ses yeux bruns.

Décidément, le personnel masculin de ce bateau était doué pour le flirt.

— Pas ce soir, Miko.

— Mais Mýkonos est la ville de la fête ! Et c'est si romantique.

— Tu sais bien que je ne peux pas danser avec toi, répondit-elle en riant. Tu me marches sur les pieds.

— Je ne l'ai fait qu'une seule fois ! s'exclama-t-il. Et puis, je ne demande qu'à apprendre.

— N'insiste pas, je vais me coucher tôt. Je suis épuisée, ajouta-t-elle en repensant à la nuit passée. La seule chose qui puisse me garder debout, ce serait une urgence.

— Ah, tu es donc de garde !

Nick avait dit qu'il la ferait, mais elle préférait être disponible aussi, au cas où.

— Quel dommage ! reprit Miko. Les discothèques sont toujours bondées, et une grande partie de l'équipage fera la fête jusqu'au petit matin.

— Tu ne devrais peut-être pas y aller, dit-elle en tapotant son bras bandé. Tu ferais mieux de donner du repos à ton bras. Il n'est peut-être pas cassé, mais je suis quasiment sûre que tu t'es fait une élongation, ajouta-t-elle en le mettant dehors gentiment.

Quand l'infirmière de nuit vint la relever, elle n'y tint plus : elle devait aller retrouver Nick.

Pourvu qu'il ne dorme pas ! Debout devant la porte de sa cabine, elle commençait à regretter son impulsion. Alors qu'elle tournait les talons, la porte s'ouvrit. Il était là, une serviette négligemment nouée à la taille, les cheveux en bataille. Elle fut d'abord soulagée, puis elle vit son expression changer. Il n'avait pas l'air ravi de la voir.

— Les rôles sont inversés, on dirait, remarqua-t-il.

Pas d'invitation à entrer.

— Oui, si on veut. Cette fois, c'est moi qui voulais savoir si tu allais bien.

Pas de réponse, et impossible de déchiffrer son expression. C'était insupportable.

— Je peux entrer ?

Où était passé le Nick qu'elle avait rencontré ?

Il haussa les épaules. Même si sa nonchalance était feinte, ça faisait quand même mal.

— Tu es sûre que c'est ce que tu veux ?

Les mots lui firent l'effet d'un coup de poing en plein ventre. A quoi jouait-il ? Elle n'allait pas rester plantée là à se faire humilier par ce barman d'opérette. Furieuse, le cœur brisé, elle tourna les talons. Il venait de l'envoyer promener, exactement comme Vander l'avait fait tant de fois, et elle n'avait jamais été aussi mortifiée. Parce que Nick lui avait fait croire à autre chose, lui.

Dans son dos, elle entendit la porte de la cabine se refermer. Elle monta sur le pont. Les embruns lui giflaient le visage, exactement comme la réalité. Quelle idiote ! Comment avait-elle pu être aussi aveugle ? Et crédule ? Au fond, il ne lui avait jamais rien promis. Il avait même laissé entendre qu'il changeait de petite amie comme de chemise. Apparemment, il avait décidé de faire une lessive…

Le pire, c'était que même si elle avait pu effacer leur nuit d'amour, elle savait qu'elle ne l'aurait pas fait. Dans les bras de Nick, elle s'était enfin sentie femme. Mais elle n'était pas faite pour les histoires d'un soir, contrairement à lui.

Elle regagna lentement sa cabine, où les souvenirs ne furent nullement plus faciles à balayer. Tant pis, elle n'en mourrait pas. Cette expérience allait peut-être même la rendre plus forte. Un mal pour un bien, en somme.

Nick referma sa porte, l'expression peinée de Tara gravée dans ses pupilles. Les paroles de Wilhelm lui revinrent : « Je ne veux pas qu'elle souffre. » Eh bien, voilà qui était fait.

12.

Prochain arrêt : Split. Charmée par le ciel sans nuages de la côte croate, Tara décida de descendre de ce satané bateau. S'éloigner de Nick, ne serait-ce qu'une journée.

Wilhelm ayant repris du service, Gwen avait été transférée aux autorités qui la renvoyaient à Rome, et Tommy était pris en charge par sa tante à Mýkonos. Tara avait hésité à le lui laisser, n'ayant aucune certitude que cette femme soit de confiance. Puis elle avait vu ses enfants rieurs dans la voiture, et les services sociaux avaient confirmé qu'ils vérifieraient que tout se passait bien pour Tommy.

Elle n'avait pas revu Nick, ce qui était préférable. Elle ne savait pas comment elle réagirait, après leur dernière entrevue.

Une balade l'aiderait peut-être à oublier le vide qu'elle ressentait depuis qu'elle avait découvert la vérité à son sujet. Après tout, il ne restait plus que Venise, après Split, et elle n'avait presque rien vu des escales de la croisière.

Elle descendit la passerelle et héla un taxi.

Nick descendit derrière Tara et la regarda se diriger d'un pas décidé vers l'arrêt des taxis.

Depuis hier, il ne cessait de repenser à leur conversation. Comment avait-il pu s'y prendre aussi mal ? Comme un imbécile, il avait sauté sur la première occasion pour se tirer d'une impasse. Sauf qu'il avait tout gâché. Jamais elle n'accepterait de lui parler de nouveau, et il ne pouvait l'en blâmer. Pourtant, il fallait qu'il trouve le moyen de lui présenter ses excuses, de lui faire comprendre qu'elle n'y était pour rien. Bon sang, il lui avait fait revivre la même chose que son ex-mari !

Quand elle s'engouffra dans le taxi, il accéléra le pas et réussit à monter en marche.

— Laisse-moi tranquille, Nick.

Elle vit le chauffeur lever un sourcil dans son rétroviseur, et secoua la tête. Son offre muette était réconfortante, mais elle était capable de gérer la situation.

— Je te laisserai tranquille, dès que j'aurai pu m'excuser.

Elle lui tourna ostensiblement le dos.

— T'excuser de quoi ? D'avoir été toi-même ?

— Tu ne me connais pas.

— Au sens biblique du terme ? jeta-t-elle en le fixant droit dans les yeux.

Il eut la grâce de détourner le regard, avant de se pencher vers elle en soupirant.

— Ecoute, Tara. Je suis désolé.

Elle prit une profonde inspiration. Si elle parvenait à se contrôler, la tension qui l'oppressait depuis hier allait partiellement retomber. Et la présence de Nick n'était pour rien dans cette étrange sensation au creux de son ventre.

— Euh, merci, balbutia-t-elle. Moi aussi, je pourrais m'excuser d'avoir tiré de mauvaises conclusions… mais j'ai un peu de mal. N'empêche, ajouta-t-elle au bout d'un instant, tu m'as laissé entendre que ce que nous avions partagé ne valait rien. Je croyais qu'on était amis !

Et ça faisait mal. Nick jeta un œil au chauffeur, qui semblait suivre la conversation avec intérêt.

— On pourrait aller dans un endroit tranquille pour parler de ça ?

Elle n'était pas sûre quc ce soit une bonne idée.

— D'accord, finit-elle pourtant par répondre. On n'a qu'à marcher un moment en ville. Après, je passerai le reste de la journée seule, si tu n'y vois pas d'inconvénient.

— Très bien. C'est notre dernière escale avant Venise, on pourrait en profiter pour prendre un verre, qu'en dis-tu ?

— O.K., mais pas d'alcool. Pas question que je me jette à ton cou encore une fois.

— Ce n'est pas toi qui t'es jetée à mon cou, Tara. Allez, profitons de cette journée. En amis. La croisière est bientôt finie. On pourrait monter en haut de la tour de l'horloge ?

Elle n'en avait pas envie, mais une petite voix lui murmurait que là-haut, elle découvrirait la vérité sur Nick. Et sur elle-même. C'était irrationnel et complètement ridicule, mais elle entama la longue montée des marches.

— Waouh ! C'est vraiment haut, s'exclama-t-elle une fois arrivée.

Une mèche de cheveux lui barrant le front, Nick souriait. Il était si beau que ça faisait presque mal de le regarder.

— Et maintenant, on va où ?

— On retourne au point de départ, répondit-il en détournant le regard.

— Arrête-moi si je me trompe. On voulait tous les deux une aventure le temps de la croisière, sans engagement, dit-elle, attendant qu'il la regarde enfin. Donc dans deux jours, on repart, chacun de son côté.

— J'espère qu'on restera en contact.

Elle n'en revenait pas que ces simples mots fassent aussi mal.

— Mais sans contact, c'est ça ?

Pourquoi s'étonnait-elle d'être aussi malheureuse ?

Elle regardait la ville qui s'étalait sous ses yeux, et la tête lui tourna. Prise de vertiges, elle se demanda si ce qu'ils avaient partagé était aussi fragile que ce rail de sécurité branlant.

Ça n'avait été qu'une aventure de vacances, d'accord. Mais ce qui la rendait malheureuse, c'était l'idée que jamais Nick ne trouverait le bonheur. Car elle voulait qu'il soit heureux, même si c'était sans elle.

— Tu peux me dire ce qui s'est passé ? Ce qui t'a rendu comme ça ?

— Comme quoi ?

— Allez, Nick. Il y a toujours des causes profondes. Pour moi, c'était l'indifférence de mes parents, puis un mari jamais satisfait. Et toi, Nick, qu'est-ce qui t'a guéri de l'amour ?

Il avait cillé.

— J'ai l'impression que tu arrives à te laisser aller jusqu'à un certain point, insista-t-elle, et puis tu verrouilles tout. C'est dû à quoi ?

Elle pensa un moment qu'il allait l'envoyer promener. Et au moment où elle n'y croyait plus, alors que des bruits de pas se faisaient entendre dans les escaliers, il lâcha :

— Une lettre.

Il se rapprocha d'elle, jusqu'à ce que leurs épaules se touchent, et s'appuya au parapet. Les yeux dans le vide, il parla enfin.

— Mes parents sont morts dans un accident. On mettait de l'ordre dans leurs affaires, et j'ai trouvé une lettre. De ma mère à son amant. Et elle était dans le portefeuille de mon père, ce qui voulait dire qu'il savait. Elle le trompait depuis des années. Evidemment, je ne pouvais rien dire à mes sœurs, elles étaient bien assez tristes comme ça. Alors, je l'ai brûlée.

Il avait raconté tout cela d'une voix calme, aussi neutre que si c'était l'histoire d'un autre. Mais il n'en avait pas fini.

— J'ai brûlé la preuve que la vie de mes parents n'était qu'une comédie. Leur mariage était une mascarade, et je suppose que ça m'a ôté mes illusions sur le sujet. Et puis, il y a eu la femme de mon ami, qui jouait les mères parfaites pendant qu'elle torturait son enfant. Deux beaux exemples de mariages heureux ! Je n'en ai jamais parlé à personne, c'est resté bloqué là, dit-il en se montrant la poitrine. Et je suis devenu l'homme superficiel que tu connais. Qui vit au jour le jour, sans jamais penser au lendemain.

D'une logique implacable. Et qui soulignait la véritable raison pour laquelle ils ne seraient jamais ensemble : la confiance.

Au milieu des maisonnettes en contrebas, elle apercevait un square désert. Un espace vide au milieu de la foule, comme son cœur. Elle soupira.

— Mon mari ne m'a jamais fait confiance. Il avait déjà été marié, et je pense que ça venait de là. J'étais jeune, pleine d'idéaux, et j'ai cru que je pourrais le changer. Il est mort trop tôt, et de toute façon, je crois qu'il n'aurait jamais changé. Il ne m'a jamais assez fait confiance pour s'ouvrir à moi et me montrer qui il était vraiment. En y repensant, je crois qu'il ne me faisait même pas confiance du point de vue professionnel. C'est sans doute pour ça que je suis restée au Soudan : pour me prouver que je pouvais me rendre utile.

Jamais elle ne supporterait de revivre ce qu'elle avait vécu avec Vander. C'était pour cela qu'une relation avec Nick était vouée à l'échec.

Son vertige était de plus en plus fort. Elle avait l'impression que le sol se dérobait sous ses pieds, ses oreilles bourdonnaient. Elle vacilla.

— Tara ? Ça va ?

Elle lut de l'inquiétude dans ses yeux.

— Je crois que non. Je ne sais pas si je vais pouvoir redescendre.

— Je t'aiderai.

Quelle ironie !

— Non, tu ne peux pas m'aider, Nick.

Elle espérait sincèrement qu'il guérisse, un jour. Peut-être que ça l'aiderait d'avoir pu en parler.

— Il y aura forcément un moment où tu vas me lâcher. Parce que c'est comme ça que tu fonctionnes.

Au sens propre comme au figuré. Mais elle s'en sortirait très bien seule. Elle était forte, malgré les apparences.

— J'y arriverai beaucoup mieux toute seule.

— C'est faux. Et puis, ne mélange pas tout. Allez, viens, je vais t'aider à redescendre.

Elle secoua la tête. Mauvaise idée, le vertige s'accentua.

— Dans ce cas, je te suis, insista-t-il.

— Non, passe devant.

Que je te voie t'éloigner.

Il obtempéra. La main agrippée au rail, elle le suivit, le cœur au bord des lèvres. Elle glissa sur une marche, en rata une autre, mais chaque fois, son regard retombait sur la silhouette puissante qui la guidait.

Bizarrement, elle avait l'impression de le sentir contre elle.

Quand ils arrivèrent à un passage plus étroit où elle le perdit de vue, elle dut s'appuyer au mur humide. Elle respira quelques secondes, ils y étaient presque.

— Tara ? Ça va toujours ?

Si elle ouvrait la bouche, elle allait vomir.

— Viens, entendit-elle, tout près. C'est bientôt fini.

Une fois enfin en bas, elle lui dirait au revoir. Il le fallait.

Il l'attendait en bas. Elle le rejoignit d'un pas hésitant, lui prit la main et lui dit :

— Merci, Nick, mais je vais rentrer seule au bateau.

Il essaya de la suivre. Elle l'arrêta d'un geste sans appel. Alors il fut bien obligé de rester au pied de la cathédrale et de la regarder s'éloigner. Qu'est-ce qui s'était passé là-haut ?

Pour commencer, il avait parlé de l'infidélité de sa mère, pour la toute première fois. Et il avait avoué, à Tara et à lui-même, qu'il ne cherchait pas de relation stable, car il ne croyait pas au grand amour.

Cela paraissait un peu bête à dire, mais il avait eu de nombreux exemples, sur les bateaux comme dans les hôpitaux où il avait travaillé, que la fidélité éternelle n'existait pas. Les relations finissaient toujours par se dégrader et se briser. Les gens mentaient, se trompaient. N'était-ce pas mieux de ne pas avoir de faux espoirs ?

Il arpentait les ruelles étroites de Split, sans rien en voir. Il revoyait ses parents, heureux, et pour la première fois il laissa les souvenirs lui revenir, sans juger personne. Ils avaient tout de même eu de bons moments, en famille.

Mais pendant tout ce temps, les mensonges n'étaient jamais loin.

13.

Le lendemain matin, allongé sur son lit, les yeux rivés au plafond, Nick pensait à Tara. Il la voulait près de lui, dans ses bras. Il voulait sentir ses cheveux contre son torse, lui caresser le visage. Il voulait l'entendre traverser la pièce de son pas déterminé, inhaler le subtil parfum de violettes qui l'accompagnait toujours.

Bref, il était amoureux. De façon irrévocable. Et il avait tout gâché.

Il se demanda si ses parents avaient jamais ressenti la même chose à leur première rencontre. Les souvenirs heureux de leur vieille maison et la naissance de ses quatre sœurs semblaient montrer que oui. Il sourit. Enfin.

A la place de la colère habituelle, il n'y avait plus qu'une immense tristesse. Les pauvres. Ils avaient dû souffrir de perdre ce sentiment.

Bon sang ! Il aimait Tara, et il préférait ressentir cela et la perdre que de ne jamais rien avoir ressenti du tout.

Par le hublot, il constata qu'ils arrivaient à Venise. Il adorait le moment où ils accostaient, en général il était sur le pont pour en profiter. Mais aujourd'hui, il n'avait pas le cœur à cela. Il en avait assez d'admirer tous ces endroits seul.

Ses parents avaient peut-être échoué, mais au moins ils avaient essayé. Lui, il n'était qu'un lâche. Il voulait changer. Pour Tara.

Les premières lumières de l'aube réveillèrent Tara de leur lueur rosée. Venise.

Elle voulait être avec Nick, voir son regard canaille quand il la taquinait, ou très profond quand il l'aimait. Sentir la tendresse de ses caresses, de ses mains à la fois puissantes, protectrices et douces.

Elle l'aimait, elle le savait à présent.

A contrecœur, elle s'assit sur son lit, refusant de croire qu'aujourd'hui était le dernier jour. Si seulement ils pouvaient repartir en arrière ! Ignorant son appel muet, les vagues clapotaient contre la coque du bateau qui fendait les eaux turquoise vers la fin de leur voyage.

Les questions sans réponses se bousculaient dans sa tête. Comment avait-elle pu tomber aussi amoureuse d'un homme incapable d'aimer ? Et si elle avait pu oublier les souvenirs qui l'empêchaient d'être la femme que Nick recherchait, est-ce que cela aurait changé les choses ?

Elle ne le saurait jamais.

Elle s'habilla en silence, complètement bouleversée, mais comme toujours, les larmes restaient coincées au fond de sa gorge.

Les bagages des passagers encombraient déjà les couloirs. Bientôt, on les descendrait sur le pont inférieur. Alors que les premières îles étaient en vue, des portes s'ouvraient et les gens se dirigeaient vers le pont. Le cœur lourd, elle arriva au café situé à l'arrière du bateau.

— Un petit café, docteur Tara ? demanda Miko, une tasse à la main et un sourire aux lèvres.

— Merci, Miko.

Elle laissa le liquide brûlant couler dans sa gorge serrée.

Montant sur le pont supérieur, elle s'abîma dans la vue qui s'offrait à elle. Une île, puis une autre. De vieux bâtiments, des églises, les vaporettos de plus en plus nombreux.

On approchait du port, et personne n'était là auprès d'elle, pour partager ce moment.

Nick l'aperçut sur le pont, immobile et visiblement tendue. Elle semblait si seule !

Il soupira. Quel idiot ! Comment pourrait-elle jamais lui pardonner ? Il l'observa de profil. Malgré la tristesse, elle gardait la tête haute, les épaules droites. Une survivante. Les épreuves qu'elle avait traversées l'avaient rendue incroyablement forte. Il repensa à l'accident, sur le bord de la route, et à la façon dont elle avait réagi. Dieu qu'il aimait cette femme !

Pourvu qu'elle voie qu'il avait changé ! Grâce à elle, grâce à sa confiance. Elle l'avait encouragé à laisser le passé derrière lui et à marcher vers l'avenir. D'un pas résolu. Et avec elle, du moins l'espérait-il.

Il comprendrait si elle refusait. Et il serait fort, lui aussi. Il ne croulerait pas sous les remords, il continuerait à avancer vers ses nouveaux objectifs, ceux qu'il évitait d'envisager depuis trop longtemps.

Soudain, Venise apparut dans toute sa splendeur. Les dômes et les pointes des églises, les voûtes des bâtiments, les vaguelettes sur les marches de pierre. Voilà comment il fallait voir cette île pour la première fois.

Du haut des seize étages du bateau, Tara admirait la beauté qui s'étalait sous ses yeux dans les rayons roses et dorés du levant.

Elle ferma les yeux. Si seulement Nick était là.

— Je suis désolé, Tara.

L'espace d'un instant, elle eut le souffle coupé.

— Nick ?

— Je suis désolé de ne pas t'avoir dit que je t'aimais.

Il choisissait mal son moment pour venir lui débiter ses mensonges.

— Qu'est-ce que tu connais de l'amour ? dit-elle sans se retourner.

— Bonne question, entendit-elle dans son cou.

Il l'embrassa et elle se sentit faiblir. Mais elle ferma les yeux, toujours immobile.

— Je t'aime, poursuivit-il. Ça me fait une peur bleue, mais quand je me réveille le matin, c'est ton visage que je veux voir à mes côtés. Tous les jours.

Elle se retourna. Il avait les yeux brillants, et il souriait. Tout d'un coup, elle n'était plus aussi sûre qu'il mentait.

— J'ai rêvé que tu portais mon enfant, ajouta-t-il avec son sourire qui la faisait fondre. En fait, tu étais enceinte de jumeaux.

C'était bien Nick qui parlait ? Elle sentait son cœur battre la chamade dans sa poitrine. Les joues lui brûlaient, elle avait des sueurs froides en même temps. Elle plongea son regard dans le sien. Dans ces yeux qu'elle croyait ne plus jamais voir. Et ce qu'elle y lut la bouleversa : la certitude.

Mais non, elle ne pouvait pas le croire.

— Et quand est-ce que tu as décidé que tu m'aimais ? Tu as fait un trait sur « les histoires d'amour, ça n'existe pas » ?

Elle vit une immense tristesse se peindre dans son regard, très vite suivie d'une promesse. La lueur qu'elle venait de voir ne pouvait pas mentir.

— J'ai changé. Parce que je t'aime depuis que je t'ai vue. J'avais trop peur pour l'admettre. Et maintenant, j'ai peur de te perdre.

La ville s'approchait. Ils n'avaient plus beaucoup de temps.

— Pourquoi maintenant ?

Il l'attira vers lui.

— Parce que je refuse de te perdre. Je ne peux pas te

laisser disparaître, chuchota-t-il en approchant sa bouche de la sienne. Je veux continuer à te gaver de fraises, et à regarder ta bouche.

Elle avait envie de pleurer. Mais elle ne pouvait pas. Elle ne le méritait pas, elle ne pourrait pas lui donner ce dont il avait besoin. Une femme, une vraie, et pas une coquille vide et froide.

Elle voulait lui dire qu'elle l'aimerait toujours, mais elle tourna la tête et regarda la cité des doges approcher. Elle ne s'attendait pas à ce que Venise soit aussi douloureusement belle. Surtout avec les bras de Nick autour d'elle.

— Laisse-toi aller, pleure, lui murmura-t-il à l'oreille.

Il était collé à son dos, et son corps semblait le reconnaître.

Sans qu'elle sache comment, un long sanglot monta. Il la serra plus fort. Elle était en sécurité. Et les larmes se mirent à couler.

Elle ne pouvait plus les arrêter. Deux ans d'horreurs qui se déversaient dans les canaux de Venise. Et plus elle les essuyait, du revers de la main, plus elles coulaient. Bien sûr, elle n'avait pas de mouchoir.

— Tiens, dit Nick en lui tendant un morceau de tissu.

Elle y enfouit son visage. Les visages de ceux qu'elle avait perdus, son mari, les enfants, les bébés, les mères.

Et Nick. Sauf que lui n'était pas parti.

Elle pleura pour elle et pour lui, et pour le monde qu'elle ne pouvait pas changer. Nick la gardait contre lui, lui redonnait des forces, la réchauffait. Enfin, elle sentit un poids énorme quitter ses épaules.

Quand elle leva les yeux, Venise était devant elle, déterminée à rester debout, au-dessus des eaux. Comme Nick et elle. Ensemble.

Ils dépassèrent le palais des Doges, scintillant dans les rayons du soleil, l'immense tour de Saint-Marc et ses cloches qui carillonnaient. Et puis le soleil l'éclaboussa de ses rayons, en s'élevant au-dessus de l'horizon.

Elle posa la tête sur le torse puissant de l'homme qu'elle aimait. Il plaça une main sous son menton et la fit pivoter. Elle le vit inspirer profondément et fermer les yeux.

— Je pensais que tu ne croyais pas au grand amour ? dit-elle en souriant.

Il ouvrit les yeux et l'étudia un instant.

— Oui, mais voilà, je ne peux pas te résister.

Elle sourit et l'embrassa.

— Bienvenue à Venise, mon amour, murmura-t-il sur ses lèvres. C'est ici que nous commençons notre nouvelle vie ensemble.

14.

M. et Mme Nick et Tara Fender passèrent six mois à Venise et en repartirent dans la suite « Lune de miel » de la *Déesse des mers.* La chambre avait été décorée de multitudes de fleurs et, depuis la fête organisée par Kiki l'après-midi même avec tous leurs amis, l'espace était aussi rempli de vêtements de bébé.

Tara regardait autour d'elle avec ravissement.

— L'année prochaine, quand les enfants seront assez grands, on reviendra faire une croisière ?

Quelle charmante idée ! Rien n'aurait fait plus plaisir à Nick.

— Et Kiki pourrait même quitter le bar pour venir t'aider à la clinique, dit-il en lui embrassant le dos de la main.

— Oui, mais parlons plutôt de nous.

Le steward venait d'apporter leur livraison quotidienne de fraises et de chocolat fondu. Nick se pencha vers le transat de Tara, agitant une fraise couverte de chocolat, au-dessus de sa jolie bouche.

Elle éclata de rire. Jamais il ne se lasserait du son de ce rire. Il lui déposa le fruit sur les lèvres, et ne put résister à les goûter à son tour.

— Hum… Tu es encore meilleure que les fraises.

Elle leva les mains.

— Stop ! Tu vas me faire grossir.

— Mon amour, tu n'en as mangé que deux, et encore, parce que je t'y ai encouragée. Et si je peux me permettre, ce n'est pas le chocolat qui te fait grossir, en ce moment…, ajouta-t-il en caressant l'adorable rondeur de son ventre. Ce sont nos jumeaux !

Elle posa la main sur la sienne et leurs doigts s'entremêlèrent, alors qu'ils regardaient ensemble vers un avenir aussi rose que les rayons du soleil couchant sur Venise.

Retrouvez prochainement, dans votre collection

BLANCHE

Cette voix inoubliable, de Marion Lennox - N°1656

Cette voix, grave, douce et calme, jamais Maira ne l'a oubliée. C'est la voix qui l'a arrachée aux ténèbres, alors qu'elle était gravement blessée. Dix ans plus tard, quelle émotion de découvrir son sauveur sous les traits du Dr Rab Finlay ! Hélas, l'héritier de l'hôpital de Cockatoo Valley où elle travaille n'est pas porteur de bonnes nouvelles aujourd'hui : il ne pourra sauver les lieux qu'à la condition de trouver rapidement une épouse…

Le médecin de Polynésie, de Tina Beckett

Entre son métier d'infirmière et son rôle de maman, Rachel n'a guère de temps à consacrer à l'amour. Raison pour laquelle elle s'efforce d'ignorer l'attirance qu'elle ressent pour Sebastien Deslaurier, médecin à l'hôpital de Taurati en Polynésie. Cet homme n'est pas pour elle, se répète-t-elle. Pourtant, à mesure qu'il s'invite dans sa vie et dans le cœur de sa fille, Rachel se surprend à rêver que Sebastien puisse venir combler de bonheur sa famille…

Lady et pompière, de Louisa Heaton - N°1657

Lady Cara Maddox n'a que faire de son titre. Ce qu'elle aime, c'est sauver des vies en tant que pompière ! Le jour où son père exige qu'elle assiste au gala de charité qu'il donne au manoir Higham, elle devine qu'il va tenter de lui présenter un homme de son rang, capable de la ramener dans le droit chemin. Résolue à déjouer cette manœuvre, Cara demande alors à son meilleur ami, l'ambulancier Tom Roker, d'être son cavalier…

Le play-boy du Mercy General, de Juliette Hyland

Le Dr Asher Parks sait ce qu'il vaut. Il est le meilleur neurochirurgien du Mercy General, le meilleur de Floride, voire même du pays ! Apprécié de tous pour ses talents et son humour, il ne parvient malheureusement pas à décrocher ne serait-ce qu'un sourire du Dr Rory Miller, sa collègue anesthésiste. Or c'est peut-être justement parce qu'elle lui résiste que la belle l'attire autant…

Leur mission : sauver des vies.
Leur destin : trouver l'amour.

BLANCHE

Une famille pour Carly, de Louisa George - N°1658

Après avoir surmonté une perte douloureuse, Carly est enfin prête à quitter la splendide île Rawhiti, Nouvelle-Zélande, où elle a autrefois été heureuse. Mais l'arrivée d'Owen Cooper, le nouveau médecin local, remet en question ses projets. Cet homme, papa d'un adorable petit garçon, pourrait-il redonner de l'éclat à son existence ? Devant les battements précipités de son cœur, elle a soudain envie de le croire…

L'amant d'une île, d'Amy Ruttan

L'aventure. Voilà ce que le Dr Josephine York est venue trouver sur Fogo, une île au large d'une autre île. Grisée par sa nouvelle vie, elle s'offre une nuit de passion dans les bras de Henrik, un ambulancier qu'elle vient de rencontrer. Mais la réalité la rattrape de plein fouet quand elle se découvre enceinte. Certes, Josephine a toujours voulu être maman, mais jamais elle n'avait imaginé partager ce rêve avec l'amant d'un soir…

Retrouvailles dans le Montana, de Dianne Drake - N°1659

SÉRIE : SINCLAIR HOSPITAL - 1/2

Caleb n'en revient pas. Leanne Sinclair, la femme qui l'a trahi au lycée, est sa nouvelle collègue à la clinique de Marrell. Alors qu'une fureur soudaine lui donne envie de tourner les talons, Caleb résiste. Il a emménagé dans le Montana pour le bien de son fils, Matthew, et il n'est pas question pour lui d'abandonner sa nouvelle vie pour cette femme surgie du passé…

Le plus troublant des baisers, de Dianne Drake

SÉRIE : SINCLAIR HOSPITAL - 2/2

Sauveteuse d'urgence en montagne, Carrie ne craint rien. Pourtant, lorsque Jack Hanson – son séduisant patron – lui donne un baiser aussi fougueux qu'inattendu, c'est une peur viscérale qui l'envahit. Celle de s'attacher à un homme qui fuit toute relation alors qu'elle a tant besoin de stabilité dans sa vie…

HARLEQUIN

Leur mission : sauver des vies.
Leur destin : trouver l'amour.

HARLEQUIN
www.harlequin.fr

BLANCHE

HARLEQUIN

Au bras du Dr Sheridan, de Karin Baine - N°1660

La Reine des glaces. Mollie n'ignore rien du surnom dont l'a affublée l'arrogant Dr Ben Sheridan. Mais, quand ils se retrouvent partenaires d'un concours de danse à but caritatif, elle n'a aucune bonne raison de refuser. Il ne reste qu'à espérer que Mollie réussira à maîtriser, durant leurs longues séances d'entraînement, le trouble que Ben éveille en elle…

Trois semaines pour lui résister, de Becky Wicks

Écrire la biographie de Ryan Tobias dont elle suit les aventures télévisées est un rêve absolu pour Madeline. Mais le rêve tourne au cauchemar lorsqu'elle apprend qu'ils vont devoir cohabiter dans la jungle durant plusieurs semaines. Comme si cette perspective n'était pas assez effrayante en soi, Ryan cherche à la séduire dès leur première rencontre…

Leur mission : sauver des vies.
Leur destin : trouver l'amour.

HARLEQUIN
www.harlequin.fr